2
聖者《せいじゃ》無双《むそう》
weirdo priest the sepulcher
サラリーマン、異世界で生き残るために歩む道
broccoli lion
著：ブロッコリーライオン
イラスト：sime
GC NOVELS

二章 迷宮と戦乙女聖騎士隊

CONTENTS

三章 迷宮攻略　知りたくなかった真実

二章

迷宮と戦乙女聖騎士隊

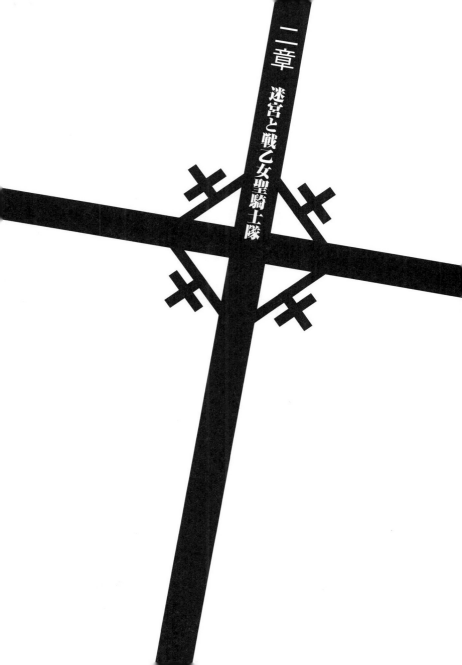

01　聖属性魔法　治癒の値段

メラトニの街から馬車に揺られること五日、ようやく聖シュルール共和国の中心地である聖都シュルールが見えてきた。

冒険者ギルドでナナエラさん達から教わった時には、だいたい二、三日の道のりだと習っていたけど、当初の予定よりも倍の日数を費やすことになった。

これには一応理由がある。実は出発してから直ぐにバザンさんから提案があったのだ。

「魔物や盗賊が出没する地域を通りながら野営して進むのと、少し遠回りになるが、各村で休みながら盗賊や魔物が現れずに、日中だけ進むのとどちらがいい？」

そんな言い方をされて、俺が後者以外を選択することがあるはずもなく、遠回りするルートを選ぶことになったのだった。

もちろん数える程度は魔物と遭遇することもあったけど、バザンさん達は魔物が襲ってくる前に殲《せん》滅《めっ》していたので、恐怖を感じる暇もなかった。

実はこの道中、密かにパワーレベリングを期待していたのだが、現実はそれほど甘くはなく、一レベルも上昇することはなかった。

どうやらただ同じ場所にいるだけではレベルはおろか、経験値になるようなこともなく、現実だということを思い知らされた。

まぁAランクパーティーである〈白狼の血脈〉の戦う姿を見られたことだけでも、十分収穫になるものではあったけど……。

流れるような連携から敵を分断しつつ、各個撃破しているはずなのに、何故か敵が吸い寄せられて自滅しに来ているように見える程、本当に巧みな戦い方をしていたのだ。

いつか治癒院を開いたら、護衛として常駐してくれないかなぁと、考えたことは秘密にしてある。

まぁ結果的にはバザンさんの提案を受けて正解だった。

この五日間野宿することなく、一日三食の食事も確保することが出来たからだ。


メラトニの街とは違い、寄った村々はあまり整備されているとは言い難く、治癒院はおろか診療所さえ存在していなかった。

そのため回復魔法を掛けるだけで、食事と寝床は提供された。

村長宅の一室を借り治療をしていたのだが、患者さん一人一人にとても感謝され、全ての患者さんの診察が終わると、いつの間にか村では宴が開かれ歓迎されることになった。

もちろん最初の村だけでなく、立ち寄った全ての村で、だ。

そのことが正しいのかは分からないけど、人を救える力を望んで良かったと本当に思うのだった。

宴の席ではあったけど、酒は師匠に止められているし、バザンさん達も護衛任務中と断ると、今度は大量の食事を用意してもてなしてくれた。

宴の途中で治療を施した村人達が、俺の許へとやって来ては感謝を伝えてくれたのだけど、これがとてもムズ痒く感じることになったのは記憶に新しい。

中には拝み出す方もいたけれど、俺は終始一貫して同じ言葉を言い続けた。

「回復魔法の治療と引き換えに、豪華な食事と綺麗な寝床を用意してもらったので、気にしないでください」

出来るだけ笑顔で伝えると、さらに頭を下げられて、バザンさん達に慌てたところを見られて笑われてしまった。

それから立ち寄った全ての村でも同じく、聖属性魔法で村人の怪我等を治して回ったのだけど、皆が快く食料と寝床の提供に協力してくれた。

そのおかげもあり疲れることなく、聖都シュルールに到着することが出来そうであった。

「あれが聖シュルール共和国の聖都シュルールか……しかしあの光り輝く城が治癒士ギルド本部なのか……」

クリスタルで造られたようなその城は、既に治癒士ギルドに対して色眼鏡を掛けてしまっているからなのか、とても行きたくないという思いが強くなる。

「ああ。あの聖シュルール教会が運営する治癒士ギルド本部だ」

バザンさんが忌々しそうに教会本部の建物……城を見て言ったことで、昔はどうだったか分からないけど、今は冒険者はもとより住民達もよく思っていないと思えてしまった。

「あの聖シュルール教会が運営する治癒士ギルド本部か……それにしてもシュルールを使い過ぎて分かりづらい気がします」

「ルシエル君、それは禁忌《タブー》な話だよ。この国を建国した王……教皇様には何か事情があったらしいし。無知な発言は不味《まず》いよ」

たしかレインスター卿だったよな。何気ない言葉が非難の対象になる可能性があるから気をつけないとな。

セキロスさんの注意は心に留めておくことにしよう。

それにしても識字能力自体がそこまで高くない世界で、誰でも知っていることを知らないって……かなりやばいよな。

そんなことを考えていると、門兵が入場許可書を求めているようだったので、教皇様からの辞令を門兵に手渡してみた。

「失礼致しました。それではここからはこの獣人達ではなく、私がルシエル様を聖シュルール教会本部まで案内致しましょう」

「結構です。場所も分かっていますので」

門兵が人族至上主義であることに苛立ちながらも笑顔で断り、自分達だけで聖シュルール教会本部へと向かうことにした。

「良かったのか？」

「何がですか？」

「いや、何でもない」

聖都内部へと入場して直ぐ、バザンさんが先程のことを気にして話し掛けてくれた。

メラトニではあまり感じなかったことだけど、人族至上主義があることに対して何も出来ない歯痒さに少なからずショックを受けていた。

その時、聖シュルール教会本部の城へ到着する前に、懐かしの冒険者ギルドが目に映った。

「あ、そう言えば物体Xがそろそろ無くなりそうです」

「そっか。確か十日分しか入らない小さな樽だったよな。どうする、先に冒険者ギルドによって補充しておくか」

「そうですね。バザンさん達も護衛終了の報告が出来るし、丁度いいかも知れませんね」

「……本音は？」

「冒険者ギルドで絡まれたくないんで、付き添いをお願いしたいです」

「クックック。本当ルシエル君は面白いね。バザン、付き合ってあげなよ」

「俺達はここで待っている」

「チッ、まぁいい」

こうして俺とバザンさんが冒険者ギルドへと入ることになった。

「ちなみに聖都の冒険者ギルドに入ったことは？」

「もちろんある。それにここのギルドマスターもある意味異色だから、ここが聖都だって忘れることは出来ると思うぞ」

「もし自由があるなら、冒険者ギルドへと逃げ込むことにします」

「ハッハッハ。そいつはいいな」

そう言いながらバザンさんは冒険者ギルドの扉を開いた。

冒険者ギルドへと入った途端、視線が一気にこちらへと集中するのは、どこの冒険者ギルドも変わらないんだなぁ。

そんなことを思いながら、受付……ではなく何故か食堂のある方へと向かうバザンさんを追いかける。

「本当に造りが一緒だな」

追いかけながら見たギルド内部は、本当にメラトニの冒険者ギルドと同じ設計で造られているようだった。

「マスターいるか？」

「いらっしゃいませ。ご注文ですか？」

そんなことを考えていると、バザンさんがメラトニの冒険者ギルドにはいなかった、妙齢のウエイトレスに何故か声を掛けた。

中には昼過ぎであるものの、まだ食事をしている冒険者がいるようだ。

「いや、ギルドマスターはいつも食堂にいるだろう？」

「ええ。ところで貴方は？」

「Aランク冒険者パーティーを組んでいる、〈白狼の血脈〉のバザンだ。ここに寄ったのはそこにいるルシエルをギルドマスターに紹介しておこうと思ったからだ」

怪訝な表情を浮かべて見てくるウエイトレスは、バザンさんが名乗ると一気に表情が和らいだ。

「そうでしたか。それでは呼んで参りますので、少々お待ちいただけますか？」

そう告げると、ウエイトレスさんはバックヤードへと向かった。

それを見計らってバザンさんが口を開く。

「ルシエル、見た目で判断するなよ。さっきのウエイトレス、たぶん俺と同じかそれ以上の実力があるぞ」

「へっ？」

確かにレベルがあるこの世界では、見た目で判断が出来ない強さはある。

でもAランクのバザンさんよりも強いとか……。

「出来るだけ対立しないように心掛けます」

「それはいい」

バザンさんがそう言って笑い始める頃、先程のウエイトレスさんと一緒に、初老ではあるけど背が低くて筋肉隆々のまるで物語に出てきそうなドワーフっぽい人が現れた。

「誰かと思えばバザンか、久しいな」

「ああ。今日はこいつを連れてきたんだ」

「ほぅ。バザンが人族を紹介するとはな……小僧、名前は？」

「あ、はい。ルシエルと申します。一応治癒士です」

「治癒士？　その体格でか？」

「はい」

治癒士と聞いたからか、周りの冒険者達からの熱い視線を感じる。

久しぶりに感じる殺気のようにも思える。

「バザン、こいつはもしかして……」

「色々通り名はあるが、メラトニの冒険者ギルドに住んでいたやつって言えば分かるか？」

「やはりブロドの弟子か。そうか、それで挨拶だけではないんだろ？」

ブロド師匠の名前を聞いて頷くと、ギルドマスターの顔から窺うような視線が消えたので、俺はホッと息を吐き出した。

「ああ。ルシエル、後は自分で頼め。俺は受付で手続きをしておく」

「あ、はい。ありがとう御座います、バザンさん」

バザンさんは笑って食堂から出ていった。

「それで？」

「はい。私は冒険者兼治癒士のルシエルと申します。今回ギルドへ伺ったのは、物体Xの原液を大樽でいただきたくて」

　その瞬間、ガヤガヤと騒がしかった食堂が静まり返り、こちらの様子を窺っていた視線は、驚愕に目が開かれると共に外されていった。

「……あ、あの、もう一度ご注文いいですか？」

「あ、はい。物体Xの原液を大樽でください」

　ギルドマスターではなく、なぜかウエイトレスさんが確認すると、ギルドマスターが足早にバックヤードへと入っていき、物体Xが入ったジョッキを持って出て来た。

「飲んでみろ」

　ドンッとテーブルに物体Xを置いた。

「これって確認ですか？」

「ああ。飲めない者に物体Xは出せないからな」

　まぁ飲めない物体Xを悪用しようとする人がいないとも限らないから、試しているんだろう。

　俺も出来れば飲みたくないけど、修行する場合はこれを飲めって師匠やグルガーさんから言われているからしょうがない。

　いつも通りグビグビッと飲んでいく。

　俺が物体Xを一口飲むごとに、静まり返っていた冒険者達から漏れた声が聞こえてくる。

「化けもんだ」

「味覚障害」

「あれって噂のドM治癒士じゃないか？」

「それは都市伝説だろ。それに、それってメラトニの話だろ？」

そんな声が囁かれているけど、全部聞こえています。

「プハァ～。ご馳走様です。それじゃあ樽で用意してもらえますかな？」

「わ、分かった。悪用しないならいいんだ」

なぜギルドマスターが震えているのかが分からないけど、まぁいいか。

「あ、そうだ。物体Xって何で液体なのに、液体Xじゃなくて物体Xって言うんですかね？」

「さ、さぁな。それよりもさっき樽って言ったけど、あれを入れる樽はあるのか？」

「小さい樽ならありますが、中身も入っていますし、そちらでご用意していただけないですか？」

「……こちらで用意するとなると、直ぐには無理だし、大樽なら一樽銀貨一枚になるぞ」

「じゃあとりあえず、この樽に追加してもらってもいいですか？　それと先に三樽分の銀貨を払っておきますね」

俺は魔法鞄から物体Xの入った樽を取り出した。

「わ、分かった」

ギルドマスターはそう言って、俺から受け取った物体Xが入った樽を持って、バックヤードへと消えていった。

「おい、三樽って言ってたぞ」

「化けもんだ」

「魔族？」

「魔物どころか魔族だって逃げ出す臭いなんだろあれは」

「最強の魔物除けだけど、あれを放置し過ぎると、知らない間に口の中に入るらしいからな」

何だろうそのホラー話。

「どういう生活をしてたら、あれをあんな平然と飲めるんだ」

「もしかしてとても貧しい生活を……」

全部の声がこちらに聞こえる大きさだったので、さっきチラ見したら皆めちゃくちゃ強そうだった。

さらにメラトニの冒険者達よりも良さげな装備しているから、目が合って絡まれないように気をつけよう。

バザンさんが迎えに来てくれるとありがたいんだけど……。


「……用意出来たぞ」

しばらくすると苦い顔をしたギルドマスターが樽を運んで来てくれた。

「ありがとう御座います。じゃあこの樽の物体Xが無くなったら取りに伺いますので、その時に三樽お願いしますね」

「分かった」

お礼を言いながら魔法鞄に樽を収納した俺は、誰とも視線を合わさないように冒険者ギルドの出入り口へと向かって歩き出した。

「あ、治癒士ルシエル、あの銀貨一枚で聖属性魔法を使うっていうのは本当か？」

「メラトニの冒険者ギルドではお世話になっていたので。この聖都でも絡まれなければ考えておきます」

ギルドマスターの問いに、俺はそれだけ告げて食堂を後にした。

そこへバザンさんがちょうどやって来てくれたので、俺は無事に冒険者ギルドから出ることに成功した。

「やっぱりメラトニとは少し違いますね。何だか目の敵にされている感じがしましたよ」

「それは旋風のおかげだと思うぞ。ルシエルに冒険者が絡まないように罰則も設けていたんだぜ」

「そう……だったんですか」

本当に師匠には頭が上がらないな。

出来るだけ教会本部の仕事を頑張って、教会本部の職員から解放されるように頑張ろう。


それからバザンさん達は、教会本部の目の前まで送ってくれた。

「バザンさん、セキロスさん、バスラさん。ここまでの護衛ありがとう御座いました」

俺は三人にお礼を言いながら頭を下げた。

「最終的には冒険者ギルドからの指名依頼だし、命の恩人の護衛なんだから受けて当然だろ。なぁ」

バスラさんが二人を見てそんなことを言ってくれた。

「そうだぞ。セキロスも俺も、お前が毒を治してくれなければ本当に危なかった。それこそバスラを一人にしてしまうところだったんだ」

バザンさんは、その獰猛《どうもう》そうな顔で笑いながら肯定する。

「そうそう。ルシエル君のおかげで助かったよ」

セキロスさんもまた笑いながら同様に肯定した。

「いえいえ。ですが、こうして話していると、本当にメラトニから離れ、私が知っている人がいなくなるんだなと、実感してきます。それは少し寂しい気もしますね」

まるで転勤先に配属されて、初日を迎えた気分だ。

「まぁルシエルがメラトニへ戻ってくるなら大歓迎だけど、その無償でもらった魔法書の分ぐらいは治癒士ギルド本部で頑張ってみろよ」

「……はい、本当にありがとう御座いました」

「ああ。今度は酒が飲めるといいな」

結局、この世界に来てから一度も酒を飲むことはなかった。

誰とも酒を飲まぬまま転属だからしかたないけど、ブロド師匠ともまだだしな。

「ええ。そのときは奢れるように頑張っていきます」

「楽しみにしてるよ」

「ボタクーリのようにはなるなよ」

「はい」

別れの挨拶を済ませると、三人を乗せた馬車はメラトニへ向けて出発した。

「結構寂しいものだな。誰も知らない街で新たに生活を始めることになるっていうのも……」

センチメンタルになるのは少し早いかな。

それにしても魔法書の分は……か。

確かにこれはこれで一財産なんだよな。

魔法書は無償で貰ったとはいえ、買ったらそれなりの金額になるので、下手な扱い方は出来ない。

魔法の鞄に手を当てながら、今回の旅の道中を思い返す。

メラトニの治癒士ギルドで貰った魔法書は全部で七冊。

全てにちゃんと目を通し、載っていた詠唱を繰り返し唱え続け、詠唱自体は完全に覚えることが出来た。

途中でバザンさんから『呪歌に聞こえるから、詠唱するならしっかりと口にしろ』と怒られた時には少し怖かった。

俺は思い出して笑いそうになったけど、教会の前で笑っていたら不審者になってしまうと、教会へ向けて進む。

それにしても新しく覚えた魔法って使う機会があるんだろうか？


聖属性付与魔法オーラコート。

空気中の瘴気を遮断し、病気の進行を遅らせたりすることが出来る。また状態異常に掛かり難くすることが出来る。消費魔力は十。

聖属性特殊浄化魔法ピュリフィケイション。

これは呪い、けがれを払う魔法で、実は汚《よご》れまで落とすことの出来る万能魔法。消費魔力は十六。


上級回復魔法ハイヒール。

ヒールの十倍の回復量を誇るが、消費魔力は十五と決して小さいものではない。


中級全体回復魔法エリアミドルヒール。

エリアヒールの回復魔法を高めたもので、回復対象の範囲は変わらないが、エリアヒールの三倍の回復量がある。消費魔力は三十。


上級全体回復魔法エリアハイヒール。

エリアミドルヒールを高めたもので、範囲は半径三メートルとなるが、一度に使用する消費魔力は七十五だと本には書かれていた。


状態異常回復魔法リカバリー。

毒、麻痺、魅了、睡眠、魔封、魔法による虚弱状態を回復する魔法だが、石化、幻覚、病気には効果がない。消費魔力は十八。

聖属性特殊回復魔法ディスペル。

石化、呪い、幻覚の状態異常を治すらしく、またその他にも効果があると言われている。魔力消費は五十らしい。


説明が曖昧になっているエリアハイヒールとディスペルは、聖属性魔法のスキルレベルが低くて発動出来なかったのだ。

もちろん詠唱はきちんと覚えることが出来たので、後はスキルレベルが上がってくればいずれは発動出来るだろう。

ただ覚えた魔法は全て、ヒールと比べ魔力をごっそり持っていかれるため、軽々しく使用出来ない。なので、使う機会がないことを祈るばかりだ。

そもそも教会本部職員とは何をするのかもしらない。

「これって無知だってことか？　それとも……まぁ悩んでても仕方ないか」

俺は大きく聳《そび》え立つ、白とガラスを基調とした城に気合を入れて足を踏み入れた。

外観だけ見てると緊張してしまうけど、中に入ってしまえばそうでもない。応対してくれる人は同じ人間なのだから、緊張することもない。

建物の中へ入ると大理石のような床が拡がり、だだっ広いホールとなっていた。

歩くたびに革靴であればコツコツと音がしていただろう。

入り口から見て正面となるホールの中央には受付カウンターがあったので、俺は迷わずそちらへと歩み寄った。

「いらっしゃいませ。こちらは治癒士ギルド本部です。ご用件を承ります」

カウンターには二人の受付さんが座っていたが、俺が近づいて行くと二人とも立って応対してくれた。

「私はルシエルと申します。聖シュルール教会治癒士ギルドメラトニ支部所属の治癒士だったのですが、この度、教皇様から辞令がありまして、本部に異動となりました。ご担当様にお取次ぎ願いたいのですが……」

「少々お待ちください」

受付さんの一人が座り、水晶玉に手を乗せると目を瞑った。

もしかしてこれが噂の魔道具なんだろうか？　メラトニにいた時は魔道具を見る機会がなかったから、興味がある。

そんなことを考えていると水晶玉に向かい話し始めた。

「もしかして念話みたいなことが出来る、その補助道具みたいなものなのかな？」

俺が呟くとそれが聞こえたらしく、もう一人の受付さんが肯定を示した。

「そうですわ。物知りなのですね、ルシエル様」

いきなり名前を呼ばれて吃驚《びっくり》してしまった。

「いいえいいえ。仕組み等はさっぱり分かりませんし、似たような魔道具を冒険者ギルド内で見たことがあるだけです」

「冒険者ギルド……ですか？」

やはり一般的に、治癒士が冒険者ギルドと係わりを持つのは珍しいのだろうな。

そんなことを考えていると、念話をしていた方の受付さんが口を開いた。

「あ、グランハルト様がいらっしゃいましたわ」

そう受付さんから言われて振り返ると、冒険者のような巨漢に白いローブを纏《まと》ったアラフォーぐらいの男性が現れた。

しかし何故後ろから現れたんだろう？　後ろには出入り口しかないはずだから、外にいたとか？

「御主が治癒士ルシエル殿か？　私の名はグランハルト。ここで司祭をしている。そして君を呼んだ本人でもある。移動するから付いてきなさい」

こちらが挨拶をする間を与えないで、グランハルトさんは移動を始めると、おもむろに受付カウンターの後方にある壁に手を触れた。

そこには何もない……そう思った瞬間、いきなり壁が割れていく。

まるでエレベーターだった。

「さあ、中に入るぞ」

どうやらこの世界にもエレベーターがあるらしく、乗ると久しく感じていなかったあのスゥーッとした感覚に襲われた。

「これはどういう仕組みなのですか？　初めて乗りましたよ」

グランハルトさんから変に思われないよう、興奮する演技をしながら質問してみることにした。

「これは魔導エレベーターと言う。魔力を認識して高度を上下に可動させる魔道具だ」

「なるほど！　魔導エレベーターですね。あ、そういえばこれ以外の出入り口を見なかったような……他にも出入り口はあるんですか？」

「いや、ない。そもそも外部の者が教会本部へ自由に出入りするのを防ぐ為に、設計されて建てられたと伝わっている」

「そうなんですか」

もしかしてこれって進入防止兼逃亡防止だったりして……。

そんな嫌な考えが頭に浮かび、俺は出来るだけ早く教会本部からメラトニへ戻れるよう努力することを決めた。


魔導エレベーターが止まるとグランハルトさんが先に降り、こちらを待たずに歩き始めたので、それに倣いついていく。

教会本部の中は豪華な造り……とまではいかないけれど、床や壁は磨き上げたようにピカピカだし、廊下の幅は五人が余裕で並んで歩ける程の広さがあった。

冒険者ギルドとは違うし、メラトニの治癒士ギルドともお金の掛け方が違い過ぎる。

「おや？　君はメラトニの街で治癒士ギルドに誘導してあげた確か……ルイエス君じゃなかったか？」

広々とした廊下を歩いていると、女性の声が俺を呼び止めた……間違った名前だったけど。

声の主に顔を向けると、それは二年前に会ったルミナさんだった。

「あ、お久しぶりですルミナ様。メラトニでは本当にお世話になりました」

「そんな大したことはしていないさ。それにしてもルイエス君が……」

完全に名前を間違えて覚えているみたいだな。まぁ二年前に少し会っただけだからな。

それにしても鎧は着たままなんだな。

「ルミナ様、改めて自己紹介させてください。私の名前はルシエルです。……それにしても結構体格が変わったと思うのですが、良く私だと直ぐに気づかれましたね？」

「ああ、ルシエル君の魔力波動はとても澄んでいたから覚えていたのだ」

魔力波動って……ルミナさんは何か特殊なスキルでも取得しているのだろうか？　それとも電波的な人だったり……。

「そうでしたか。ですが、覚えていてくれて嬉しいです」

「少し話をしたいが、今は着いたばかりのようだし、後で私の部屋に来るといい」

「いいんですか？」

「ああ、もちろん。移動中呼び止めて申し訳ないグランハルト殿」

「いえ、ルミナ様は戦乙女《ヴァルキリー》聖騎士隊の隊長なのですから……問題ありません」

なんだろう？　今、一瞬だけ間があった気がする。

「そうか。では後で彼を私の部屋まで誰かに案内させてください」

「……はい」

ルミナさんが俺の案内を頼むと、グランハルトさんの表情というか雰囲気が硬くなった気がした。

「では、また後程」

ルミナさんはグランハルトさんの返答を聞くと去っていった。


その後、グランハルトさんは終始無言となり、どんどん廊下を進んでいく。

そして案内された部屋に入ると、そこは教会という名には似つかわしくない場所だった。

今まで歩いて来た教会本部とは思えないほど部屋の中は薄暗く。何のために使うのか鞭やノコギリ等が置いてあり、ここが拷問部屋だと理解するまでに時間は掛からなかった。

唯一の救いは先程ルミナさんと会ったことだろう。後にルミナさんの部屋を訪れる俺を、グランハルトさんは拷問出来ないだろう……それにしても何故だ？　ボタクーリと繋がりでもあるのだろうか？

イタズラに恐怖心を抱いていてもしょうがないので、俺はなけなしの勇気を振り絞り、緊張で乾いた口から言葉を何とか紡《つむ》ぐ。

「この部屋はまるで拷問部屋のようですが？　私をここへ連れて来て何のつもりですか？」

不快感を表すことにした。

グランハルトさんには想定済みの質問だったのか、その態度は飄々《ひょうひょう》としたものだった。

「ここは単なる倉庫部屋だから気にするな。ここを通ると近道になる」

そう言われて、次の部屋に通されると、そこはまるでドラマに出てくる取調室のようだった。

危険な感じはしないので、そのまま入室することにした。

「座ってくれ」

そう言われて席に着くと、グランハルトさんも向かいに座って、一通の手紙を取り出した。

「メラトニ支部の治癒士ギルドから、この手紙が私に送られてきた時は驚いた。貴殿が他の治癒士の利益を損ねる治癒をして、メラトニ支部の収益が落ちている。手紙にそう書いてあったのだ。だから事実を確認したい」

そういうことか。グランハルトさんの仕事は事実確認だけ……それなら突破口はある。

これは商談を詰める際に営業マンが言われたくないことを、論理的に話せば突破出来ることだ。

二年前の営業だった当時を思い出せ。

昇進する寸前を思い返せ。

俺はカッと目を見開き、話し始めた。

「……手紙の内容はある意味で事実です」

「ほう。罪を認めると?」

認めたことが意外だったのか、グランハルトは驚いた表情を浮かべた。

「罪とは？　私は二年程前に治癒士になり、冒険者ギルドで体術を教えてもらう対価として治療を冒険者ギルド内で行なってきました。これは罪になりますか？」

「ならないな」

「さらに当時はヒールしか使えませんでしたが、それでも三食と寝床、衣類まで用意して頂き、給金も頂きました。これは罪ですか？」

「違うな」

「それが登録一年間の私の行動状況です。そして二年目ですが、出向という形で冒険者ギルドの臨時職員になりました。一年目に頑張ったおかげか、聖属性魔法のスキルレベルが上がっており、いくつかの魔法を覚えました。これは違法ですか？」

「……いや、真っ当な治癒士の行動だ」

少し困惑してきているな。

「二年目は初年度以上に、給金や装備品なども頂き、冒険者ギルドや冒険者の方々には感謝しています」

「行動に問題がなかったことは分かった。だが問題は、治癒の費用が安過ぎるということらしいが、それについてはいかがか？」

「……グランハルト様は現状をどうお考えですか？　私は回復魔法でお金を頂くのが悪いとは言いませんし、それが仕事ですからむしろ治療費を頂くのは正当だと思います」

「うむ。治癒士ギルドはそういうものだ」

「その手紙を送られてきた方が、どなたかを詮索するつもりはありません……が、私が聞いたメラトニのある治癒院では、ヒールやミドルヒールで治る怪我でもハイヒールで治療し法外な値段を請求する治癒院や、施術を先にしてから、高額な治療費を請求して借金奴隷に落とす……そんな卑劣な治癒院があるということも知りました。この行為のほうが、問題ではないでしょうか？　事前に料金提示すれば面倒も減るでしょうし、追加の時も聞けばいい。そんな当たり前のことをしていない治癒院を、治癒士ギルドはどう管理しているのですか？」

「ぬう、御主は聖シュルール教会治癒士ギルド本部に対して暴言を吐くのか」

「話をすり替えないでください。それに暴言ではなく、無知な私に治癒士がどうあるべきかを指導していないのは、怠慢ではないかとグランハルトさんに質問しているのですよ」

「治癒士ギルドの在り方だと？」

「はい。治癒士ギルドが創設された当時は、崇高で高尚な方々が料金を決めなかったことは聞いていますす。ただ時代が流れ治癒士としてお金をもらうようになった。ここまでは問題はありません」

腕組をしてグランハルトさんは目を瞑る。

「続けよ」

「話を戻しますが、魔法の値段っていくらなのでしょうか？　銅貨一枚？　銀貨一枚？　金貨一枚？　白金貨？　人によって高い安いは変わると思います。大まかな価格設定をギルドが指定していない以上、あとは治癒士の営業努力になると思いますが、違いますか？」

現在は価格がないのだから、別に高くしても安くしても問題にならない。

「……では治癒士に魔法の種類で価格帯を定めよ。そう言っているのか？」

「それも少し違います。ヒールを覚えたばかりの治癒士とベテランの治癒士だと、回復量も違いますから。当然ベテランの方が高くて当然です」

「言いたいことが分からん。簡潔に言ってくれ」

「今回のそちらの手紙に書いてあるような問題は、価格設定が曖昧だから生じた問題です」

「うむ」

「まず怪我の度合いを診てから、適切な料金提示をするべきです。事前に料金提示すれば問題も起こらないでしょう。命に関わる緊急の重傷である場合は仕方ありませんけどね」

「ふむ」

「治癒士は聖シュルール教会治癒士ギルドに所属しています。お布施させていただき、聖属性魔法を覚えることを許され魔法を行使しています。治癒士ギルドが魔法書を販売するのは、お金儲けの為ですか？　違いますよね？」

「無論だ。後進の育成や治癒士ギルドの維持費に使用している」

「そうでしょう。ですから、値段のガイドラインを作ったり、事前に料金提示をしたりすることで、治癒士という職業は尊敬され、真っ当な仕事だと思ってもらえるのです」

　この世界に保険はないのだから。

「ふむ。だが、所詮それは御主だけの考えであろう？」

　あ、この人頭が固いタイプかぁ。

「譬《たと》えばですが、グランハルトさんがご飯を食べに行きます。それに値段の提示が無く食事をして大体の味と量、食材で銅貨十枚ぐらいと思っていたら金貨十枚を請求されました。グランハルトさんはどうしますか？」

「当然文句を言うに決まっているだろう」

「その時に〝うちの店は凄い高級な素材をふんだんに使っているから高いのだ。食った分を払えなければ奴隷するぞ〟そう言われて金貨九枚しか持っていなければ、グランハルトさんは奴隷に落とされてしまいます。これってどう思われますか？」

「不快だ。どうして私が……」

俺はグランハルトさんが全てを口にする前に同調して話す。

「そうです。どうして私が、です。でもそれは事前に値段が分からなかったからです。飲食のお店にかかわらず、料金提示が事前にされていれば、このような問題は起きなかったのです」

「……」

「暴論ではありますが、私はそれが現在《いま》の治癒院のやり方だと思っています。メラトニでは事前に料金を提示するところは数える程しかありませんでした」

「それだけで何が変わる？」

探るような素振りはなく、本当に聞きたがっているように思える。

何だか中立な立場で物事を考えてくれそうな感じがするな。

「事前にどれぐらいの治療費が掛かるかが分かれば、それだけでも治癒院を訪れる人は増えると思いますよ」

「根拠は？」

「もちろんあります。値段が分からない以上、治癒院の診療はギャンブルみたいなものです。もし高額な請求をされて支払えなかったら……と考えるだけでも人は敬遠するものです。しかし、もし事前に支払う金額が分かっていれば？」

「安心して診療が受けられるということか？」

「はい。他にもヒールで十分治癒するのに、わざわざハイヒールで治療して診療代金を巻き上げる治癒士もいるようなので、事前にどの魔法を使うかも伝えた方が良いと思います」

「随分と具体的に聞こえるが？」

「一般論です。誰も好《す》き好《この》んで、借金をしたり、奴隷にされることを望む人なんていないですから」

「まぁ確かに一考の価値はあるか……」

グランハルトさんは迷いながらも、ちゃんと考えてくれる人で良かった。

後は具体的な話をすればいいかな。

「ちなみに私が冒険者ギルドで治癒士として活動していましたが、ここへ来る直前には一日平均で五十人程は治癒していました。これは治療が銀貨一枚で受けられると分かっていたからだと思います」

「経験談か。確かに優秀な治癒士のようだ」

グランハルトさんは腕を組んで椅子の背もたれに身体を預けた。

「あの一点気になっていたことがあるのですが、お聞きしてもよろしいでしょうか？」

「ふむ……聞こう」

「では、教会本部及び治癒ギルドの運営ですが、治癒士達からのお布施と魔法書の売り上げで成り立っているんですよね？」

「それと寄付だな」

寄付か……聞こえはいいけど、色々なことを黙認してもらうための賄賂だとは考えられないか？全てを疑うのはやり過ぎな気もするけど、それだけ酷い組織にしか見えないからな。まぁでも表立っての寄付なら問題はないか。あるとすれば個人に賄賂、もしくはリベートを持ちかけるだろうな。

俺は少しだけ間を取り、真剣な顔で口を開く。

「……他国では借金している人を奴隷にすることが可能らしいです。ですので、もし仮に他国の奴隷商人と結託する悪徳治癒院がこの国にあり、わざと高額な治療をして借金をさせることで奴隷にする。その度にリベートやそれ相応の見返りを受けていれば、それは聖シュルール教会の失墜を意味します」

「ぬぅ……全ては繋がっていると言いたいのだな。しかしそこまで言うなら証拠はあるのか？まさか想像だけではあるまい？」

「証拠は残念ながらありません」

「ただの妄想なのか？」

「いえ、ですが、教会本部が知らないだけで、実際に起きてしまっていることを冒険者と住人達が知っています。だからこそ治癒士が金の亡者と言われているのです」

少しだけ話を誇張してしまったけど、事実だから問題にはならないだろう。

「分かった。他の司祭や大司教と検討しよう」

グランハルトさんは、どこか疲れた表情をしていた。

「ご納得して頂けて良かったです。それでこの後なのですが、私はどうすれば宜しいでしょうか？

直ぐにメラトニへ帰れる訳でもないでしょうし」

本来はそれが嬉しいけど、きっと無理だろうな。

「当たり前だ。一先ずルミナ殿の私室に案内させる者を呼んでこよう」

その後、ぐったりとしたグランハルトさんと廊下に戻ると、グランハルトさんのお付きの方が待っていた。

お付きの方は憔悴していたグランハルトさんを心配していたが、俺をルミナさんの私室まで案内してくれた。

02 ギルド本部での仕事とは？

長い廊下を抜けて新しい建物に入ると、そこから更に階段を上り漸《ようや》く角部屋で止まった。

「こちらがルミナ様の私室でございます。では、私はこれで失礼します」

「案内ありがとう御座いました」

送ってきてくれたグランハルトさんのお付きの方にお礼を伝えてから、俺は扉を叩く前に一度深呼吸をした。

どうも女性の部屋を訪れると、軽く緊張してしまうんだよなぁ。

呼吸を整えてからノックして、俺はルミナさんへ訪問を告げた。

「ルミナ様、先程お会いしたルシエルです。早速、お伺いさせていただきました」

すると中から「入ってきていいぞ」と声がした。

扉を開くと、そこはシンプルな普通の部屋だった。

そのことに一瞬驚いたが、先程の拷問及び取り調べ部屋はグランハルトさんの趣味だったんだと納得した。

あの部屋がグランハルトさんの私室だったら笑えないけど……。

「どうかしたのか？」

態度に出ていたのか、怪訝な表情で問われてしまった。

「先程グランハルトさんといた部屋から、ルミナ様の部屋に来たので……そのギャップに唖然としてしまいました」

俺は軽く笑みを浮かべて肩をすくめてみせる。

「ふふふ。なるほど。あの部屋の後なら、しょうがないか」

どうやら疑問が解けたのか、笑ってくれた。

「私がここに……この教会本部に来た理由をご存じだったのですか？」

「ああ。少しだけはなだから話が手短になるように、グランハルト殿に釘を刺しておいた」

「なるほど。今回も、メラトニでの時も本当にありがとう御座いました」

「礼は既に先程受け取っているから良い。それと私は堅苦しいのは苦手なのだ。楽にしてくれ」

いやいや、その堅苦しい言葉遣いの方が俺は苦手です。それにしても本当に聖騎士隊の隊長だったなんてな。

「お言葉に甘えます。ところで……」

そこまで言うと、手で遮られた。

「まずは茶でも入れよう。そこらのイスにでも腰を掛けていてくれ」

「あ、はい。ありがとう御座います」

部屋の造りは、十畳程の部屋が二つ並んでいる間取りだった。

結構殺風景だなぁ～。率直な感想が頭に浮かぶ。

「殺風景だろ?」

そこへ、かなり速くお茶を運んできたルミナさんに声を掛けられて吃驚した。

「すみません」

「いやいい。ここは書類仕事と寝る為だけの場所でしかないのだ。だからあまり愛着もないのだ」

ルミナさんはそう困ったように告げてきた。

「そういえば、メラトニでお会いしてから一週間後にヒールを習得出来ました。御礼を言おうとルミナ様の所在をギルドで尋ねたら、既に本部へ戻られたと聞いたので驚きました」

「私の仕事は、結構各地を転々とすることがあるんだ。それより今回はグランハルト殿に召喚されたのか? それとも異動か?」

「今回は、教皇様の名で手紙を頂き異動になりました」

「フルーナ様からとは、ルシエル君は相当優秀なようだな」

「う～ん、それはちょっと違うと思います。実は……」

俺はメラトニでの出来事を、簡単に説明していった。

そして、先程のグランハルトさんとの会話までを話しきった。

「うむ。なるほどそういう事だったのだな」

頷きながら、ルミナさんは思案顔になって俺に質問をする。

「それで、これからどんな任に就くのか知っているのか?」

「う～ん……実は異動をして来たものの、結局自分が何をしたらいいのか全く分からないんですよね」

「グランハルト殿から説明はされなかったのか？」

「はい。だから実はまだ何も……」

「そうなのか……そうであれば……ルシエル君。君の仕事は少し危険が伴うかもしれない」

「…本当ですか？」

「ああ。ただ、出世を見込めるのは間違いないがな」

「魔法の腕を研《みが》きながら、旅をしたくなってきました。どこか聖属性魔法を必要とされて……安全な場所はないですか？」

「諦めろ。ピュリフィケイションという浄化魔法を知っているか？」

「あ、はい。それはもう使えるようになりました」

「……そうか。それならば、少しは安全にレベルを上げたり、司祭になれる場所だ」

「剣で斬られたり、槍を刺されたり、いきなり現れて投げられたり……それよりも安全な場所なら、頑張れそうな気がします」

「それはどんな地獄だ？　……まぁいい。実はこのギルド本部の旧館の地下にある、創設者達を祀った墓地が、数十年前に迷宮化してしまったのだ」

「迷宮ですか？」

「ああ。迷宮とは……」

「魔力が溜まりやすい場所に魔力が溜まり続け、生きている人の怨念や欲望を吸収して宝や魔物を生み出す。冒険者には一攫千金を夢見れる欲望の巣でしたよね」

「驚いたな。君は無知だったはずだが？」

「二年間ありましたからね。そこはちゃんと勉強しました。一応今なら街や村に名前があることも分かりますよ」

本当にナナエラさん達には感謝しないといけないな。

「クックック。そう言えばそうだったな。では話を戻すが、迷宮から魔物が這い上がって来ないように、見張りをしながら魔物を間引きしていく。そんな仕事をすることになると思う」

「……ちなみに、どんな魔物が出るんですか？」

「スケルトンやゾンビ、ゴーストといったアンデッド系の魔物しか出てこないと聞いている」

「アンデッドですか……私でも戦えるでしょうか？」

正直なところ不安しかない。

「聖属性の浄化魔法を発動すれば、一気に消滅出来ると聞いている。魔石も残すらしいから小遣い稼ぎが出来るらしいが、やりたい者がいないそうだ」

それならば何で俺が呼ばれたんだろう？　やっぱり危険な作業なのでは……。

「凄く不安なんですが……」

「大丈夫。普通の治癒士は戦闘訓練なんかはしないし、あまり言いたくないが、本部にいる治癒士職員の大半は金で成り上がった者達だ。そんな奴らでは万が一はあるかもしれないが、ルシエル君は戦闘経験が豊富だと聞いている」

俺の情報が伝わっているのか？　まぁルミナさんからは嫌な感じも受けないし、本当に大丈夫なんだろう。

「……そう言えば何かメリットはあるんでしょうか？」

「ある。迷宮で拾ったものは自分のものとなるし、魔石は販売できる。誰にも文句は言われないし、奪い取ることもない」

「おお。強くなれる環境がここにもあった」

もしアンデッドが簡単に倒せれば、レベルも上がる……かもしれないしな。

そう考えると、何だかやる気は湧いてくる気がする。

「運が良ければ宝も手に入るし、魔石を売って治癒士ギルド本部限定の最上級魔法書を買うことも出来るぞ」

「ゾンビって噛まれたら、ゾンビ化するなんてことはないですか？」

「どんな与太話だそれは？　毒はあるかもしれないが、ゾンビ化するなんて聞いたことがないぞ？」

「それを聞いて安心しました。……本当に」

「デメリットとしては迷宮は非常に臭い。只々臭い。迷宮の臭いは服に染み付くから、人に近寄ると嫌な顔をされるぞ」

「えっ？　そんなのは全然問題ないですよ」

そう。物体Xを飲んだ後はいつもそんな感じだったし、ブロド師匠は近寄ろうとすると「クセェ」って言って姿を消して殴ってくるし。あれ……なんか目から汗が出てくる。

「……本当に大丈夫か？」

「大丈夫です」

俺には絶好の機会だし。

「まぁ決めるのは、グランハルト殿だけどな」

「そうですね」

「おや、悪いがそろそろ時間だ」

「あ、何だか長い時間お邪魔してしまいましたね」

「いやいい。誰かいるか」

声を上げると数秒後に声が聞こえた。

「御用でしょうか？」

「うむ。ルシエル君をグランハルト殿のところまで連れて行ってくれ」

「畏《かしこ》まりました。それでは参りましょう」

「本日はありがとう御座いました。あ、一つ確認したかったことが」

「答えられる事であれば、答えよう」

「ルミナ様は、聖騎士隊の隊長さんなんですよね？」

「なんだ知っていたのか」

「格好良いですね」

「ふふふ。まぁな」

「では、また機会がありましたらお伺い致します」

「その時は頼む」

こうして俺とルミナさんの久しぶりの邂逅は幕を閉じた。


「貴方は一体何者なのですか？」

ルミナさんの部屋を出てから少し歩くと、ルミナさんのお付きの人にそう声を掛けられた。

「何者って、どういう意味ですか？」

「普段ルミナ様は笑われませんし、誰かとこんなに長く雑談される方ではありません」

「なるほど。でしたら私はルミナ様から見て、拾った迷い犬みたいなものでしょうか」

「迷い犬？」

「ええ。二年程前に治癒士となった日、田舎から身分証明書を持たずに出てきてしまいまして、メラトニの街に入れずにいたところを、治癒士ギルドまで案内してくださったのがルミナ様だったのです」

「なるほど。……貴方ってまだ十七歳なの？」

「はい。十七の若輩者です。ですから、本部に異動してきた私を見かけて声を掛けてくれたんですよ」

「そういうことか。あ、私はルミナ様のお付きみたいなもので、ルーシィーよ」

「私はルシエルと言います」

「何か分からないことがあったら、頼りなさい」

「それはありがとう御座います。宜しくお願いします」

「それでなんで本部に……」

こうして本部に異動してきた表向きの情報で会話し、聖属性魔法のスキルレベルを話すと「ルシエルって凄いのね」と褒められたところで、どうやら目的地へ着いたようだ。

「あ、ここがグランハルト様の部屋よ。じゃあ私は行くわね」

「ルーシィーさん、ありがとう御座いました」

「いいわ。じゃあまた、会いましょう」

そう言って、彼女はルミナさんの私室の方へと戻っていった。


コンコンコン。

「先程お会いしていたルシエルです」

「あ……入ってくれ」

あ、って声がしたのは何ですか？　もしかして、もう忘れられてた？

「失礼します」

俺は頭を切り替えて、ドアノブを回し中へ入る。すると書類に埋もれそうな、顔の青いグランハルトさんがそこにいた。

「先程はお時間を頂き、ありがとう御座いました。ルミナ様とお会いしてきました」

「うむ。あ、これが御主への辞令だ。読んだら御主の部屋に案内しよう」

辞令
聖シュルール教会治癒士ギルド本部、除霊戦闘部隊に配属。
現在Aランクであることを考慮し、助祭及び退魔士の兼任職務を命ずる。

「これはいったい？」

「ルシエル殿には、明日からあるところでアンデッドを祓う仕事をしてもらう。給金は一月《ひとつき》ごとで金貨二十枚となっている」

「へっ？　金貨二十枚？」

日本円で計算すると月収二千万円……ここは天国か？　待てよ、給料が支払われるということは、外出することも出来るんじゃないか？

「そうだ。明日は引継ぎの日となるので本日は早く眠るように。ああ、その前に食堂と部屋を案内させよう」

「ありがとう御座います。あ、仕事時間外で修行する時間があれば、訓練施設等を教えていただきたいのですが」

「……今日は食堂と部屋にのみ案内させる」

露骨に嫌な顔をされたけど、これなら色々と融通を利かせてくれるかもしれないな。

もしかすると、もの凄く良い職場なのかもしれない……。

だけどこの環境に慣れてしまえば……それが狙いなのだろうか？

そんなことを考えながら、グランハルトさんのお付き方に、食堂と自室を案内してもらった。

グランハルトさんやルミナさんの部屋と同じ間取りの部屋で、ひとまずメラトニから持ち込んだ荷物の整理をした。

その後、部屋で筋トレをしてから食堂へ向かい、グルガーさんに言われた量の料理を食べていると「まだ食べるんですか？」と、食堂の給仕の方に呆れられてしまった。

俺は苦笑いを浮かべながら、教会本部の食事も無料であることに感謝するのだった。

自室へ戻り魔法の鞄から物体Xが入った樽と、グルガーさんから貰った物体X専用ジョッキを取り出し、夜の分を飲んで、魔力操作と魔力制御をしてから眠りに就くのだった。

03　アンデッド迷宮

早朝、いつも通りに目が覚めた。

「もはや早起きは習慣だな。それにしても……」

師匠との訓練がなくなって、身体が楽になったはずなのに、落ち着かないのは何故だ。

しかし俺にその答えが分かるはずもなく、溜息を吐き、迷路のような教会本部の通路を歩きながら食堂へ向かった。

時間的には早いと思うけど、夜勤警備をしている人もいるだろうしな。

すると昨日の夕食の際に、途中から配膳してくれたおばちゃんとバッタリと遭遇した。

「あら、昨夜沢山食べてくれた新しい治癒士の方だね。こんなに朝早くに食堂に来てどうしたの？」

「あ、おはよう御座います。昨日はもう一人の給仕の方には失礼致しました。私はルシエルと申します。今後お世話になりますので、これからよろしくお願いします」

「あらあら、礼儀正しいのね。昨日の配膳していた子にはちゃんと言っておいたから、沢山食べてね。何たって本部の治癒士さんは色々大変なことが多いからね」

何だろう、少し不安になってくる。

「ははは。まぁ頑張ります。ところで食堂は開いているんでしょうか？　開いていなければ、朝食の時刻は何時頃からなんでしょうか」

「そうね。普通はあと二時間ぐらい後からよ。ここの司祭様達は皆さん朝が遅いのよ」

「……なるほど。では、訓練場とかはありますか？」

「あるわ。でも隊によって訓練施設は別なの。だからそれは上司の方に相談してみるといいわよ」

「そうですか……分かりました。あ、それとお昼なんですが、お弁当をお願いしてもいいですか？」

「それはいいけど、どこかに行くのかい？」

「まぁ仕事に行くだけですよ」

「そうかい。あんまり無理しちゃ駄目だよ」

「ははは。善処します」

朝食の時間を聞いて手持ち無沙汰になった俺はまず部屋に戻り、魔法の練習をしながら時間を潰すことになった。


それから暫《しばら》くして食事を終えると、用意してもらった弁当を鞄に入れて、グランハルトさんの部屋へと向かうことにした。

「ようやく来たか」

既にグランハルトさんが待っていて、その隣には二十代後半に見える青年が立っていた。

「おはよう御座います。お待たせしてしまったみたいで、申し訳ありません」

「ははは。大丈夫ですよ。どうせグラン様が時間の指定をしていなかったんでしょうし」

「そんなことは……」

グランハルトさんは一度俺の顔を見てから視線を逸らした。

ニヤニヤしながら、青年が話し始める。

「あるでしょうね。私の名前はジョルド。君がこれからする仕事をしていた前任者だよ。今日までだけどね」

「これはご丁寧に。私の名前はルシエルです。本日から後続の任に就きます。よろしくお願いします」

「まずはこれを受け取れ」

グランハルトさんが無理矢理会話に入って、ジョルドさんが着ている白いローブと同じ物を渡してきた。

「これは？」

「そのローブは教会本部の治癒士及び騎士、治癒士ギルドAランク以上の者に与えられるローブだ。そしてそれは瘴気を遮断する聖銀糸で編まれた特別製だ」

それは聖銀の白と銀が混ざり合い、光沢のある白いローブだ。

これはさすがに……冒険者ギルドにこれを着て行ったら爆笑されるのがオチだな。

「はぁ～。これって高そうですね」

「白金貨十枚だ。そんなことよりもそれを纏《まと》う以上は、治癒士ギルドの権威を損ねるような馬鹿な真似はするなよ」

十億……教会本部って、どこからそんな資金が出ているんだろう？

これからも色々ありそうだな。

「承知しました」

「次に、これを渡しておく」

渡されたのは一枚のカードと背嚢《はいのう》だった。背嚢は分かるけど、何のカードだ？

「このカードは？」

「これがあれば、私に一々許可を求めず、あの魔導エレベーターに乗って外へ出られるぞ」

「本当ですか！　ありがとう御座います」

「私は時間が無いのでこれを渡すが、問題ごとだけは絶対に起こしてくれるなよ。それと外に行って重病人や子供、ペット、何人たりともギルド本部に連れてくることは禁じる。誓えなければ渡さない」

「……誓います」

背に腹は代えられない。それに重傷ではなく重病って言ったから大丈夫だろう。

「よし。証人は私グランハルトとジョルドがなる」

簡単な宣言をするとカードが一瞬光った。

「今のは？」

「誓約だ。お前が約束を破った場合、カードが使用出来なくなる。そうなった場合、罰則が与えられるから気をつけろ」

「本当に止めておいた方がいいよ。教会の罰則は異常なぐらい厳しいから」

「分かりました」

「ジョルド、あとは任せた」

「承知しました、グラン様。じゃあ私に付いて来てくれ」

そしてそのまま魔導エレベーターに乗り地下へと移動した。


「ここから少し歩くと、売店が見えてくるよ」

ジョルドさんはそう言うと、前方の光に向かって歩き出した。

エレベーターが青白く発光しているのを確認して、戻ることも出来そうだと安堵しつつ、ジョルドさんの後に続いて光が零れる部屋に入った。

「驚いただろ」

少年のような笑みを浮かべたジョルドさんが、部屋を見回しながらそう言った。

正にその通りだった。

ゲームによく出てきそうな剣や鎧が綺麗に飾られ、魔法書が所狭しと並べられていた。

「ここで迷宮から出てくる魔石をポイントと交換して、ポイントを貯めたらそれに応じてここにある全ての物と交換が出来るんだよ」

「凄い品数ですね」

「そうだね。ここでしか手に入らない魔法書とかとも交換出来るから、頑張ってみるといいよ。この時間帯には人がいないから、まずは迷宮へ潜っちゃおう」

「緊張しますね」

「まぁ迷宮だからね。さぁここからは既に迷宮だよ」

ジョルドさんが扉を開けた瞬間、今まで感じていなかった圧迫感に襲われる。

まるで何かにジッと見つめられているような、粘りっこい感覚だ。

だけどジョルドさんはこの感覚に慣れているのか、何も感じないようにどんどん先へと進んで行く。

扉をくぐり抜けてから、少し歩くと開けた場所に出て迷宮の中をしっかりと見ることが出来た。

迷宮の中は夜明け直前ぐらいの明るさがあり、松明《たいまつ》等を灯す必要はなさそうだ。

迷宮という割には、まるで教会本部の廊下を歩いているような感覚がする。

ただ決定的に違う部分も存在する。

臭いのだ。

何か腐った物が少し遠くから漂ってくるようで、我慢は出来るけどあまり嗅ぎたくない臭いだ。

まぁ物体Xを飲んでる俺は、我慢出来るし、そのうち慣れてしまうこともあると思うけど。

念のため、奥へ行く前にオーラコートを発動させておくことにした。

せっかく貰ったローブの効果を信じない訳じゃないけど、二重ブロックした方が安全だと考えたからだ。

そして少し先まで歩くと、地下に続く階段が現れた。

「ここから魔物が出るから、まぁ最初は見てて」

　ジョルドさんはまるで散歩に行くように歩いていき、徘徊しているゾンビに向かって右手を伸ばすと、慣れたように詠唱を開始した。

「【聖なる治癒の御手よ、母なる大地の息吹よ、願わくば我が身と我が障害とならんとす、不浄なる存在を本来の歩む道へと戻し給え。ピュリフィケイション】」

　ジョルドさんが浄化魔法を発動すると、青白く輝く霧がゾンビに飛んでいき、それがゾンビに当たると、眩《まばゆ》い光が生まれゾンビを飲み込むように拡がっていく。

　そして光が収まると、いつの間にかゾンビは消滅している。

　小さな赤黒い石へと姿を変えている。

「はい。これが今日からルシエル君の仕事となります。アンデッドは生者に群がりますので、聖属性魔法のピュリフィケイションで倒してください。あ、これが魔石ね」

　ジョルドさんは魔石を拾って、嬉しそうにみせた。

　しかし疑問が一つ生まれた。

「もしピュリフィケイションが使えなかったら、どうするつもりだったんですか？」

「使えると聞いてましたし、間違いなら実戦でピュリフィケイションを覚えてもらったと思います。ピュリフィケイションは一体ではなく、複数に聖の波動を与えるので、うまく倒してください。じゃあ、頑張ってね」

　そう言って、さっさとジョルドさんは迷宮から出て行った。

「臭いからってそんなに早く出て行かなくたって……まぁいいか。安全にやってみよう」

俺はローブを一度取ってから、魔法の鞄の中に入れておいた武器と防具を取り出して装備すると、再びローブを纏い、初めての迷宮への探索を開始した。

迷宮は魔物が沢山いるようなイメージだったけど、一階層だからなのか魔物は中々現れない。

この腐敗臭だけはどうにかして欲しいけど……これで月金貨二十枚なら楽な作業だよな。

まぁ通常はこの臭いがする場所での作業はキツイだろうけど、物体Xを原液で飲み続けている俺だったら問題ないし。

「これってマッピングしながら行かないといけないのかな？　ってゾンビ発見。しかも複数とか……聞いてないか。神様、仏様、ご先祖様、力をお貸しください」

俺はゾンビを見据えて静かに詠唱を開始した。

「【聖なる治癒の御手よ、母なる大地の息吹よ、願わくば我が身と我が障害とならんとす、不浄なる存在を本来の歩む道へと戻し給え。ピュリフィケイション】」

いやぁ～もうリアルゾンビって怖い、怖すぎる。

無意識に一度発動すれば消滅するゾンビに、三度も連発してしまった。

まぁ前世でも、銃でゾンビを撃つゲームで、最初は同じように連射したビビリの性格だからしょうがないか。

それにこれはゲームじゃないからな。

気がつけばゾンビは既に消えていて、魔石が四つ転がっていた。

「あれ三匹しかいなかったよな？　テンパってたからか？　まぁいいか。何とか勝てたし」

魔石を拾った俺は、真っ先にステータス画面を開いた。

「？　……レベルが上がってない？　えっ？　何で？」

俺はその驚愕の事実に、思わず二度見ではなく三度見をしてしまった。

通常、魔物を倒したらレベルが上がる。

レベル一なら魔物を倒せば、同じランクのゴブリンを一体倒しても上がると言われているからだ。

それなのに上がらないということは……。

もしかして、ここはレインスター卿や教皇様、賢者の誰かが作った幻覚の訓練場か何かじゃないだろうか？　それともゾンビの経験値が圧倒的に低い？

それとも新手のいじめなのだろうか？　でも、これで月収二千万だったら……。

「ここは開き直って訓練場としてどんどん活用させてもらおう。それでレベルが上がればいいし、上がらなかったら訓練施設ということにしよう」

それから俺は、ブロド師匠から貰った剣に魔力を流してゾンビを斬る訓練を開始した。

ゾンビの動きは遅く、俺でも斬ることが出来たからだ。

浄化魔法は魔力を使うので回数制限があるけど、魔力を流した剣で斬ることが出来るのなら、たくさんの魔石を稼ぐことも出来ると思っての行動だった。

剣に魔力を通しても、消費する魔力は斬る瞬間だけなので、一か二程度しか消費しない。

少しじっとしていれば直ぐに回復出来るので、今後も重宝すると思う。

ブロド師匠の全力の動きに反応出来ないだけで、視界に捉えられる程度に成長していた俺には、ゾンビの動きが遅く感じた。

その他この世界のアンデッドでも、回復魔法の効き目があるかどうかを試す為に、ゾンビの頭を掴んでヒールを発動させてみると、驚くことに一撃でゾンビを消滅させることが出来たのだ。

但しあまりの臭さに、自分の手に浄化魔法を掛けて臭いを消す破目になってしまったが……。

俺は階段があってもスルーして、迷宮の一階層を歩き回りながらゾンビを倒していく。

この一階層だけなら無双状態と言っても過言ではないと思う。

しばらく一階層を迷うことがないように、グルグルと回ると、脳内地図を頭に描いていく。

しくじった。こんなことなら羊皮紙とインクとペンを持ってくれば良かった。

一階層の広さは、大体三百メートル四方で、道幅は五メートル近くあり、戦闘で動きを阻害されることはなかった。

ここなら浄化魔法を使って聖属性魔法の訓練をすることも、疑似ではあるけど、実戦を積むことも可能だな。

幻覚かどうかはまだ分からないけど、十分に対応出来るレベルだと判断してからは、肩に力が入ることもなく、本来の動きが出来るようになっていた。

「この程度ならもう迷うことはないいな」

判断出来るまで歩き続けて、二階層に下りることにした。

「二階層も明るいな」

これで宝箱とか出てきたら、新人歓迎会の異世界風の肝試しなんだろう。

この臭いがあるから嫌がらせか……もしくは本当に臭いから給金がいいのかは、そのうち見極めることになりそうだ。

そんなことを考えながら、二階層の探索を開始していく。

「おお。ゾンビを従えるゾンビとか、こういう魔物もいるのか？　あ、あっちは火の玉か？　何だっけウィル・オー・ウィスプ？　それともウィル・オー・ザ・ウィスプだっけ？　もう火の玉でいいか」

ここでも色々試してみようかな。

浄化魔法を発動させて、新たな魔物に、魔力を流した剣が効くか試してみることにした。

「うわっ、弱ッ」

牽制のつもりで攻撃したら、火の玉は一撃で消滅してしまった。

どうやら二階層も何の問題もなく探索出来そうである。

迷うことはないと判断したところで、俺は三階層へと続く階段に腰掛け休憩することにした。

食堂のおばちゃんが作ってくれたお弁当を完食して、ノルマである物体Xを飲む。

一応食事中は警戒していたのだけれど、魔物が寄って来ることはなかった。

「『アンデッドは生者に群がりますので』か。絶対ジョルドさんも前任者に同じこと言われたんだろうな」

腹を満たし、物体Xを飲んだ俺は三階層に下りて同じように探索した。

物体Xを飲んだおかげか、迷宮で感じていた腐敗臭も全く気にならなくなり、順調に探索をすることが出来た。

ただ三階層で、骸骨の群れに遭遇した時だけはかなり混乱してしまい、浄化魔法を乱発してしまったが……。

その時、魔力枯渇寸前まで追い込まれたことについては、反省が必要だと思う。

まぁその後は何とか立ち直り、三階層で修行することも出来たし、自分的には初日だし及第点というところだろう。

そんなことを考えながら、迷宮を出る際には自分にも浄化魔法を発動してから、アンデッド迷宮（仮）を脱出するのだった。

04 ボタンの掛け違い

迷宮の出口に歩いていくと、浄化魔法ピュリフィケイションをいきなり掛けられた。

「何するんですか。いたずらですか？」

いきなり浄化魔法で視界が青く光ったから、驚いてしまった。

「ああ、ちゃんと生きていましたか。初日に迷宮に潜って半日も帰って来なかったから、ゾンビになってしまったのかと思いましたよ」

ジョルドさんは俺を騙そうとしているのか？　それとも天然なのか分からない。


だけどこの迷宮はほぼ間違いなく高度な訓練施設だ。

これでレベルが上がっていれば、死ぬ可能性があるとは俺も考えたけど、あれだけ魔物を倒してレベルが一のままなのだから、死ぬことはないだろう。

俺は優しくジョルドさんの肩を叩いてあげた。

「何その表情!?　俺は分かってるよ。みたいな顔は！」

「凄い。考えていることが分かるなんて、ジョルドさんはもしかしてエスパーなんですか？」

「あの、エスパーって何ですか？」

異世界では、エスパーという言葉はないらしい。

「コホン。私はこれでも冒険者ギルドで武術のスキルを磨いてきましたから、魔物（本物の）がどれくらい危険かは分かっています」

「そういえばそんな報告を聞いたよ。何とも変わり者だ……」

本人を目の前にしてそれを言うとは、間違いなく天然だな。

「慢心すれば命がいくつあっても足りないということも理解してます」

「それでも迷宮は初めてなんだよね？　いかにゾンビ（本物）とはいえ、結構大変だったでしょ」

「あれぐらいなら遅れを取ることはありませんよ。迷宮内も明るかったですから、両手は使えましたからね」

「へぇ～頼もしい。ルシエル君は強いんですね。私なんて最初の三ヶ月はまともに（二階層へ）進めませんでしたよ」

「まぁそこそこ戦えるつもりです。大丈夫ですよ。明日からも少しずつ進んで（三階層よりも下へ）行きますよ」

「おお頼もしい」

「あ、そうだ。この魔石（たぶん幻覚を作る石）はどこに持ち込めばいいんですか？　冒険者ギルドですか？」

「いや、あそこの店で買い取ってもらってください」

「ああ、そうでしたね。そりゃ冒険者ギルドでは（石は売れないだろうし、こんな訓練場があるなんて知られたくないから）不味《まず》いですよね」

売店のカウンターに目を向けた。

「そうです。（もし治癒士ギルドの本部に迷宮があるなんて知れたら大問題になりますからね。）いや～ルシエル君は、状況判断が速くて助かります」

「いえいえ。ここで魔石をポイントと交換すればいいんでしたっけ？」

「あ、ジョルドさん。新人さんはご無事でしたか」

売店のカウンターから、朝はいなかった妙齢の女性が声を掛けてきてくれた。

「大丈夫でしたよ」

「心配いただきありがとう御座います。私はああいうのに少しは（ホラー映画やゲームで）耐性があるので大丈夫ですよ」

「それは凄いですね」

ニコニコ褒めてくれる。何だろうちょっと嬉しい。

「ここで今日の魔石を渡してください」

愛想がいいのは……お仕事ですもんね。

はい、知っていました。

「はい」

ドンッと置かれた背嚢《はいのう》を、吃驚《びっくり》した表情で見つめるジョルドさんと女性。

この背嚢は魔石を収納するために作られたで、人が背負っている分には重さを感じさせないものらしく、無駄に高い技術が使われている。

「ではすみませんが、これの買取をお願いします」

「凄い。本当にたくさんあるじゃないですか。でもあまり無理しちゃ駄目ですよ。命は一つしかないんですから」

「そうですね。わかりました」

「では、カードを渡してください」

「カード？　カードって治癒士のギルドカードですか？」

「あ、ルシエル君、今日グラン様から貰ったカードの方だよ」

おっ、驚いて固まっていたジョルドさんが復活した。

「ああ、なるほど」

そう言われてカードを渡す。

「全部で四千二百十六ポイントになります。初日にして異常な戦果ですね。これだけの稼ぎを見るのは、だいぶ久しぶりです。さて、何か買っていかれますか？」

「売っているものがどれぐらいのポイントと交換できるか分からないので、何とも言えませんね」

値札がないから何が買えるか分からない。

「そうですね。ここにあるものは全て買えますよ。今一番高いのはこの魔法書で最上級が百万ポイントになります。魔法書の最高位で現在管理している最上級の魔法書ですよ」

「ははは。買えるのは遠い未来ですね」

本当にゲームみたいだな。

もしかしてここを創った教皇様が転生者だったり……そんなわけないか。

「あとはポーション類とか、状態異常を緩和することが出来る魔道具とかね」

「そうなんですね。あ、そうだ。あちらの武器は?」

「あちらの武器は、アンデッドにダメージを与えられる銀や聖銀で鍛えられた物よ。全てドワーフさん達の手で作られているの」

そういえば獣人さんは良く見たけど、エルフやドワーフを見る機会は今まで一度もなかったな。

「へぇ～いくらですか?」

「一つ二千五百ポイントよ」

「えっ!? 何でそんなに安いんですか? 絶対に原価を割っていますよね」

「ここは神官騎士さんや聖騎士さんは来ないし、来られないようになっているの。だからここで買い物をするのは退魔士の仕事をする治癒士さんだけなんだけど、武器を扱える人なんて稀だし買わないの。教会の誓約で転売も出来なくなっているから、全く需要がないの」

これは久しぶりに豪運先生のお力が働いたにちがいない。

「……それでも安すぎませんか? それに何で需要がないんですか?」

「治癒士が武器を振って魔法を詠唱することは出来ないでしょう? いくらゾンビでも囲まれたら食べられちゃうわよ」

えっ? 出来るんですけど。

あれ？　ブロド師匠は出来るのが普通だと言って、斬りつけてきたような……。

何だかモヤッとするけど、ブロド師匠のおかげで、俺にとって都合のいい展開が訪れたのは間違いなさそうだ。

「……なるほど。これらの在庫ってたくさんあるんですか？」

「山のようにあるわ。最初は二十万ポイントで販売されていたらしいのに、今じゃ倉庫を埋める不良在庫よ」

やはり久しぶりに豪運が本領発揮してくれたのだろう。

「では明日の仕事が終わったら、剣と槍を両方購入を希望します」

迷うことはなく、即決で購入予約をすることにした。

「まぁ。本当に今回の新人君は変な子だね。う〜ん。今回は初回だしおまけで四千ポイントにしてあげる。だから死んじゃ駄目よ」

とても嬉しい。

それに受付の女性が前世で同じぐらいの歳であることから、テンションが上がってくる。

「明日からもっと稼ぎますよ。私はルシエルと言います。これからこちらで頑張っていきますので、宜しくお願いします」

「はい。私はカトレアよ。宜しくね。そうだ。ジョルドさんも今日までお疲れ様でした」

「えっ？　あ、はい」

どうしたんだろうか？　先程からジョルドさんが元気がない気がする。

もしかして、カトレアさんと接点がなくなるからだろうか？　確かにお似合いの歳には見えるけど……。

俺にはどうすることも出来ないし、仕方がないから今日はそっとしておこう。

こうして初の退魔士としての仕事（？）を無事に終えることが出来た。

05　上がらないレベル、日進月歩の精神

まだ朝日が顔を出す前に俺は目を覚ました。

「ふわぁ～あ。あ～眠い。身体から何かが漲《みなぎ》ることもないし、やっぱりあの迷宮は幻覚か」

ストレッチをしながら、熟練度鑑定を行ない、魔法の基礎練習と魔法の考察を行なう。

「あ、詠唱省略のレベルが上がってる。それと魔法陣詠唱も、もう直ぐレベルⅠになるな」

日々のステータスチェックはしてはいないものの、スキル熟練度の確認は聖属性魔法で現在使用が出来ないエリアハイヒールとディスペルの為にチェックしている。

「昨日だけで八百オーバー……凄いな」

疑似戦闘だけでこれだけ上がるなんてな。

項目としては魔力操作、魔力制御、聖属性魔法が群を抜いて成長していた。


熟練度だけど、レベルⅠになる為に必要な熟練度は千が必要だった。

レベルⅡになるには倍の二千が必要で、それ以降も倍の熟練度が必要となる。

最後のレベルⅨからレベルⅩへ上げるためには五十一万二千の熟練度が必要となる。

いくら意識してやるとしても、そこまで究めるのは難しいだろう。

熟練度上昇については、魔法の場合はレベルに応じて発動出来るようになる魔法を使うことで、熟練度が最大五上昇する。

例えばレベルⅠでヒールの場合、治す対象がいて、イメージ、魔力操作、魔力制御を完璧に発動すると、熟練度は五上昇する。

レベルⅡで同じ事を行なえば四、レベルⅢなら三、レベルⅣなら二、レベルⅤ以降は一となる。

俺は魔法書を読み返したり、詠唱や詠唱省略で魔法が発動する魔法陣に注目しながら、日々研鑽を積んでいた。

魔法の熟練度は、魔法が発動すれば上昇する。

その指標を見つけた俺は、俄然やる気が出てきて、それが結果へも反映する。

「このまま頑張れば、半年でレベルⅧになるな。目指せ二十歳でカンスト!!」

俺は朝の鍛錬を終えると、食堂へ向かった。

「おはよう御座います。今日も山盛りでお願いします」

「あら、ルシエル様、おはよう御座います」

「止めてくださいよ。ルシエルでいいですよ。様付けで呼ばれると何か肩が凝りますし」

「やっぱり変わってるね」

そう言っておばちゃんは笑い、大盛りの配膳をしてくれた。

「今日もお弁当をお願いします。量は昨日と同じぐらいで大丈夫です」

「言っても無駄だろうけど、あんまり根を詰め過ぎちゃ駄目だよ」

「大丈夫ですよ。今までの生活（一日に一度走馬灯を見ていた）に比べたら天国ですね」

「それなら、いいんだけどね」

軽いやりとりの後、席について食事を堪能していると、後ろから俺を呼ぶ声がした。

振り返るとそこにはルーシィーさんがいた。

「あ、ルーシィーさん、おはよう御座います」

「おはようって貴方、退魔士に配属になったんですって」

昨日の今日で知っているなんて、どこから情報が洩れているのだろう？

「ええ。耳が早いですね」

「結構（戦闘が）きついって聞いたけど大丈夫なの？」

「全然（ホラーの幻覚なんて）問題ないですよ」

「そう。ルミナ様も心配していたから、何か役に立てることがあったら言ってよ。力になるから」

「ありがとう御座います。あ、だったら早速一つ。羊皮紙とペンとインクが買えるところを教えてもらえませんか？」

「それだったら、備品倉庫に行けばいくらでもあるわよ」

何だろう、何でも安かったり、備品はタダなんだろうか？

「じゃあ後でいいので、場所を教えてください」

「いいわ。その前に朝食をご一緒していいかしら」

「勿論です」

それからルーシィーさんに冒険者ギルドでの生活等を語って、ドン引きされながらも食事を終えた。

その後、備品倉庫を教えてもらい、大量の羊皮紙とインクとペンを持ってアンデッド迷宮（仮）に向かうことにした。


「グッゥオオオ」

「【聖なる治癒の御手よ、母なる大地の息吹よ、願わくば我が身と我が障害とならんとす、不浄なる存在を本来の歩む道へと戻し給え。ピュリフィケイション】」

昨日頭に入れておいた通路を確認しながら、羊皮紙に地図を記入していく。

幻覚だと分かっているゾンビを倒しながら、きちんと魔石を回収して進む。

一階層あたり一時間を掛けて、三時間で四階層に到着した。

「さてと、次はどんな魔物が出るかな～」

昨日の今日ではあるけど、俺の中ではもはや迷宮は、完全にゲームみたいな感覚だった。

そのため、現在は昨日買った盾にも使えそうな短く手元が太いランスを左手に、右手には片手剣を持って探索をしていた。

そう。得物が違う二槍刀流でアンデッドと対峙していたのだ。

きっとブロド師匠が見たら、怒りながら斬りかかって来る未来しか想像出来ないけど、いつかこれが形になればという希望的観測もあったりする。

「まぁ変な癖がついたら、ブロド師匠に徹底的に直されるだろうから、型は崩さないように努力しよう」

視界がいいところで地図を描いては、探索するという感じで進んでいった。

四階層に出てきた魔物はゾンビだったのだが、剣を引きずりながらの徘徊ということもあり、近寄ってくるのが丸分かりで、苦戦するようなこともなかった。

こうして五階層まで地図を描き込み、二日目の迷宮探索は終了した。

この日の稼ぎは五千三百七十二ポイントで昨日よりも多く、「本当に無理しちゃ駄目よ」とカトレアさんに心配された。

「浅い階層だから、かなり余裕ですよ。稼ぐとやっぱり問題（本部の予算がヤバイ）ですか？」

「そんなことはないわ。こちらとしてはありがたいもの」

カトレアさんって、業者の人なのだろうか？

「だったら頑張ります」

「それで、今日は何か買っていくの？」

「いや、ポイントは貯めておいてください。目標は魔法書ですけど、苦戦するようになったら何か買うと思いますから」

「分かったわ。頑張ってね」

「はい。ありがとう御座います」

ひとまず迷宮探索の成果は順調のようだが、先のことはまだまだ不明だしな。

夕食時にグランハルトさんと会い、調子を聞かれたが、特に問題ないと答えた。

「そうか……それならば良い。それと給金だが、治癒士ギルドの口座に月初めに入金される。一階の受付で確認出来るから必要があれば確認してくれ」

それだけ告げると、グランハルトさんは食堂を出て行った。

「それだけを伝えるために待っているなんて、だんだんあの人の性格が分かってきたぞ」

その後、いつも通りに一人で夕食を済ませ、物体Xを飲んで魔法の鍛錬をしてから就寝した。

翌日も朝から探索を開始したが、六階層からは何と罠が仕掛けられていた。

「……何だこの精度は」

六階層で床のスイッチを思いきり踏んでしまった。

すると壁から矢が飛んできたが、俺の前方二メートルも前を通過して反対側の壁に当たって消滅したのだ。

「……これはあれか、こういう罠がこれから出てきますよ。テヘッ。そんな感じのお知らせなのか？」

魔物も相変わらずで、弓矢を持っているのに近寄ってくるゾンビアーチャーに、カラカラ剣を引きずってくるゾンビナイト。

詠唱時間がやたら長く、発動する直前に光って放出のタイミングを教えてくれて、時速十キロ程度の火の玉を放つ火の玉。

「これが本物の迷宮で、この魔物達に囲まれていたとしても、絶対に死なないと思うぞ」

そんなことを呟きながら、六階層から罠が出始めたので、念のためそのエリアを地図に描き込みながら、さらに探索することにした。

六階層に入ると魔物の数が多くなったため、今日の探索は六階層までで終了することにして、まずは魔物を殲滅《せんめつ》してみることにした。

悪臭に慣れてからは、既にこの迷宮は訓練施設になっているし、このまま探索して、早くメラトニへと帰れるように努力しよう。

ポイントを貯め、夕食後に物体Xを飲み魔法の基礎鍛錬を行なう。

「なんか日増しに身体の調子が良くなっている気がする。もしかして!!『ステータスオープン』……だろうね」

レベルは一のまま固定されていた。

「まぁいいよ。分かってましたよ。でも、ステータスは少しずつ伸びてるもんね。日進月歩の精神でいきますよ」

こうして俺は鍛錬後、不貞寝するのだった。

何かイベントごとがあった……などの展開もなく、淡々とした日々を送り、俺は十階層までの探索を十日で終えた。

罠は一階層に一個だけだったのだが、いささか慎重になり過ぎたのと、魔物が多かったことが、探索遅れの要因である。

魔物はスケルトンが剣や盾を装備し、スケルトンナイトやスケルトンアーチャーが誕生し、火の玉はゴーストになったりした。

そしてまさかだったのが、ゾンビがゾンビリーダーの指揮の下、集団で襲って来たりしたことだ。

「それにしても浄化魔法が強すぎる件だな。まるでチート魔法だ」

そう。浄化魔法を三回も唱えれば、二十体はいた魔物達が全て綺麗に魔石へと変わってしまう。

なので危なげなく探索を終了することができた……。

「あれって絶対ボス部屋だよな」

俺は十階層にある扉の奥に思いを馳せ、初のボス戦であることに緊張しながらも、このまま攻撃を受けないでボス戦をクリアするという目標を掲げた。

「誰かにあのボス部屋で、どんな魔物が出てくるかのヒントをもらえないかな」

そんなことを呟いていると、ちょうど良くジョルドさんの姿が見えた。

食堂で夕食を食べにきていたんだろうジョルドさんを捕まえて、俺はボス部屋のことを聞くことにした。

「あのボス部屋って何が出るんですか？」

「ボス部屋？　何のことだい？」

こちらではボスとは言わないのか？　そうなると強敵部屋？　それとも主部屋か？

「強い魔物がいそうな場所です」

「あ～。集団で襲ってくる（ゾンビ集団のこと）やつ等のことかい？」

「えっ、（ボス部屋って）集団で襲ってくるんですか？」

「ああ。それにしても、もうそこまで行ったのかい？　私がそこまで行ったのは、君に退魔士の任を引き継ぐ直前だったのに」

任期が何年か分からないけど、それはないだろう。

「そんなお世辞はいいですよ。でも情報ありがとう御座います。これで戦略を立てられますよ」

「ん～まぁお役に立てて良かったよ」

こうして俺は十階層のボスの情報を手に入れ、万全な状態でボス部屋の攻略へと赴くことになった。

06 慢心、ボス部屋の脅威

「体調良し。魔力良し。装備良し」

いつも通り魔法の鍛錬を行ない、朝食とあれを済ませてから、俺は気合を入れていた。

俺が名付けたアンデッド迷宮（仮）はとにかく臭い。

あれから色々考えたのだが、実は俺みたいに悪臭に耐性がある退魔士は少なかったのではないだろうか。

そう考えればジョルドさんの探索が異常に遅かったのも、納得出来ることだった。

それに退魔士の仕事は、治癒士である新人がやってきた業務だと仮定すれば、実はこの迷宮をクリア出来た人は少ないのではないだろうか。

もしいたとしても、最短で踏破することが出来たら、何か豪華な景品がもらえるのではなかろうか。

これはもちろんただの願望ではあるものの、考えるだけでワクワクしてしまい、いつもより早く目が覚めてしまったのはある意味仕方ないことだろう。

昨日、この十日間で貯めた約九万ポイントの内、五万ポイントを使って、聖銀弓と銀矢二十本を購入して魔法の鞄に突っ込んだ。

あまり弓は上手くないが、手札は多い方がいいと思って購入を決めた。

現在、俺の魔法の鞄の中には、ブロド師匠に貰った魔力の通り易い剣と聖銀の片手剣、聖銀の短槍、物体Xが四樽、そして聖銀弓と銀矢が入った矢筒がある。

少し前に冒険者ギルドに物体Xを取りに行ったのだが、ただ樽に入れておいても、物体Xのニオイが何処からか漏れる関係で、魔法の鞄に入れている。

これは早急に解決するべき事案でもあるので、仕事が落ち着いたら新しい魔法の鞄を購入することを検討している。

それだけならまだ良かったのだけど、今回冒険者ギルドへ出掛ける際、聖銀のローブを外して外出したことがグランハルトさんにバレて、今後は着用することを約束させられた。

まぁ誓約でなかったから罰もなく良かったけど、今後の外出が思いやられる。

あとはこの弁当を突っ込んだら満杯だもんな。

これより容量が大きいものがいくらするのかは分からないけど、給料を貰ったら新しいのを手に入れたいなぁ。

「色々と考えていると、集中力が散漫になってやばいよな。とりあえず今はボスを倒すことだけに集中するか」

俺はアンデッド迷宮（仮）に足を踏み入れた。

一つの階層で体感十分～二十分の探索を経て、十階層ボス部屋の前で一旦休憩に入った。

「ジョルドさんは集団って言ってたからなぁ。敵がどれぐらいいるのかにもよるけど、最初に浄化魔法を放って、敵を倒したら徐々に剣と槍で倒していこう。危なくなったらまた浄化魔法を使う。うん、単純だけどソロだからこれでいい」

どうせ幻覚だし、どうせこの迷宮（仮）は新人の訓練所だからな。

突っ込む前に一応ボス部屋に耳を当てた。

しかし中からの物音は一切聞こえない。

「これって誰が魔物とか出してるんだろう？　分からないよな。じゃあ師匠との模擬戦を思い出す景気づけに、物体Xを飲んでからいきますか」

俺は樽を出して物体Xを飲んで気合を入れる。

そういえば昔冒険者ギルドの噂で、魔物が逃げる物体Xの話は聞いていたけど、アンデッドでも逃げるんだろうか？。

その悪臭に対応する幻覚の魔物を作ってる人も半端ないけどな。

そんなことを考えて十階層のボス部屋へと通じる扉を開いた俺は、魔物の本当の恐ろしさを知ることになる。

ギィィイイと錆びた鉄の扉を開けたような音が響く。気にせずに中を見ると中は暗かった。

「こういう演出は、いらないんですけど」

俺は武器を構えて中に進む。

すると突然バァーンと凄い勢いで扉が閉まった。

ただこの展開を想定していた俺は、目の前から視線を外すことがなかった。

薄暗かった部屋は扉が閉まると同時に、今までの迷宮と同じぐらいの明かりが灯ると、魔物が一斉に姿を現した。

「おいおい、この数はさすがに予想外だぞ」

見渡す限り壁が見えないぐらいの大群が、俺を中心に半径五メートルの地点でこちらを向いて立っていたのだった。


ボス部屋は大体三十メートル四方の広さで、その中にゾンビやスケルトンナイトやアーチャー、ゴーストに火の玉と、今まで戦ってきた魔物達が大量に群がっていた。

油断をしているつもりはなかったが、気配も感じなかったために、まったく気付くことが出来なかった。

しかし完全に扉を背にした状態の為、魔物達は前方を中心に左右百八十度、それと上空に浮かぶゴーストと火の玉が溢れているだけだ。

ただ囲まれただけで、不意打ちがある訳じゃないのだ。

焦りはしたけど、大した問題じゃないと自分に言い聞かせる。

俺は直ぐに気を引き締めて、浄化魔法を詠唱した。

「【聖なる治癒の御手よ、母なる大地の息吹よ、願わくば我が身と我が障害とならんとす、不浄なる存在を本来の歩む道へと戻し給え。ピュリフィケイション】」

しかしここで想定外のことが起こる。

いや正確には何も起こらなかった。

「えっ？　何で……」

魔力の抜ける感覚がない？　このことが俺の混乱に拍車を掛けた。

この状況をアンデッドの魔物が見逃すことはなく、俺に向けて総攻撃を開始したのだ。

この世界に来て、初めて絶体絶命のピンチを迎えた。

両手に持った剣と槍に、魔力を通しながら振り回す。

型がどうこうなんて考えることもない。

考えてもみて欲しい。

今までは少数を武器で倒し、大群とは浄化魔法で戦ってきたのだ。

それが前方百八十度、そして上空からも魔法が使えない俺に向かって押し寄せてくるのだ。

さすがにこれは幻覚でも怖すぎた。

「クソ、クソ、クソ、来るな」

子供が駄々を捏ねるように、俺は必死に剣と槍を振り回す。

「まさかの魔法封じの部屋なのか!?　こんな部屋をいきなり出して、そんなに豪華景品を渡したくないのかよ」

でも全ては俺の慢心だ。俺は物語の主人公でも天才でもない。情報収集が足りなかったんだ。完全に自業自得だ。

「ルシエル、お前は弱者だったろ。何を粋がってたんだよ。チクショ――」

俺は自分自身の迂闊さを嫌悪しながら、両手に持った武器で必死に魔物を倒す。

「チッ。幻覚なのに痛い。これが異世界版の幻覚痛なのか？　痛い、誰だ!!　俺を引っ掻いたのは……痛い、痛いって言ってるだろ」

蠢《うごめ》くゾンビの首を聖銀の剣で刎《は》ねる。

「噛むんじゃねえよ。もう怒ったぞ」

ゾンビを槍に魔力を注ぎ振り回しながら弾き飛ばすと、俺は全力で走り出した。

無傷では勝てなかった。

でも、ブロド師匠の鍛錬の方が痛いし、ずっと怖かった。

剣を振り、ランスで攻撃を受けて、少しずつ俺は敵の数を減らしていく。

これがボス部屋かよ。

これが現実だったら、恐怖で膝が笑って完全に詰んでた。

この疑似迷宮の探索を治癒士にやらせているのは、騎士団を尊重するようにということなのだろうか？

だからグランハルトさんもルミナさんに従ったのか？　まぁ今は目の前のことに集中しないとな。

戦闘不能とみなされないように、ボス部屋を駆け巡る。

何としてもクリアして、豪華景品を得るためだ。

それだけを考えて身体を動かし続ける。

願望を力に変え、目の前の敵に集中して両手の武器を振り回し続けた。

どれくらいの時が経ったのかは分からない。

魔物達から受けた攻撃で、あちこちに傷が出来たけど、それでも優秀な防具のおかげで、全て軽傷だった。

魔物は倒しても倒しても、永遠に湧いてくるかのように、一向に数が減らなかった。

だけど倒したと分かるように、床には赤黒い魔石が散りばめられていた。

だから俺は必死に走り、囲まれないように倒してはスペースを作って走ることを繰り返した。

きっと師匠との特訓が無ければ、こんなには頑張れなかっただろう。


しばらく続けていると、やがて周りのアンデッドは全て消滅していった。

「ハァ、ハァ、ハァ。倒しきったぞ」

ボス部屋の床全体を魔石が覆いつくしていた。

俺はそれを視界に捉えながらも、動けずにいた。立っているのもしんどいぐらいに疲弊していたからだ。

ヒールが発動出来るなら体力を回復していただろうけど、ヒールを唱えると魔力が枯渇しそうだ。

もう体力も魔力も限界に近かった。

今ブロド師匠に「走れ！」と命令されれば……まぁ走るだろうけど、少し走ったら前のめりに倒れることは間違いない。

そんな状態だった。

「それにしても、ブロド師匠に鍛えてもらっていたのには感謝だな。それより面倒だけどまずは全ての魔石を拾わないといけないんだよな。ここから出たら回復魔法をかけ……?!」

俺は嫌な予感がして、前方に跳んで回転した。

すると、ドォォオオンと凄まじい何かが俺のいた場所に落ちた。

俺は、自分が今までに向けられたことのない凄まじい殺気を感じ、天井を見上げた。

「おいおい、さっきのがボス戦じゃないのかよ。そんなに豪華特典なのか？　治癒士ギルド本部って意外とケチなのか？　それとも俺が弱いだけなのか？」

現れたのは真っ白な法衣を着て、凄まじい魔力を内包していそうな杖を持ったアンデッドだった。

そしてその頭には王冠が被せられていた。

一瞬ノーライフキングとも思ったけど、そんなのが低階層にいるわけがないと思い直して観察して答えを導きだす。

「何でワイト？　ファンタジーの定番はレイスとかでしょ！　そりゃレイスも嫌だけど」

その言葉が気に障ったのかどうかは分からないが次の瞬間、杖に一気に魔力が集まり、高まったと感じると同時に黒い光がワイトから放たれた。

黒光の速さは、今までの敵とは明らかにレベルが違って……いや、違い過ぎていた。

あまりの予想外の速度に、俺は避けきることが出来ずに、少し右の太股に掠った。

そう……掠っただけで焼けるような痛みが身体を駆け抜けたのだ。

「クッ。【主よ我が魔力を糧に彼のものを癒し給う。ヒール】くそったれ、なんで俺の魔法は発動しないんだ。こっちだけに魔法縛りがあるとか、卑怯過ぎるだろ」

魔力が枯渇することは考えたけど、それでもヒールで痛みを消したかったのだ。

だが俺の魔法は発動しなかった。

「ボス部屋をクリアして、豪華特典をもらうまで死んでたまるかぁ」

もはや俺は完全に混乱していた。

おかげでサラリーマン時代の賞与と、ボス部屋クリアの景品がごっちゃになっているあり様だ。

闇属性魔法を放とうとするワイトに向かって、ランスに魔力を込めて全力で投げつける。

すると魔法を放たずに、ワイトは大きく逃げた。近づくのも嫌、怖いと言っているように見えた。

俺はそれを見た瞬間、大きな賭けに出ることにした。

07 ボス戦決着と教皇様への交渉

聖銀のローブの下で、肩掛け鞄の状態になっている魔法の鞄へと手を突っ込み、聖銀の弓と矢筒を取り出した。

「覚悟しろ」

俺は弓を構え敵を見据える。

「ブォオオオ」

鳴くように声を出し威嚇をしてくるワイトに、弓を構えたまま俺は停止して矢へ魔力を込めていく。

痺れを切らしたのか、魔法を唱えようとしたワイトへ向けて矢を放つ。

放たれた矢は標的のワイトのローブを掠めただけで、直ぐ左を通り過ぎてしまった。

弓術の腕前を磨いていなかったことを呪いたくなりながら、次の矢を矢筒から取り出して直ぐに二射目を構える。

「ギョゴオゴオォオ」

当たってもいないのに、ワイトは魔法をキャンセルして怒りの声を上げた。

魔法を邪魔されたことに怒ったのか、それとも法衣に矢が当たったことが気に障ったのか、はたまた両方か、ワイトの殺気が膨らんだ気がした。

「さっさと次の魔法を唱えろよ」

俺は挑発しながら、魔力の回復と体力の回復を図る。

やってて良かったブロド式。

本当に感謝してますよ師匠。給料入ったら何か贈らせて頂きます。

そんなことを考えながら二射目を放った。

だが、またしても矢はワイトのすれすれを通り過ぎていく。

しかし次に矢を構えると、ワイトは攻撃はせずに威嚇してくるだけになった。

とはいえこちらも極限状態が続いている。次第に一射も当たらないことへの苛立ちを覚え始めていた。

「こういう時は潜在能力が目覚めるんじゃないのか」

少しの間なら全力で動ける程度には、体力が回復したと感覚的に判断する。俺は十三本目の矢を放つと共に、行動を起こすことにした。


緊張状態は未だ続いている。

カトレアさんの言っていた『武器を振って魔法を詠唱することは出来ない』というのは、魔法にはイメージと集中力が必要だからだ。

アンデッドにも同じ現象が起こるかは不明確だけど、今はそのヒントにしがみつくしかいい方法は思いつかない。

ワイトは現在、俺への敵対心が限界突破したと思われる程、凄まじい殺気を醸し出している。

あれが普通の高齢の老人だったら、プッツリと血管が切れていてもおかしくない。

それぐらいの形相だ。

「額に血管を浮かべて、そんなに怒って大変ですね。人は十五分以上怒る場合、他の怒る材料がないと疲れて怒れないものなんですけどね。ああ、貴方は魔物でしたね」

こうして効くかわからない挑発を繰り返し、深呼吸をして間合いを計る。

脳内シミュレーションを何度も重ねて、タイミングを計るために矢も放っていく。

そして十七射目を放ったところで、俺は全力でワイトに向かって駆け出した。

ワイトはローブが汚れるのが嫌いなのか、矢を大きく避けようとする。

しかし今回は俺が近寄ってきたことで、魔法を発動しようと杖に魔力を集め始めた。

その一瞬を見逃さず、俺が残り三本となった聖銀の矢を連続でワイトへ放つ。すると魔法は発動されず杖に集まっていた魔力は弾けた。

俺は魔法の鞄からブロド師匠にもらった剣を取り出すと、ありったけの魔力を注いでワイトへと飛び掛かり、剣を振り下ろした。

ただ真っすぐに王冠から垂直にだ。真っ二つに裂けて落下したのだから、ワイトも消滅しただろう
……普通なら。

でもそれは、そのワイトが高位の特殊アンデッドでなければの話だ。

だからこうして後ろを向いている生者《おれ》の命を奪おうと魔法を放ってくる……。

「手応えはあった。ただここを作ったやつは鬼畜だと思う。なら当然簡単には死んでくれないってこ

とくらい分かってるんだよ」

俺は直ぐに反転し、ちょうどそこへ落ちていた短槍を拾うと、魔力を込めて全力でワイトへ向けて投擲《とうてき》した。

驚くことに、真っ二つになっていたワイトが元に戻っていたのだ。

短槍が胴体を貫くと同時に、俺は駆け寄り短槍を押し込む。そして左手に持った剣を両手で持ち、今度は復活するなと思いながら首を斬り飛ばした。

「ぐぎゃぎゃぎゃアァアァァ」

飛んだ頭部が叫びながら、煙のように消えていく。

法衣と杖と首飾りはそのまま残り、消滅したワイトの身体があった場所には、今までのアンデッドよりも数倍大きく濃い魔石が残された。

「よっしゃ～って、痛ッ。今度こそ頼む。【主よ我が魔力を糧に彼のものを癒し給う。ヒール】」

ヒールを詠唱すると、いつもの青白い光が俺を包んだ。

「こういう作り方は、ゲームも異世界の幻覚迷宮も一緒なんだな」

少し休憩してから、俺は浄化魔法で身体を綺麗にして、念のためにリカバーを唱える。

「これで状態異常は平気だよな。さてと……」

傷口のみミドルヒールで治して、筋肉の炎症やら疲労感は自然治癒に任せることにした。

「ブロド師匠に会った時に弱くなってたら……考えたくないな」

重たい身体に鞭を打ち、部屋の全体に散らばった魔石を回収して、残った法衣や首飾り、杖は念のため浄化魔法で浄化した。

　床にあった全ての物を拾うと突然、ゴゴゴゴォォという地響きがなり、下層階への降り口が新しく出てくる。

「やっぱり続きがあるのか……もうお腹いっぱいです」

　俺はしばらく、その場から新しく出来た下へと向かう階段を見ていた。

「待てよ」

　俺は走って入ってきた扉を「開け」と祈りながら引くと、ギィイイイと扉が開いた。

　流石に迷宮から帰れる道具とか魔法を覚えてないから焦った。

　でもこれで帰れることは確定したな。

「これからどうしようかな。物体Xが四樽、ブロド師匠からもらった剣、おばちゃんの弁当が入った弁当箱……まぁこれをここで捨てるなんてとんでもないけど。絶対的なものだからなぁ。まずクリア報酬の三つは持って行くことが決定だとすると……」

　聖銀の剣、槍、弓と矢筒のうちの一つしか魔法の鞄に入れられないぞ。

「あ、別に帯刀しても問題ないじゃないか？　安心したらお腹が空いてきたし、お弁当を食べよう」

　いつものようにオーラコートとピュリフィケイションを使って、おばちゃんの弁当に舌鼓を打つ。

　最後に物体Xを飲んで食事は終了した。

　あ、入る前も飲んだの忘れてた……。

　そんなことをしながら、さすがに今日は疲れたので、アンデッド迷宮（仮）から脱出することに決めた。

迷宮から出ると売店のカウンターにはカトレアさんがいた。

「あ、カトレアさん、こんにちは」

「あら、この時間に帰ってくるなんて珍しいわね」

激戦だったとはいえ、いつもより数時間は早いから、そう言われてもおかしくはないか。

「ええ。今日は苦戦してダメージを受けましたから」

「慣れないとそういう時があるから、無理はしないでね」

「いや～慢心していた自分に一喝入れたい気分ですよ」

苦笑いを浮かべながら俺は魔石専用の背嚢《はいのう》を取り出す。

「だったら今日は少ないかしら?」

「いつもより多いかもしれません。それとポイント化が終わったら、見ていただきたい物があるんですけど?」

「……気になるわね。じゃあ背嚢を置いて」

ドォンと置いた背嚢の中には、一番上にくるようにしておいた、ワイトの魔石を入れておいた。

「こ、これはどうしたの?」

「ああ。十階層のボス部屋があるじゃないですか? そこにアンデッドの大群がいて、更に魔法も使えないエリアで凄く焦りましたよ」

「ボス？　それより今、十階層って言ったかしら？」

「はい。何とか倒せたから良かったです。でもその後に、今度は空中に浮かんで魔法を放ってくる王冠をつけたワイトが登場して、本当に死ぬ（ゲームオーバー）かと思いましたよ」

ちなみにワイトの持っていた杖や首飾りは、冒険者ギルドで鑑定してもらおうかとも思ったが、そもそもこれが誰のものかも分からない為、カトレアさんに聞こうとした。

「……なんでそんな無茶をしたの？」

あれ？　いつものほんわかオーラが消えた？　それに何だか怖い？

「無茶するつもりはなかったんですよ。あんなのがいるなんて思いませんでしたし、まして魔法が使えないことになるなんて、誰も教えてくれませんでしたし」

「……事前説明は受けてないの？」

これはジョルドさんの説明不足ということにさせてもらおう。

実際にその通りだし。

「ええ。まだ配属されて十一日目ですし、迷宮に潜るのが退魔士の仕事ですよね？」

「そう……ね。えっとこのあと時間はあるかしら？」

「ええ。今日は疲れたので、自室へと帰るだけですから」

「じゃあちょっと一緒に行きたいところがあるの。付き合ってくれないかしら？」

「ええ。いいですよ」

断れる雰囲気ではないし。

「じゃあ今日のポイントだけど、十万八千九百十四ポイントね」

「えっ？　あの、桁がおかしい気がしますけど……」

「いいえ、合っているわ」

「そうですか」

あれってやっぱりボスだったんだな。

「そういえば見せたいものって？」

「ああ。私は鑑定出来ないので、倒したワイトが消えた時に、そのまま残った装備です。一応浄化した物なんですが……」

俺がカードを回収した次の瞬間、カトレアさんの顔が正面にあった。

「見せて!!」

近ッ！　って、美人に真顔で迫られると凄い怖いぞ。

「じゃ、じゃあ、まずこの法衣ですね。続いて首飾り、最後に杖です」

カトレアさんは、一つずつじっくりと手にとってカウンターに戻した。

「……それを鞄にしまって直ぐに付いて来て」

次の瞬間、無動作でカウンターを飛び越え、エレベーターに向かうカトレアさんがいた。

「早く!!」

「はい」

俺は状況が飲み込めず、ただカトレアさんの後を追った。

正直、既にただの売店のお姉さんではないことは明白だった。

「あれ、カトレアさんとルシエル君じゃないか。そんなに急いで何処へ行くんだい？」

途中、ジョルドさんが声を掛けてくれた。

「ジョルドさん、今は急いでいます」

しかし、カトレアさんに一蹴されてしまう。

「失礼しました」

少し青い顔をしたジョルドさんが道を譲ってくれた。

「すみません。私もイマイチ状況を理解していませんので」

それだけ告げてカトレアさんを追う。

歩きながら俺は不安に駆られていた。

さっきから、俺とは一生無縁だと思われていた、関係者以外立ち入り禁止エリアに入っているからだ。

神官騎士、聖騎士エリアを抜けて、司祭エリアの上にある司教エリア、更に上にある大司教エリアを越えてまたエレベーターに乗った。

絶対これって普通には乗れない、乗っちゃいけないやつだ。

この間、カトレアさんは一言も発することはなかった。

何度もカトレアさんに話し掛けようとしていたけど、そんな雰囲気ではなかった。

ただ目的地に向かって歩き続けて、またエレベーターに乗って降りた場所は、教皇の間と書かれた部屋の前だった。

カトレアさんが教皇の間と書かれた扉をノックした。

「教皇様、カトレアです。火急の用件でお目通りを願いたく……」

すると言い終わる前に「許す。入れ」と声が聞こえてきた。

「じゃあついて来て。私と同じように礼を執ってね」

「はい」

カトレアさんが開けた扉の先には、侍女達と思われる女性達がかいるようだった。

その女性達は入って来たカトレアさんには目を向けず、一緒に入って来た俺に対して戸惑いや不審の視線を向けてきた。

部屋は物語によく出てくる謁見の間みたいな作りになっていて、教皇様はこちらから姿が確認出来ないように目隠しがしてあるみたいだ。

いごこちが悪いと思いながら、カトレアさんと一緒に進むと、階段手前でカトレアさんが膝を突いたのでそれに倣う。

「カトレアよく来たな。もう一人は知らんが、何の用じゃ?」

驚くことにその声の主は若く、しかも女性だった。

ただ普通とは違い、どこか神秘性を感じさせる声だった。

「はっ。この者は先日退魔士の任を受け継いだ、新しい退魔士で御座います。任に就いてから迷宮に赴き、驚異的な数のアンデッドを倒しています」

「ほう。しかし、それだけではないのじゃな？」

「はっ。本日十階層の主部屋でワイトと戦闘。気付かぬうちに主部屋には、魔封じが施されていたとの事です」

「それは誠か⁉」

「はっ。そして、そのワイトが持っていた装備を見事持ち帰って来ました。鑑定した結果、虚偽の報告でなかった為、こちらへお持ちして参りました」

いつものカトレアさんじゃないな。

しかも鑑定のスキルを取得しているとはな。

「ふむ……直答を許す。御主、名は何という」

「ルシエルと申します」

「ではルシエルよ。持ち帰った道具を出してくれ」

「はい。一応呪いが掛かっている可能性がありましたので、浄化魔法を発動してあります。その点はご了承くださいませ」

「うむ」

側に来た侍女に法衣、首飾り、そして杖を渡す。

「……まさかとは思っていたが、やはりか。まさしくこの法衣は、十二年前に行方知れずになったオザナリオの法衣ではないか。そして精霊の首飾りと魔乱の杖じゃな。良く持ち帰ってくれた」

やはり貴重なアイテムだったようだ。

「精霊の首飾りは、魔法を使う際に消費される魔力を、半分にする効果を持っている。魔乱の杖は自分の魔力を拡散することで、狭い場所であれば他者の魔力を乱して使用出来なくすることが出来る。さらに拡散した魔力を集めて、魔法を発動することが可能な強力な杖なのじゃ」

チート装備だな。

「これを買い取らせてもらいたい」

これって絶対に断ったら駄目なんだろうな。

だってカトレアさんから、断ることを許さないオーラがビンビンに出ているのが分かる。

これはしょうがないよな……でも提案ぐらいはしてみてもいいよな。

別に臣下になった訳じゃないしな。

ここからは前世で培った営業による演技で商談してみるか。

「それにはきっと思い入れがあるんでしょうね。それだけ凄い性能ですし。いくらとかではないんでしょうね。分かりました。お譲り致します」

「うむ。大儀であるのじゃ」

「教皇様の為ですから。ですが私からも不躾ではありますが、お願い事が御座います」

「うむ。聞こう」

「実は探索においてなのですが、私の持つ魔法鞄では容量が小さくて大変困っております。出来れば物が多く入る魔法の鞄をご用意いただけないでしょうか?」

「そんなことで良いのか? それなら案ずるな。魔法の鞄ではなく、魔法袋をやろう。魔法袋の中は異空間になっていて時も止まっておる。それに何が入っているかも分かるし、容量はこの部屋ほどのものが入るであろう」

……教皇様はどうやら太っ腹の性格らしい。

「そんな貴重な物を頂いてよろしいのですか？」

教皇の間は三十畳はあるのだ。

それとも教皇様は魔法袋が創れるのだろうか？　そうじゃないと普通は交換することなどしないだろう。

「良いのじゃ。妾《わらわ》にはこちらの方が助かるのでな。今後も迷宮に潜って何かあればカトレアと共に来るのじゃ。さすれば褒美を取らせよう。魔法袋はカトレアへ渡しておくから明日にでも受け取るが良い。大儀であったぞ、ルシエル」

「はい」

それから俺とカトレアさんは頭を下げて退出するのだった。

「ルシエル君、君はとても肝が据わっているのね」

教皇の間を出てから直ぐに、カトレアさんから呆れたような口調で話し掛けられた。

「えっ？　そうですか？　これでもかなり緊張してましたけど？」

「そう？　教皇様に献上するものに対して、対価を要求するなんてこと普通は出来ないわ」

「……厚かましかったでしょうか？」

「ふふふ。あれでいいと思うわ。魔法袋を頂けるぐらいには、気に入られたのだから安心なさい」

そうは言ってくれたが、カトレアさんの顔と言葉が一致していないので全く安心出来ません。

俺が分かるところまで一緒に戻ると、あれこれ理由をつけて別れることにした。

「もしかしてカトレアさんって、教皇様の手の者なのかもしれないな」

そんなことを呟いているうちに、初めてのボス戦を乗り越えた感動はいつの間にか消えてしまっていた。

だけど魔法袋という便利なアイテムを手に入れることには成功したな。

08　聖騎士隊との訓練

『ステータスオープン』と唱えると、目の前にホログラムウインドウが現れる。

STATUS

名　前：ルシエル
ジョブ：治癒士Ⅴ
年　齢：17
レベル：1
H　P：450　M　P：180
S T R：73　V I T：111　D E X：76　A G I：73
I N T：108　M G I：107　R M G：100　S　P：0

魔法属性：聖

【スキル】
『熟練度鑑定』Ⅰ　『豪運』Ⅰ　『体術』Ⅴ　『魔力操作』Ⅶ　『魔力制御』Ⅶ　『聖属性魔法』Ⅶ

OPEN

『瞑想』Ⅴ　『集中』Ⅶ　『生命力回復』Ⅳ　『魔力回復』Ⅵ　『体力回復』Ⅴ
『投擲』Ⅳ　『解体』Ⅱ　『危険察知』Ⅳ　『歩行術』Ⅳ
『並列思考』Ⅱ　『剣術』Ⅱ　『盾術』Ⅰ　『槍術』Ⅱ　『弓術』Ⅰ
『詠唱省略』Ⅳ　『詠唱破棄』Ⅰ

『HP上昇率増加』Ⅵ　『MP上昇率増加』Ⅵ
『STR上昇率増加』Ⅵ　『VIT上昇率増加』Ⅵ　『DEX上昇率増加』Ⅵ
『AGI上昇率増加』Ⅵ　『INT上昇率増加』Ⅵ　『MGI上昇率増加』Ⅵ
『RMG上昇率増加』Ⅵ

『毒耐性』Ⅵ　『麻痺耐性』Ⅵ　『石化耐性』Ⅵ　『睡眠耐性』Ⅵ　『魅了耐性』Ⅱ
『呪い耐性』Ⅵ　『虚弱耐性』Ⅵ　『魔封耐性』Ⅵ　『病気耐性』Ⅵ　『打撃耐性』Ⅱ
『幻惑耐性』Ⅰ　『精神耐性』Ⅰ

【称号】
運命を変えたもの（全ステータス＋10）
運命神の加護（SP取得量増加）

「やっぱりレベル一か。俺は成長しないのではって、あれ？　軒並みステータスは上がってる」

……しかもかなり上がっている気がするぞ。

迷宮探索を始めてから十日経っただけでステータスパラメーターがどれも一・五倍に跳ね上がっているなんて異常過ぎるな。

それと幻惑耐性を習得しているってことは、やっぱりあの迷宮は幻覚で出来ているってことだろう。

しかし昨日は部屋に戻ってから、長時間一人反省会を実施したけど、こういう時に相談相手がいないとただ落ち込むだけだな。

いかに自惚《うぬぼ》れていたか、反省点を羊皮紙へ箇条書きにしてみた。結果、一枚には入りきらなかったことで、ますます凹《へこ》んだのは記憶に新しい。

分かり易い反省点としては、ボス戦前と分かっていたのに、ディフェンス能力を上げる各バリア魔法を使わなかったこと、魔法が使えないことで混乱し過ぎて、剣や槍をまるで鈍器として扱ったことだ。

剣は壁や床、固いところを叩いて刃先が欠けていて、ランスは歪み曲がってしまっていた。

これがバレたら、絶対ブロド師匠に叱られて走馬灯を見ることになる。

そしてグルガーさんが知ったら、物体Xを樽で一気飲みさせられるだろう……。

被害妄想に聞こえるかもしれないが、実際何度かそういう経験があり、彼等に逆らうことは出来ないと身体に染み込まされているのだ。

まぁ基本的に師匠達はいい人だから、やり過ぎることも稀にしかないけど。

このまま迷宮の踏破を目指すのであれば、そのうち聖騎士や神官騎士に訓練に交ぜてもらえるようにお願いしてみようかな。

そこでグゥ～ッとお腹が鳴った。

「今日の朝の鍛錬終了。あ～お腹空いた」

俺は朝の鍛錬を終えて食堂に向かうことにした。


「ルシエル」

食堂に向かう途中でルーシィーさんに呼び止められ振り向くと、そこにはルーシィーさんとルミナさん、あとは一人知らない女の子がいた。

知らない女の子はこちらの世界では同じ歳ぐらいなので、先に挨拶することにした。

「おはよう御座います。ルミナ様、ルーシィーさん。あと初めまして、退魔士をしているルシエルと申します」

「おはようルシエル君」

「おはよう」

「おはよう御座います。私はルミナ様の部隊に配属されているクイーナと言います」

「改めておはよう御座います。クイーナさん。皆さんも朝食ですか？」

朝からルミナさん達と会えたのは幸先がいいな。

「ああ。私達はいつも早朝の訓練を終えてから朝食にしているのだ」

「そうなんですね。私はいつもより少し遅めなので、会うことが出来たのですね」

「ふふ、嬉しそうだな。ところでたった十一日でいきなり戦果を挙げたと聞いた。しかも治癒士なのに武術スキルを取得しているんだって?」

「あ～その話ですか……もう昨日から反省しっぱなしですよ」

「ふむ。良ければ話を聞こう。一緒に朝食にしないか?」

どうやら本当に今朝は豪運先生が仕事をしてくれているらしい。

「はい。是非お願いします」


食事をしながら退魔士になってからのこと、そして昨日の失態について全てを話すことにした。

「……君は一体何をやっているのだ?」

ルミナさんはそう言って呆れたような目で見つめてくる。

「貴方って死にたがりなの?」

ルーシィーさんからは蔑んだ目を向けられる。

「馬鹿ですね。運が良かっただけです。普通なら死んでいますよ」

初対面でありながらクイーナさんからは、淡々と毒を吐かれた。

「折角無知から卒業していたと思えば、今度は向こう見ずな行動を取るようになっていたとは……命を大切にしない者は嫌いだ」

「……昨日は部屋に戻ってから半日、ずっと一人で反省会をしていたんです。ですからその辺で勘弁してください。もう精神的にボロボロです」

どうしても蔑まれるような目で見られると、逃げ出したくなるた。

これがご褒美と感じる感性は俺にはないよ。

「それで貴方はどうするの？　そのままだったらいつか死んじゃうわよ？」

少しきつい言い方だけど、ルーシィーさんは俺を心配してくれているのだろう。

「ええ、そうなんですよね。ですから本音を言えば、強くなるためにメラトニの街に戻って修行し直したいのです」

ただ許しは出ないだろう。

「治癒士は原則、辞令が下りない限り本部からの異動は認められていません」

クイーナさんは物知りだな。

そんなことを思っていると、向かいの席に座っていたルミナさんの視線が気になって顔を向けてみた。

するとイ敵な笑みを浮かべて口を開く。

「……鍛えたいということなら、手伝えると思うよ」

「えっ？　本当ですか？」

一瞬身構えそうになるけど、とても有意義な話だった。

「ああ。治癒士にはきついと思うが、聖騎士の訓練に参加させてあげることは出来る。但し、個別に指導することはないがな」

「……探索に支障が出ないのであれば、是非こちらからお願いしたいと思っていました」

「そうか。聖騎士の訓練は辛いぞ？」

「それは望むところです。強くなるために全力を尽くします」

「ちゃんと覚悟はしておいた方がいいよ。では週に一度、火の日に集中的に訓練を行なおう」

「はい。宜しくお願いします」

こうしてルミナさんの聖騎士隊で訓練に参加させてもらえることになった。

それから俺はいつも通りにアンデッド迷宮（仮）に向かった。

今日からの探索は二十階層を目指す。

さらに言えば、きっとボス部屋までは苦戦することはないと踏んでいる。

ただ探索に時間が掛かると思うから、二十階層のボスと戦うまでに、昨日してしまった失敗を教訓にして慢心していた気持ちを正そうと思う……今後の豪華賞品の為に。

こうして気持ちを入れ替えてから迷宮に入る前に、一度売店を覗いたが、カトレアさんはいなかった。

「魔法袋はお預けか。まぁしょうがないか」

こうして俺はアンデッド迷宮（仮）に入り、探索を開始した。

歩いて浄化の魔法を放つ。

しかし昨日までと違い、魔法をただ放つだけでなく、詠唱時に浄化するイメージを明確にして放つことにした。

すると魔物は以前よりも綺麗に消えていくように見えた。

「やっていることは間違っていないだろう。それにしても緊張してきたな。またあの部屋に入るとワイトが出てくるんだろうか」

俺はボス部屋の前で結界魔法のエリアバリアを発動して、物理防御力と魔法防御力を上げた。

そしてボス部屋の扉を開けて部屋の中心へと進んでいくと、昨日と同じように扉が閉まる。

「やっぱり数は多いな。魔法が発動しますように」

俺が祈りを捧げながら浄化魔法を発動させると、大半が一気に消滅した。

「……弱ッ!?」

それから三度の浄化魔法と少しの攻撃で、ボス部屋での戦闘は一分ほどで終了してしまった。どうやらボスが復活することはないみたいだ。

そしてゴッォオオオンと下へ続く階段が出てきた。

昨日は確認していなかったけど、どうやら下へ続く階段も扉があるみたいだ。

もしかすると一度階段を下りると、閉まる仕組みになっているのかもしれない。

それにしても毎回毎回これってこんなに騒々しいんだろうか？　そう思いながら階段を下りることにした。

そして案の定、階段を下りて行くと扉が閉まり、こちらから扉を開くとボス部屋にいる魔物が復活していることが確認できた。

「絶対にこれを創った人は性格が歪んでる」

そんなことを呟きながら、少しの休憩を挟んで十一階層の探索を開始した。

このアンデッド迷宮（仮）は、十階層まで壁面が白っぽいものだった。

しかしこの階層からは赤い壁面になっていた。

これでどこの階層にいるかは十階層単位で判断出来るとは思うけど、下手をしたら転送されるような罠もあるんだろうか？

そんなことを考えながらゾンビを槍で刺し、引き戻しながら剣で貫いていく。

「やっぱり体術も繰り出せるようにしておいた方がいいか。それにしてもゾンビが強くなっているようには見えないのが気掛かりだな」

いや、ゾンビの動きが少し速かった気もするけど、そこまでの違いは無かったように思う。

魔石を拾って地図を描きながら進むと、今までの階層より少し拡がっていることが分かってきた。

ただ魔物の数は変わらないし、他に変更点は無さそうだな。

冷静に分析出来るのは、昨日あれだけ大変な目に遭ったからだろう。

十一階層を探索しながら、ちょうど全てを見終わったぐらいでお腹が鳴った。

一応時間を確認してみると、ちょうどお昼時だったので、階段で昼食にすることにした。

念のためだけど、物体Xの樽を出しておく。

「弁当を食べていても、本当にこれがあれば魔物が近寄らないんだな。なんでこれを冒険者に樽で持たさないんだろうか？　本当に疑いたくなる」

それから何事もなく昼食を終えると、その後十二階層も全て探索を終えることが出来たので、探索を終了することにした。


「あ、ルシエル君いらっしゃい。じゃあまずはポイント化しましょうか」

迷宮から出るとカトレアさんが待っていてくれたので、魔石が入った背嚢《はいのう》を取り出す。

「それではお願いします」

やばいなぁ。昨日の印象が強すぎて、カトレアさんに対して少し緊張してしまっている。

「そんなに怖がらないでいいわよ。取って食べるわけじゃないんだから。はい。今日は一万二千二百十九ポイントね」

結構なポイントになったな。あまり敵は変わらなかったと思うけど、少しは違うのだろうか？

「すみません。どうも昨日のカトレアさんが凛々しかったんで、緊張してしまうんですよ。元は聖騎士か神官騎士、もしくは教皇様直属の……なんてことを」

「ふふふ。あまり女性を詮索しちゃ駄目よ。女性は秘密を好むものなんだから。詮索する人にはきっと災いが起きるわよ」

あ、まずった。この人は普通じゃない。

「そうですね。知らなくていいことも世の中にはたくさんありますもんね。ははは」

「ふふふ。あ、そうだわ。はい。これが魔法の袋よ」

「おおっ!! って、何処にでもあるただの袋に見えますが？」

「これに魔力を流してみて」

言われた通り、受け取った魔法袋へ魔力を流してみる。

「おおお、色が変わった」

茶色の革袋が青白い革袋へと変化した。

「これでルシエル君専用の魔法袋になったのよ。では使い方の説明をするわね。ルシエル君を中心に半径一メートル以内にある物が収納条件。物を収納する場合は、ルシエル君が触っている物を収納と念じれば入るわ。出す時は出したい物をイメージして、取りたいと念じるだけよ。応用も利くみたいだから、後は自分で試してみて」

使い方が簡単で良かった。

「ありがとう御座います」

俺は袋を触って使い方をイメージする。あれ？　何か感じる……これは本か？

「もしかして数冊ですが、本が入ってますか？」

「正解。これからも頑張ってもらうために、現存している魔法書を全てセットでサービスすると教皇様が仰ったの」

教皇様による褒美の大盤振る舞いか。

「では、そこにあった魔法書も」

「ええ。そうよ」

最近の豪運先生って凄くないか？

これなら貯まったポイントを一気に使ってもいいかも知れないな。

「あの、それなら聖銀の剣を四本、短槍を四本、弓と矢筒（二十本セット）を五セットください。その他にもポーション類をいくつか購入したいです」

「あんまり迷宮で頑張り過ぎちゃ駄目よ」

ここでカトレアさんと話している方が、寿命が縮んでしまう気がしますよ。

もちろんそんなことが言えるはずもなく、いつものカトレアさんに戻ってくれることを信じて、お礼を告げてから部屋に戻ることにした。

部屋に着いた俺は教皇様から頂いた魔法書を読み、自分の力に変える為に魔法訓練して過ごすのだった。

その翌日には順調に十五階層まで完全に探索することが出来た。

そして、あっという間にルミナさんが率いる聖騎士隊との訓練の日が訪れた。

09　戦乙女聖騎士隊と早朝訓練

早朝、物体Xを飲んでから魔力操作の鍛錬を行なっていると、ノック音が聞こえてきた。

「はい、どちら様ですか？」

「おはよう御座います。私はルミナ様率いる戦乙女聖騎士隊《ヴァルキリー》に所属していますリプネアと申します。もうすぐ早朝訓練が始まりますので御呼びに参りました」

「ありがとう御座います。直ぐに行きます」

声を掛けてから、一応物体Xの悪臭を消す為に、浄化魔法を自らに発動してから扉を開いた。

浄化魔法が万能だとは魔法書にも書いてあったが、歯磨きやウォシュレットよりも効果があり、口臭や便の後に紙を使わないで綺麗にしてくれる超万能魔法なのだ。

俺が扉を開けると、目の前……からだいぶ下に、ふわっとカールの掛かった金髪で目がくりっとした可愛らしい顔に、少し無骨な鎧が妙にマッチした女性がいた。

「初めましてルシエルと言います。お手間を掛けさせて申し訳ありません」

「いえ。戦乙女聖騎士隊所属のリプネアです。ルミナ様からのご命令ですし、一般の治癒士は聖騎士の訓練場に足を踏み入れることは禁止となっていますので、それでは参りましょう」

……なんだろう。

言葉は凛としているのに、何処かほんわかしているイメージが消えない。

なんというか少し凛々しく見えるように、無理をしているように見えてしまう。

笑いを堪えながらリプネアさんに付き従い、聖騎士の訓練場へと移動した。


「結構広いな」

中は四百メートルトラックが入っていそうなほどの規模だった。

「我が隊の訓練場は小さい方ですよ」

リプネアさんが答えてくれた。

「えっ？　……へぇ～そうですか」

今の感じだといくつも訓練場を有しているみたいだな。

「来たか。リプネアご苦労だった。ルシエル君こちらへ」

訓練場に着くと、ルミナさんから声を掛けてきてくれた。

見ればすでに隊列が組まれており、リプネアさんも駆け足でそこへ加わる。

しかし聖騎士隊というからもっと大人数を想定していたけど、ルミナさんを合わせて十一人しかいない。

しかも全員まだ若いぞ。

「あの、ここって女性だけの隊なのですか？」

「そうよ。何か不満があるかしら？」

ルミナさんだけでなく、他の聖騎士からも窺うような視線を感じる。

ただこちらとしては、女性を攻撃したくないというのが本音だ。

師匠相手ならとことんいけるが、女性の場合、傷が残ったら大変だからだ。

「えっと実力は私よりも数段高いのは分かります。ですが、女性に向けて攻撃をするのは精神的に辛いと申しますか……」

「なるほど。やはり君は無知なのだな。悪いが訓練の時間は限られているのだ。今は速やかに自己紹介をしてくれ」

無知の一言で片づけられてしまった。

それだけ強いということなのか？　それとも……。

「あ、はい。申し訳ありません。皆さん初めまして、ジョブは治癒士、仕事は退魔士の任に就いているルシエルと申します。己を鍛え直したくて、今回は無理を言ってルミナ様に聖騎士隊の訓練へ参加をさせていただくことになりました。邪魔になるかもしれませんが、宜しくお願いします」

「諸君、彼は冒険者ギルドに二年間通い続けて戦闘訓練を行なっていた変わり者の治癒士だ。回復魔法は使えるようなので、どんどん鍛えてやってくれ。各自自己紹介は空いた時間に行なって欲しい。以上」

「「はっ」」

「では、いつも通り準備運動の後一対一、一対二、二対三で戦闘訓練を行なう。それでは行くぞ」

するとルミナさんが走り出し、それに続いて他の聖騎士達も走り出した。

どうやらまずはランニングらしい。

「ぼさっとしないで付いて来なさい」

ルーシィーさんが固まっていた俺に声を掛けてくれたことで、ようやく何をするのか理解した。

「まずは少し走るだけですよ」

それから補足するようにクイーナさんも声を掛けてくれた。

「了解です」

返事をして俺は最後尾を走り出した。


二年間、冒険者ギルドでも欠かさずに、早朝と夜に全力で走っていた。

だから正直、走ることに関しては全く問題はない。

もしかしたら余裕かも知れないな……そう思っていた。

しかし現実は甘くないらしい。

「遅いぞ。いくら治癒士だからと言っても、もっと真剣に走れ」

ルミナさんに周回遅れにされて、他の聖騎士の皆さんにも周回遅れにされてしまう。

当然ながらこちらは全力で走っている。

息だって上がりっぱなしだ。

それでも彼女達からすれば、ランニング程度にしか見えていない現実がそこにあった。

この世界で身体能力を左右するステータス差は間違いなく存在するし、そこには絶対的な壁があることもまた事実だと思い知らされる結果となってしまったのだ。

それはまるでブロド師匠との特訓が、聖騎士隊から見れば無意味なことだと言われている気がした。

でも確かに身体能力が高いほうが死ににくいのもまた事実ではあるんだよな……ただ、このままジョブやレベルだけの差で、埋められない壁があるなんてことは絶対に認めないぞ。

女性だけの部隊と舐めていた自分を律し、まずは戦乙女聖騎士隊の訓練に食らいついていくことを決めた。

それから三十分程走り、屈辱の八周の周回遅れとなったところで、ランニングは終了した。

「では組になって戦闘訓練を始めてくれ。ルシエル君、君の実力が知りたいから自分の武器を持って、私を殺す気でかかって来なさい」

「普通は刃を潰したものを使うのでは？」

「ふむ。当たらないから安心したまえ。そうだな……もし当てられたら何でも一つ言うことを聞いてあげよう」

そう言ってルミナさんはニッコリと微笑む。

しかもルミナさんは武器も盾も持っていない。

きっと馬鹿にしている訳ではなく、それだけの実力差があるということなんだろう。

だけど……。

「ステータスの差が戦闘において、絶対的な差ではないことを今から証明してみせます」

こうして俺はルミナさんに対して、現在迷宮に潜っているスタイルの二槍刀流で勝負を挑むことにした。

「セヤァァアア、テャアア、ウラァ」

左手に持ったランスを突き出し、その勢いを利用して回転して剣を振るう。

避けられるのを想定して蹴りも繰り出す。

しかし――。

「隙だらけだぞ？」

そう聞こえた瞬間、視界がぶれて気がついたら空が見えていた。

それはまるでブロド師匠に投げられたような感覚だった。

「その戦闘スタイルは迷宮に潜ってからだったな？」

「そうです」

「双剣の技術もないのにそんな無茶をするとはな。仕切り直してもう一度立ち合おう。ただし今度は君が冒険者ギルドで教わった通りにかかって来なさい」

「はい」

仕切り直して、迷宮に通うようになってから部屋に放置されていた盾を久しぶりに装備して、ブロド師匠から教わった通りに動く。

俺の頭にはブロド師匠との訓練の日々が思い出されていた。

＊

「ルシエルいいか、お前が人に襲われる場合は大半がお前より強い」

「ははは。それはそうですよね」

「ああ。もし相手が一人であったとしても、戦わないにこしたことはないが、世の中そんなに甘くないから、いつそんなことが起こるかわからない」

「はい」

「だが、お前には普通の戦闘職にない強みがある」

「それって回復魔法のことですか？」

「そうだ。もう動いた状態でも魔法が使えるようになっただろ？」

「ええまぁ。一年と半年も同じことをさせられましたからね」

「強者と戦うことになった場合、普通は負ける。だから罠を張れ」

「罠ですか？」

「ああ。詠唱をしながらわざと大きな隙を作ってそこを狙わせろ」

「……それって嫌な予感しかしないんですけど？」

「普通はそこを逆手にとって、返し技を使うんだが、その技術力がお前にはハッキリ言ってないし、実力が違いすぎたらそれも返されてしまうだろう」

「世知辛いですね。それはそうと、先程から嫌な予感しかしないんですけど？」

「わざと攻撃を受けて、回復魔法で回復しながら相手を攻撃しろ。それしか思いつかない」

「捨て身の攻撃って、一歩間違えば大惨事じゃないですか」

「安心しろ。残り半年でそれがマスター出来るぐらい徹底的に扱《しご》いてやる」

「た、助けて〜」

「死にたくないんだろ？」

「ああ、きっとここで死ぬんだろうな」

「とりあえず急所はやばいから、まずは腕とか足を狙うからな」

「えっ？　いずれ急所も攻撃するように聞こえるんですけど？」

「さぁ構えろ」

「……あのブロド師匠？　ねぇ答えてくださいよ。ブロド師匠」

「じゃあ行くぞ」

「ぎゃあああああああ」

＊

「……ルシエル君、何で泣いている？　先程は優しく投げたつもりだったが、痛むのか？」

あ、師匠との特訓を思い出していたら、涙が出ていたらしい。

「いえ、修行（地獄）の日々を思い出していたんです」

「そうか。修行を思い出して泣くとは、余程（素晴らしい日々）だったんだな」

「ええ。ではいきます」

俺はアタックバリアを発動して剣と盾を構える。

「どこからでもかかって来い」

体勢を低くして斬り込む。

俺の戦い方は基本を忠実に守り、足運びや身体の軸がぶれないように意識しながら攻撃することだ。

型通りだからなのか、それともただ単純に実力不足なのか、攻撃はどれも当たる気がしない。

無手のルミナさんは、俺が視認出来るまで速度を落とし、俺が避けてできた隙へと攻撃を仕掛けてくる。

それを何とか盾で防御して剣を繰り出し攻撃する、その繰り返しだ。

このまま何もしないなら意味がない。

どうせならやってみてアドバイスをもらおうと考え、覚悟を決めた俺は捨て身の攻撃をしてみることにした。

「ハァアア」と剣を左から右になぎ払いながら、身体の中心を攻撃しやすいように開ける。

この隙の作りかただけはブロド師匠にも褒められた。

『ルシエルは技術力がないからな、わざと作っているようには見えなかったぞ』と。

案の定、そこに拳が打ち込まれた。

「【聖なる治癒の御手よ、母なる大地の息吹よ、我願うは魔力を糧とし天使の息吹なりて、癒し給え。

ハイヒール】」

俺は自分の身体が光ったと同時に、先程右に振った剣を全力で左に振り下ろした。

結論として当たることはなかった。

視認出来る速度で動いていたルミナさんの姿が、掻き消えたのだ。

そして「見事！」と声が耳元ですると俺の意識は暗転した。

「……さい。お……なさい。起きなさいって言ってるでしょ」

次の瞬間、右の頬に衝撃が走った。

「痛《い》ってぇぇぇぇ」

俺が目を覚まして身体を起こすと、そこにはルーシィーさんとクイーナさんがいた。

「あれ？　ここって訓練場？」

「そうよ。早朝の訓練が終了したから食堂に行くわよ」

「ルミナ様に貴方のことを頼まれたの」

どうやら既に早朝の訓練は終わっているみたいだった。

「あ～気絶させられたのか。お二人とも待っていていただき、ありがとう御座いました」

俺は立ち上がり、ヒリヒリする右頬にヒールを発動して立ち上がる。

「それにしてもまさか気絶させられるなんて、ルシエルって結構やるのね」

「私も吃驚《びっくり》した。まさか治癒士がルミナ様に認められるとは思っていなかった」

二人の言葉に俺は首を傾げる。

「それより訓練は続くんだから、さっさと朝食に行きましょう」

「私達が最後ですから急ぎましょう」

「あ、はい」

俺は二人に急かされて食堂に向かうのだった。

こうして早朝の訓練が終了した。

10　認めたくない通り名

食堂に着き順番に食事を受け取っていく。そこで俺は少し違和感を覚えながらも、いつも通りおばちゃんに声を掛けた。

「おはよう御座います。今日は少しハードに動いたので、いつもよりも少し多めでお願いします。それと今日はお弁当無しで大丈夫です」

「あら、おはようルシエル君。あれより食べて平気なの？」

「ええ。食べないとお昼まで持たない気がします」

そんな運動部のようなやり取りをして、大盛りの食事を受け取り二人がいる席に向かった。

「お待たせしました」

「ルシエルっていつも思うけど、そんなに食べて大丈夫なの？」

ルーシィーさんが俺の食事量を見て聞いてきた。

「ええ。二年前まで細身だったんですけど、メラトニの冒険者ギルドで訓練をつけてくれた師匠が『食べる事が強くなる為の第一歩だ』って言ってたんです。今もそうですけど、死にたくなかったので食べ続けていたら、いつの間にかこうなりました」

「私も疑問がある。なんで給仕とあんなに親しげに話を？　別に親しい訳でもないのに変だと思う」

「えっ？　だって偉い人に対しては礼儀を弁える必要はあるけど、そうじゃない人だからって別に見下す必要はないでしょ？　それに私は様付けで呼ばれるほど偉くもありませんし」

「「これがルミナ様が言っていた、無知」」

二人は口を揃えて同じ言葉を発した。

リアルに被るって凄いな。

「貴方は助祭で退魔士なのよ？」

「そうですね」

「助祭でも退魔士は司祭以下、但し各騎士隊の隊長並の権限と給金が与えられる」

「へぇ～。だから給金があんなに高かったのか」

「何を暢気《のんき》に言っているのよ。そのうちあなたの態度を面白く思わない人が出てくるわよ」

「ん～。そのときは迷宮で頑張って教皇様に泣きつきます」

「「はぁ～」」

二人は盛大に溜息をついた。

まぁ本当に厄介ごとになりそうな時は、教皇様を喜ばせられる結果を出せば何とかしてくれるだろう。

それよりも、どうやら戦乙女聖騎士隊も階級制度にこだわっているように感じる。

ルミナさんからはあまりそういうことを感じないんだけど、この世界の教育課程で何かあるんだろうか？

それから色々話をして食事を終え、俺は物体Xを飲みに一度部屋に戻った。

その後、関係者以外立ち入り禁止と書かれたエリアの前で、ルーシィーさんとクイーナさんに待っていてもらったことを詫びて、俺は二人に頭を下げて訓練場に向かうのだった。


「それでは、早朝訓練の続きを行なう。今回はルシエル君もいるから要人警護の任務だ。時間内に襲撃側が要人へ攻撃を当てれば襲撃者の勝ち、時間切れなら防衛側の勝ちにしよう。何か質問はあるか？」

「はい」

俺は手を挙げる。

「聞こう」

「私は当たるとも思わないので、攻撃はしませんが、魔法を使ってもいいのでしょうか？」

「そうだな。私達が警護するなら想定される現場だ。許可する」

「ありがとう御座います」

少し考えるような素振りを見せた後、ルミナさんは許可をくれた。

これで俺に攻撃が当たっても痛くないな。

「それではまず、防衛側と襲撃側の数を五対五とする。私が審判をするから止めるまで続けなさい。ルシエル君を要人だと思って警護しなさい」

「「はい」」


こうして訓練場の端から、中央を歩くといったシンプルな想定で訓練をすることになった。

この世界の要人警護も、相手から話しかけられない限り警護している者は要人へ声を掛けない。

もちろん緊急事態を除いてではあるだろうけど。


今回の防衛はルーシィーさん、クイーナさん、今朝迎えに来てくれたリプネアさん、そしてポニーテールが凛とした雰囲気を醸しだしているマイラさんと、露出の高い鎧を着て腹筋がボコボコ割れているサランさんが担当する。

少し挨拶をしたのだが、マイラさんはあまり多くを語らない武士の女版みたいな人で、まだよくは分からない。

サランさんはおっさん発言をするが、心は乙女タイプだと勝手に思っている。

こうして五人に警護されながら歩いていると襲撃が始まった。いや、正確には既に襲撃を受けていたのだ。

いつの間にか矢を射られていたようで、矢が俺の頭の横をすり抜けていたのだ。

俺は護衛の誰かに身を屈ませられて、何が起こっているのか分からない状態のままだった。

とりあえず念の為、エリアバリアを発動させることしか出来なかった。

それから俺がしゃがみ込んでいる間に、いつの間にか襲撃側が近づいてきたらしく、激しい剣戟《けんげき》が鳴り響く。

「あちらに移動します」

そんな声に従い、頭を下げられたまま、そして誰に防衛されているのか分からないまま、壁際に向かうことには成功した。

俺の防衛はルーシィーさんが、他の皆は追撃にあたっているようだった。

俺が状況を確認したと同時に「そこまで」と透き通るような声が聞こえて、戦闘は終了した。


それから一度隊列を組むことになり、ルミナさんの評定が始まった。

「まず防衛側の諸君おめでとう。襲撃側の諸君残念だったな。さて今回の反省点だが……」

ルミナさんが語った反省点は、要点をまとめるとこうなる。

襲撃側の反省点
・襲撃側の五人が、人数が下回る防衛側四人を倒すことが出来ずに熱くなったこと。
・全員が近距離で仕掛けたこと。
・俺に攻撃を仕掛ける、または仕掛けようと最初の時点でしかしなかったこと。

防衛側の反省点
・襲撃を認識したのが、矢が放たれてからだったこと。
・安全ルートを事前に話しあって、いくつもの経路を考えておくこと。

「ルシエル君からの感想はあるか？」

「気がついたら風きり音もなく矢が通り過ぎていて吃驚《びっくり》しました。後は襲撃者が何人いるのかや何で攻撃してくるのか、全く状況が分からなかったことですね。ただ不安だけが募りました」

「なるほど。今後の参考にしよう。では誰か意見があるものは挙手を……ではエリザベス」

襲撃犯である方の金髪巻き髪のエリザベスさんが挙手していた。

「今回の襲撃側が負けたのは、確かに先程ルミナ様が仰った通りですわ。ただ最大の敗因はそちらの方がいたからですわ」

エリザベスさんはそう言って俺を指差した。

同様に襲撃側の他の四人も頷く。

そしてルミナさんも微笑みながら頷く。

「その通りだ。聖騎士となってまだ五年未満のルーシィー達に、普通であればエリザベス達が負けることはない。言っておくが、ルシエル君は十七歳にして既にジョブである治癒士のレベルがⅤの変人だ。しかも聖属性魔法のレベルはⅦらしい」

何故そんな俺の個人情報を知っているんだ。

まさかルミナさんもカトレアさんのように、鑑定スキルを持っているんだろうか？

「そんな……いくら才能のある治癒士でも、普通そんなことは不可能ですわ」

エリザベスさんが大声を上げると防衛側も含めて皆頷く。

「そう喚《わめ》くなエリザベス。最初に言っただろう。ルシエル君は変人なのだぞ」

ルミナさんは自信満々に言い切った。

俺に精神的なショックが刻まれることなど想定していないらしい言い方だ。

「変人って、さっきからルミナ様でも失礼ですよ」

「ほう。治癒士ギルドに登録して、十日後には治癒院ではなく、冒険者ギルドで三度の食事と寝床、戦闘訓練を対価に治癒を無償で行ない続けたという報告を聞いたが、それは虚偽の報告であったのか？」

やっぱり個人情報が洩れまくっているよ。

「……いえ、本当のことですけど、死にたくなかったから、全力で生き残る確率をあげる為に必死だっただけです」

「朝から晩まで殴られては向かっていき、通り名がつけられたとも聞いた」

何故そんなにいい笑顔なんですかルミナさん!!

その笑顔は何でも許したくなってしまうけど、嫌な予感しかしない。

「なあルシエル君。ドM治癒士、ゾンビ治癒士、治癒士のドMゾンビの異名を持つ人物が、変人ではないと言えるのかな」

「すみませんでした。でも必死に生きてたらそう呼ばれるようになっただけなんです。ご容赦いただけないでしょうか？」

俺は直ぐに土下座を敢行した。

「まぁドMはともかく、ゾンビのように一心不乱に戦闘訓練を行ないながら、毎日冒険者だけでなく、住民に対しても無償、正確には一律銀貨一枚で治癒し続けたのが正確な情報らしいがな」

事実を知っているのに、俺をいじる為だけに手玉に取るなんてな。

もはや精神年齢は俺よりも上なのではないか？　それとも俺が肉体に引っ張られているのかもしれないな。

しかし俺の情報を聞いた戦乙女聖騎士隊のメンバーは、困惑した様子だった。

「そんなまさか」

「治癒士の評判はどこに行っても最悪ですよね」

そんな声が聞こえてくる。

「困惑するのも無理はないが、今後ルシエル君の治癒士としての腕前は、既にベテランの域だと考えてから行動するように」

こうして貶《けな》されているのか、それとも持ち上げられているのか、よく分からない状態のまま要人警護の訓練は攻守を入れ替え、人数を変え昼まで続けられるのだった。

「よし、そこまで。各自昼食を終えたら森での演習に備えてくれ。準備が出来たらもう一度この場に集合するように」

「「「はい」」」

解散するような言い方だったけど、俺は戦乙女聖騎士隊の皆さんと一緒に食事しながら、メラトニの冒険者ギルドでの生活を根掘り葉掘り聞かれることとなって、精神的に疲れた。

まだあまり経っていないけど、師匠やナナエラさん達元気かな。

しかし騒がしかったのか、何となくだけど周りの方々からの視線には、殺気が含まれているように感じるた。気配察知の熟練度が上がりそうだ。

まぁ冒険者じゃないし襲ってくることはないだろう……ないと信じたい。

それから間もなく昼食は無事に終えることが出来た。


「さあ諸君、これから近郊の森や荒野を回り魔物退治に向かう。各自の馬を用意して集合してくれ」

戦乙女聖騎士隊の皆さんが声を合わせて返事をする中、俺は一人だけ「はい？」と疑問形で答えてしまい視線が集中する。

「何か分からないことがあったか？」

「ええ。というか今まで馬に乗った経験がありません」

「……さすがにそれは想定外だった」

その目は無知だったなぁと言葉に出す時の顔ですよね？　他の皆さんも同じような顔をしている。

しかし誰でも馬に乗ったことがあるなんて、聖騎士隊の横暴だ。

「仕方がない。ルシエル君は厩舎を管理している者達に、馬の乗り方を聞いて練習していくれ。さすがに演習へ行くから外の目もあるしな」

「何だかすみません」

「いや。こちらも考えていなかった訳だからな。それではここの訓練場を馬術訓練で使うといい。私達も演習が終われば、ここに戻ってくるからな」

「わかりました。気をつけて行って来てください」

「そうだな。厩舎に案内しよう。では、各自移動」


それから厩舎に着くと厩舎の責任者に紹介された。

「ルシエル君、彼がここの責任者のヤンバスだ。ヤンバス、彼が先日から新しく退魔士の任に就いたルシエル君だ」

「初めましてルシエルです。馬には乗ったことも触ったこともないので、ご指導ください。宜しくお願いします」

「ルシエル様、そんな……畏れ多いですから頭を御上げください。私はヤンバスと申します。一応この厩舎を管理させていただいております」

ヤンバスさんはどこにでもいるような、五十ぐらいのおじさんだった。

師匠達と比べるとかなり歳に見えるが、きっと師匠達がおかしいんだろう。

「ではヤンバス、ルシエル君を頼んだぞ?」

「畏《かしこ》まりました」

「ルシエル君、頑張りたまえ」

それだけ言うと、表に並んでいた馬に跨《またが》り颯爽と駆けて行った。

「凄い恰好いいなぁ。それではヤンバスさん、お願いします」

「はい」

こうして俺は生まれて初めて馬に乗ることになった。

11　初めての乗馬、不安になったらまず鍛錬

主がいなくなった戦乙女聖騎士隊の訓練場へ、俺とヤンバスさん、そして黒毛の馬一頭で戻ってきた。

「それにしても、ヤンバスさんがこちらに来て良かったんですか？」

「ええ。私の管理している厩舎は、戦乙女聖騎士隊の皆様が乗られる馬達と、要人の方々をお迎えする時に馬車を曳く馬達だけなので、現在は厩舎に数頭しかおりませんから」

「そうですか。それではこちらの馬を紹介してもらえますか」

「ええ。この馬はフォレノワールです」

フォレノワールってケーキであったような……たしか黒い森って意味だった気がする。

確か馬って頭がいいから、しっかり人に挨拶するようにした方がいいよな。

「フォレノワール、初めましてルシエルです。私は馬に乗ったことがないので指導してください」

そう言って頭を下げた。

すると「ルシエル様、何をしているんですか！」と吃驚《びっくり》された。

「えっ？　馬は頭がいいから、人の言っていることが分かるんですよね？」

「そうですけど、いきなり頭を下げるなんて、下僕にしてくださいって言っているようなものです

よ」

「……本当ですか？」

「ええ、本当のことですよ。この子は特に頭がいい子なので大丈夫だと思いますが、本当に気をつけてくださいね」

「すみません。よろしくお願いします」

こうして一歩目から間違えてしまった俺は、ヤンバスさんの言うことを絶対に守る決意をして指示を受けることにした。

「まずは正面に立ち、そこからゆっくりと側面へと移動してください。そして声を掛けながら優しく触ってください。いきなり乗ろうとすれば馬も吃驚しますので」

俺は言われた通り正面から横に移動して脇腹を触る。

「温かいですね」

「ええ。人よりも体温は高いですからね。鞍を着けていますが、ちゃんと背中を押して乗る合図を行なってください」

俺はグッグッと押してみる。反応はなかった。

「はい。嫌がられてもいないので大丈夫でしょう。跨《また》がってください」

「えっ、いきなりですか？」

「今、準備してもらいましたよね？」

「分かりました」

俺は地を蹴って鞍に跨った。

鐙《あぶみ》が無いから少し飛び乗るような感じになったけど、問題なく乗せてくれた。

「はい、いいですね。では姿勢を正してください。足を開いた状態で背筋を伸ばして垂直を意識してそれを維持してください」

矢継ぎ早に指導の声が耳に届く。

「は、はい。あのヤンバスさん、かなり高いんですけど?」

思っていたよりもずっと目線が高くて怖い。

「最初は誰が乗ってもそう思うので、大丈夫ですよ。そのうち慣れてきます」

「あの、鐙は無いんでしょうか?」

「鐙って何でしょうか?」

「足を置く場所というか足場を作る道具なんですけど?」

「う～ん。聞いたことがありませんね。どこかの名産品なんですか?」

「あ～いえ、そういう話を昔聞いたことがあったので、お聞きしてみたんです。大丈夫です」

鐙が無いってことは、長旅をしたら疲れるだろうな。

こっそり自分用の鐙だけ作っておこうかな。

「お役に立てずに申し訳ありません。では実際に馬を駆けさせてみましょう。膝を馬体に挟むようにして軸がブレないようにしてください。軸がブレると馬も乗っている側も辛いですから」

その瞬間、前世を思い出していた。

趣味で乗っていた単車《バイク》に乗るように、ニーグリップを意識しながら姿勢を維持する。

しかしこの高さは怖いものがあるな。

それに股間の辺りが少しヒンヤリする。

「手綱を振ると進めの合図、引けば止まれの合図となります。曲がる時は曲がる方へ徐々に引いてください」

「わかりました」

俺は軽く手綱を振った。するとフォレノワールは軽く駆け始めた。

「はい。いいですね。そのペースでこの訓練場を一周してきてください」

「行ってきます」

パッコ、パッコ、パッコ、パッコと小気味好《よ》いリズムでフォレノワールが駆ける。

するとあっという間に端まで来てしまったので、右手を少しずつ引いて曲がる方へと促すと曲がってくれた。

「ありがとう」

お礼を言ってまた端まで走ってもらい、また端まで来て曲がって、ヤンバスさんのいる場所の手前でゆっくりと両手に持った手綱を引くと止まってくれた。

「はい。素晴らしいです。初めてとは思えませんでしたよ」

「いいえ、フォレノワールの頭が良かっただけですよ。ただお尻と膝が長時間乗っていたら、凄いことになりそうですけどね」

「なりますとも。尻は皮が剥けますし、膝は普段使っていない筋肉をずっと使うわけですからね。まぁ治癒士様なら問題はないのではないですか？」

俺は苦笑いを浮かべることになった。

「もう少し行って来ていいですか？」

「ええ。フォレノワールも走り足りないでしょうから。ただ無理に速度は上げないでくださいね」

「ええ。わかっています」

馬を走らせるには狭い訓練場だ。全速力で走らせるなんて無謀はしないし、したくない。


それから何度か休憩を挟んで乗馬していると、いつの間にか結構な時間が経っていたらしく戦乙女聖騎士隊が帰ってきていた。

「初心者にしては随分と様になっているではないか」

ルミナさんに声を掛けられて、俺はフォレノワールを停止させる。

「そうですか？　そう言っていただけるのは嬉しいですけど、この子が頭がいいんですよ。きっと暴れ馬だったら、背中に跨った瞬間に振り落とされる自信がありますよ」

「くっくっく。変な自信を持っているんだな。まぁいい、今日の訓練はこれで終了だ。また来週、訓練に参加するなら待っているぞ」

「あ、はい。もちろんご迷惑でなければよろしくお願いします」

こうして戦乙女聖騎士隊の訓練と、初めての乗馬が終了した。


俺は空気の読める男だ……と思う。

なので夕食を一緒にと戦乙女聖騎士隊の皆に勧められたけど、断ることにした。

まぁそれは表向きな理由で、今日は朝から訓練らしい訓練をしていなかったので、鍛錬したくなったのだ。

一応熟練度鑑定をしてみると、騎乗スキルの熟練度は上がっていた。

しかしそれ以外の項目が、全て伸びていなかったのだ。

それこそ戦乙女聖騎士隊との訓練が、俺には無駄だったと言えるみたいに。

ここまで伸びてないとは思わなかった。正直超不安だ。

いや、もしかしてこれが普通の生活なんだろうか？

そう思ったけど、やはりやるべきことはしっかりとすることにした。

ブロド師匠からは数字を追ったり追われたりするなと言われているけど、それ以前にやれることをした感覚がないのだから、やはり自分なりに納得したい。

このままでは戦乙女聖騎士隊並の人に襲われたら死ぬし、やっぱり努力をしないで不安になるなら、努力するべきだろう。

こうして俺は迷宮の十階層のボス部屋へと赴き、満足するまでアンデッド相手に戦闘を繰り広げるのであった。

そしてその翌日から、俺はまた迷宮探索を始めた。

一桁階層では六階層から罠があった。そして十一階層から十五階層までは罠がなかった。

そう考えるとやはり十六階層からは罠があるんだろうな。

念のため聖属性魔法のオーラコートとエリアバリアを発動して、探索で万が一罠に遭遇しても対応出来るように備える。

そして罠を探して地図を描き、魔物を蹴散らしていく。

「魔法の鞄や魔石を入れる背嚢《はいのう》がないだけで、これほど探索が楽になるなんてな。本当に教皇様には感謝だな」

魔法袋は手で触れずに、足で踏んだ物でも収納出来ることが判明した。

その為わざわざ拾う行動をせずに済むので、時間の短縮に役立っているのだ。

これが地球にあったら、皆が手品師になれるだろうな。

そんな陳腐な考えが頭に浮かぶ中、いかにも罠だと言わんばかりの他よりも浮かび上がった床を発見した。

一応警戒しながら踏んでみると、ビィイイイと警報が鳴り響き、前後左右から魔物が押し寄せてきた。

「なるほど。こういう罠もあるのか」

俺は頷きながら浄化魔法を発動して、四方のうちの一つを潰してそちらへと逃げる。

そして寄ってきた魔物には浄化魔法を使わずに、攻撃を盾で受け、魔力を込めた剣技で一体ずつ倒していく。

今朝の食堂でエリザベスさんと会った時に、ルミナさんからの伝言という形で、俺に合った戦い方を教えてくれたのだ。

『指導もなく出来ないことをすれば、ただ変な癖がつくので止めた方がいい』

そんなアドバイスをもらった。

そしてエリザベスさんとリプネアさんが双剣の使い手であることから、彼女達に教えてもらうことになった。

それまではブロド師匠に教えてもらった戦闘スタイルで戦うことにしたのだった。

『ルミナ様からのご命令ですので。でもこれは貸し一つですわ』

エリザベスさんの貸しに利子がつかないことを祈ったのは、言うまでもない。

きちんと斬れば直ぐに消滅するアンデッド達。

この魔物の造りが雑なのか、それともこれが次のボス戦への布石になっているか、色々と考えが生まれる。

そんなことを考えていると、十六階層の地図が完成していた。

「きりがいいし、昼食にするか」

弁当を食べ終わり、いつも通り物体Xを取り出してから、ふと疑問が浮かんだ。

この物体Xって、どれぐらいの魔物まで避けられるんだろう？　誰か確かめたことあるのかな？

そんなことを思いながら、十七階層まで探索を無事に終えたところで本日の探索は終えることにした。

今日は罠を警戒しての探索だったので、いつもよりも時間が掛かってしまった。このまま帰ると戦闘訓練が足りないような気がしたので、十階層のボス部屋を行き来して三度全滅させてから帰還した。


その翌日は十八階層、十九階層を探索して帰り、またその翌日に二十階層の探索を終えた。

「ここがボス部屋か。前には感じなかったけど、凄く嫌な感じがするな」

このままボス部屋に直行することも考えたけど、念には念を入れることにした。

そしてこの迷宮に詳しい人に相談することを決め、本日の探索を終えることにした。


アンデッド迷宮（仮）を脱出した俺は、売店で待機していたカトレアさんに話し掛ける。

「主部屋でしたっけ？　あれ二十階層は何が出るんですかね？」

「分からないわ。私は迷宮に入ったことがないの。ただこの前みたいに、迷宮で命を落とした治癒士ギルドの関係者かも知れないわ」

カトレアさんはとても哀しそうな顔をしていた。

でもこれは演技なんだろう。実際に痛みはあるけど、それでもやっぱりレベルは上がらないし、アンデッドを倒しているだけでも、レベルが上がるってことは、本に書いてあることだからな。

アラサーの美人で色香もある。おまけに演技も上手なのだから、生まれる世界が違ったら、カトレアさんは女優でも食べるのに困らなかっただろう。

「なるほど。貴重なご意見ありがとう御座います。何か必要になるものってありますかね？」

「行くと言うなら止められない。でも、止めておいたほうがいいわ。どんな罠があるかも分からないもの」

「まだ行きませんよ。もうちょっと基礎を磨かないといけないので」

「そう。これは迷宮に限ってのことだけじゃないけれど、体力、魔力を回復するポーションは必須よ。あとは他の迷宮での話を総合すると、食事を持っていっていた方が生き残る確率が上がるらしいわ」

なるほど。確かにポーションはあった方がいいよな。

前は魔法が使えなくなったし、それに弁当があれば、帰還を焦らなくていいか。

魔法袋はその為の攻略アイテムだったのかもしれないな。

もしかすると、これは迷宮を踏破するのにかなりのヒントなんだろうな。

「それじゃあ回復力の高いポーション類をお願いします」

こうしてポーションを買い込み、次の日から二日間、十階層のボス部屋を行き来して修行することにした。

休憩を挟みながら浄化魔法、そして従来の戦闘スタイルの剣技で、魔物を倒して戦闘し続けた。

一対多でも慌てないように精神を鍛えたのだ。

そして二十階層の攻略の前に、二度目の戦乙女聖騎士隊との訓練が始まろうとしていた。

12 ルシエル、戦乙女聖騎士隊に仮入隊？

いつもより早く起きて、いつもの魔力訓練をしてから、俺が考える双剣術の理想像のイメージを膨らます。

今日は双剣術をエリザベスさんとリプネアさんから習うことになっていたからだ。

俺が考える双剣術は、手数を多くして相手を翻弄し倒すものだ。

もちろん一撃必殺にはならないけど、それでも時間稼ぎなどに有効ではないかと考えている。

解釈は色々あるんだろうけど、俺のイメージではそういうものだ。

昔一度だけ大剣と呼ばれるグレートソードを、片手で持とうとして持てなかったところをグルガーさんに見られ、『まぁ飲めよ』とエールではなく、物体Xを飲まされたことがある。

そういえば、あれから物体Xが希釈されないで原液で出てくるようになったんだったなぁ。

そんなことを思い出していたら、三度のノック音が部屋に響く。

「はい。どちら様ですか？」

「私は戦乙女聖騎士隊所属のエリザベスですわ。ルシエルさんをお迎えに参りましたわ」

「すぐに行きます」

今日の出迎えはエリザベスさんか。

それにしてもエリザベスさんって貴族なのかな？

そんなことを考えて用意してあった物体Xを飲み干し、直ぐに浄化魔法を自分の口元へ発動してからドアノブを回した。

「おはよう御座います、エリザベスさん。部屋までご足労いただきましてありがとう御座います」

「構いませんわ。今日は徹底的に双剣の使い方をその身体に刻みますから、覚悟してくださいね」

「……何か凄く怒ってませんか？」

「気のせいですわ。行きますわよ」

「了解です」

それ以上は詮索するなオーラが出ていたので、戦乙女聖騎士の訓練場に向かって歩き出した。

先週と同じように既にきちんと隊列を組んでいた。

どうやら今回も俺が来るのを、戦乙女聖騎士隊の面々は待ってくれていたようだ。

「おはようルシエル君、エリザベスもご苦労だった」

先に会釈をしてエリザベスさんが列に戻った。

「おはよう御座います。本日も宜しくお願いします」

俺が挨拶をして後ろに向かおうとすると呼び止められた。

「ああ、ルシエル君、これを持っていたまえ」

見るとルミナさんが手を伸ばし、その先にある一枚のカードをこちらに向けていた。俺は直ぐにカードを受け取る。

「あの、これは？」

「それは、戦乙女聖騎士隊の関係者を表しているものだ。安心して持っていてくれ。それを持っていれば聖騎士以外立ち入り禁止のエリアにいても罰則はない」

「いえ、そうではなく。なぜ男の私に仮とはいえ、戦乙女聖騎士隊の隊員証が発行されているのかということです」

これって災いの種にしか見えないんですけど……。

「ある人に相談したら、それは面白いという話になって、上から許可が下りた。ただそれだけだ」

「ただそれだけって……」

ルミナさんの相談相手って誰だろう？

「男が細かいことを言うな。将来禿げるぞ。よし、では準備運動だ」

クスクスクスと上品な笑い声がやけに耳に残り、振り返ると走り出したルミナさんを追いかけて皆が後に続いていた。

しかし禿げるとか気になることを言ってくれる。

きっといじられるのは、俺の実力が低いからなんだろう。

いつか挽回出来るように、今は必死に追いつくことだけ考えよう。

「それでも釈然としないけど」

俺は全力で皆の後を追った。

「はぁはぁはぁ」

大きく息を吐き出して大きく吸って呼吸を整える。

「先週よりは速くなったな」

「それでも七周の周回遅れでしたけどね」

一週間で一周縮まった。大きいけどまだ小さいよな。

「治癒士なら結構速いんじゃないか？」

「なぜ疑問形なんですか？」

別の治癒士が訓練に参加したことがあるんだろうか？

「さてな。諸君、本日はエリザベス、リプネアを除いたものでペアを組み、一対一、その後に対戦相手とペアを組んで総当たりをしてくれ」

「「「はい」」」

「エリザベスとリプネアはまず双剣同士での模擬戦をした後、ルシエル君と模擬戦をしてもらう。ただし切断、急所攻撃は禁止とする」

どうやら真剣でやるらしい。

ちょっとぶっ飛んでるけど、傷が残らないようにハイヒールの準備はしておくか。

「「はい」」

「それでは分かれて訓練を始めろ」

こうして俺は、初めて戦乙女聖騎士隊同士の模擬戦を見ることになった。

体勢を低くし、滑るようにリプネアさんがエリザベスさんに接近し、左手側から通り過ぎるように右手の剣で足に斬りかかる。

エリザベスさんは慌てずに同じく右の剣で受けながら、右足を軸に回転して左に持った剣で背中を斬りにいく。

リプネアさんもまた、それを読んでいたかのように、身体を浮かせて反転し剣を受けて、その勢いを利用してエリザベスさんから遠ざかった。

瞬き禁止の速さで連撃を繰り出すが、相手も連撃で対応する。圧倒的な速さで迫るが、片方も同じことが出来るので中々決着しない。

演舞のような攻防が続く中、双剣の攻撃を片方で両方受け止めたエリザベスさんが、左手に持った剣を首横で止めて決着になった。

リプネアさんの攻撃が両方揃ってしまったことが、今回の敗因であることは間違いない。

それはともかく二人の動きを追えたことが、自分にとっては大事なことだった。

そこへルミナさんが微笑みながら聞いてくる。

「見ていてどうだった？」

「お二人とも速く、そして的確に相手の嫌がるところへ攻撃をしていく、そして何手も先まで何パターンも考えて動いているようでした」

「双剣については？」

「そうですね。思ったよりも隙が多いように思えました。それに無理に連撃すると行動に制限が出来ます。さらに攻撃を止めてはいけないですし、同時に攻撃を止められはいけないというセオリーが多数存在してました」

「うむ。ちゃんと見えているな。その他にもフェイントは便利だが、双剣を扱う場合は軸がブレるから、攻撃に最後の押しが足りなくなる。さあ欠点を認識したところで、次はルシエル君の番だ」

「はい。やってみます」

こうしてまずリプネアさんとの戦いになった。


俺は開始の合図と共に魔法を発動して物理防御力を上げると、盾を前に出して攻撃を待つ。

上中下段に左右からの連撃を浴びて、亀のようになってしまっているが、攻撃には何とか耐えられている。

外から見るのとは違い、あまりの攻撃の速さにブロド師匠を思い出す。だがあそこまで速くはないし、圧迫感もないので我慢することは出来た。

何度も攻撃を受け、相手の癖、隙を探る。

そして隙が多くなる攻撃に合わせて、盾を突き出して相手の反応を見る。

このタイミングなら、いけるかもしれないな。

そう思って相手のスピードを盾のブロックで殺した瞬間、剣を振り下ろした。

しかし次の瞬間、顎に衝撃が走り、空が見えたと思ったら足に力が入らなくなり、膝を突くことになった。

「大丈夫か？」

「ええ。意識ははっきりとしています。それより最後はどうなったのですか？　勝ったと思った瞬間この有様なので説明が欲しいです」

「見事にリプネアの攻撃を防御した後、ルシエル君が剣を振り下ろしたところで、リプネアは後方宙返りの流れでルシエル君の顎を蹴り上げたのだ。その為、君は頭が揺れて立てなくなったのだ」

「なるほど」

一応納得はした。

しかし脳を揺らすとか……俺は頭にヒールを発動した。

すると足に力が戻ったので、もう一度戦闘をお願いすることにした。

しかし相手はリプネアさんではなく、エリザベスさんだった。

リプネアさんの攻撃スタイルが連撃なら、エリザベスさんはカウンターとトリッキーな剣技だった。

俺の攻撃を片手で流したり、両手で受け止めたりして、隙があれば蹴ったりとバリエーションが豊富で、こちらも不用意には攻撃出来ない。

何度か剣で攻撃するフリをして隙を窺い、体格差で押してみようと盾ごと突っ込む。

すると「それは悪手ですわ」とエリザベスさんの声が聞こえたところで、目の前にいたはずのエリザベスさんが消え、次の瞬間足を掛けられて転ばされる。

そしてゆっくりと剣を背中に突きつけられた。こうして二本目の戦闘が終了した。

「あの、今のは何ですか？　何でエリザベスさんが消えたんですか？」

「エリザベスの魔法だ。エリザベス、自分で説明しろ」

「はい。私、実は火属性と水属性を持ったダブルなんですの。それを使って幻影を作ったのですわ。間合いの少し前に私の幻をおいて、隙が出来た瞬間を狙っておりましたの」

魔法を使うことを悟らせることなく、しかも反属性の混合魔法を使用するなんてな……。

どうやらここにいる聖騎士隊は、俺が思っていたよりもずっとレベルというか練度が高く、戦い方も洗練されているようだ。

「勉強になりました」

俺は素直に頭を下げて、これからも指導してもらうことにした。

それから俺達は三人で総当たりしながら、ルミナさんからその度にアドバイスをもらって早朝訓練を終えた。


朝食後は戦乙女聖騎士隊が五対五の戦闘を行ない、俺はそれをルミナさんと見て、戦況分析をすることになった。

「ルシエル君が指揮することはないだろうけど、自分だったらどう戦わせるかや、相手の弱点の見極め等は役に立つかもしれない」

「まぁそんな機会が訪れないことを祈っておきます」

そして戦乙女聖騎士隊との、訓練を順調に消化していき、また演習に向かうために、俺は再び馬に乗ることになった。

ところが――。

「申し訳ありません。フォレノワールは少し体調を崩していまして、他の馬をご用意させていただきます」

ヤンバスさんのその一言で、今回の演習に参加するという計画はとん挫することになる。

フォレノワールに代わって連れて来られたのは、フォレノワールよりも大きな栗毛の馬だった。

「……大きいですね」

「ええ。こいつはフォレノワールよりも少し気性が荒いですが、演習でも魔物に屈することはないでしょう」

「強そうですもんね」

俺は前に教わった通りに乗る合図をして鞍に跨《またが》った。

しかし次の瞬間、後ろの二本足で急に立ち上がった馬に、反応出来ないまま俺は落馬し背中を強打した。

「痛ッ」

「ルシエル様！　大丈夫ですか⁉」

「ええ、まぁ」

その後、数度試してみたけど、結局同じことの繰り返しとなり、更にヤンバスさんが用意してくれた他の馬二頭からも、背中に乗った途端振り落とされることになった。

諦めたくない俺は、何度か挑戦してみたけど、乗りこなすことは出来なかった。

もちろんそんな俺が次回の演習に行く許可がもらえるはずもなく、戦乙女聖騎士隊が帰ってくるまで、何十回と落とされて身体が悲鳴を上げた。

だけど馬に舐められると思い、意地で回復魔法は使わなかった。

全身傷だらけになった俺を見て、「当面は乗馬訓練だな」とルミナさんは肩に手を置き呟いた。

こうして二度目の戦乙女聖騎士隊での訓練が終了した。

俺はそれから迷宮へ潜り、身体を動かして汗を掻くことで気持ちを入れ替えるのだった。


目が覚めて、いつものようにストレッチを行なう。

痛みはないいな。

俺は安堵しながら朝の準備を始めた。

朝食を済ませてからおばちゃんに弁当を貰い、そのまま迷宮へと入っていく。

十階層のボス部屋でスケルトンやゴーストを浄化魔法を使って倒し、そして剣技でもゾンビ達は圧倒出来るようになっていた。

なので今日は新たな試みをしていた。

魔法袋には最近ポイントで手に入れた三本の聖銀の短剣が入っているのだが、取り出す際は左手にと念じただけで、本当に左手に現れる。

もちろんそれは他の武器や物でも同じだけど、殆どタイムラグもなく、追い込まれた時、もしくは相手が飛行する魔物だった場合、投擲する武器として絶大な効果を発揮するだろう。

まぁ今の俺ではそれを十全に使いこなすことが出来ないので、訓練は必要なのだけど……。

訓練をしてからボス部屋で弁当を食べていたけど、一向に魔物は現れなかった。

そして、ある疑問に思っていたことが口から零れ落ちた。

「ここって出ないと、どうなるんだろう？」

その疑問を調べるべく、ボス部屋で過ごしてみることにした。

ただ待っているのも辛いので、魔法の訓練や剣や槍を振り続けて時間を潰すことにしたのは、ご愛敬だろう。

しかしいつになっても魔物は現れなかった。

「そういう仕組み？　聖銀のローブもあるし、念のためオーラコートも発動していれば潜り続けても大丈夫ってことなのか？」

俺はさらに三日間、十階層のボス部屋を使い、自分の新たな戦闘スタイルの確立に尽力した。

戦乙女聖騎士隊との訓練を明日に控え、ついに二十階層のボスへ挑むことを決めた。

そして現在二十階層のボス部屋の前で、最終準備中である。

「武器良し、防具良し、回復アイテム良し、エリアバリア良し、景気づけの物体X良し」

二十階層をクリアすることにする。

十階層のボス部屋で戦い続けて、アンデッドの動き方も研究出来た。

「さて、神様、仏様、ご先祖様、力をお貸しください。そして今回は魔法が使えますように何卒お願いします」

最後の祈りを捧げて二十階層のボス部屋を開けた。

十階層と同じく、錆びたような音がなると薄暗い雰囲気だった。

「これって完全にボスいますよって感じだな。最近のボス部屋は明るかったから忘れてたぞ」

中央まで歩いていくと、前のボス部屋と同様に、入ってきた扉が閉められる。

そして部屋が明るくなるとそこには、禍々しい装備を身に着けたスケルトン騎士が二体とワイトが一体いた。

今までのがスケルトンなら、こいつ等は死霊騎士って感じだ。

嫌な予感しかしない。

俺は直ぐに浄化魔法を発動した。

「【聖なる治癒の御手よ、母なる大地の息吹よ、願わくば我が身と我が障害とならんとす、不浄なる存在を本来の歩む道へと戻し給え。ピュリフィケイション】」

浄化魔法はうまく三体を飲み込んで消える……なんてことにはならなかった。

「ですよね～」

「「「グギョギョグッゴ」」」

それでも声をあげて、苦しんでいるのは分かった。

しかし残念ながら、倒すには至らなかったようだ。

俺は再度、浄化魔法を発動する。

すると、今度は死霊騎士達が関係ないと言わんばかりに、盾を前に出して突撃してきた。

今までの敵と比べると、あからさまに速い。

それでも冷静に突撃してくる死霊騎士の動きに良く見えていた。

浄化魔法が当たると突進するスピードこそ遅くなるが、止まることはなかった。

俺は剣と盾を構えながら、突進してきた死霊騎士二体の攻撃を躱《かわ》す。

すると連携攻撃だったのか、躱したところへ赤黒い炎の槍が三つも同時に飛んできた。

どうやらこれが今回のボスの攻撃らしい。

まったく嫌な連携攻撃だ。

南無三。

俺は一つを盾で受けるルートを選択した。

その瞬間、受けた盾が一気に溶けていくイメージが急に頭に浮かび、咄嗟《とっさ》に盾を死霊騎士へ向かって投げ、魔法の袋から新しい盾を出した。

やはり盾は赤黒い炎の槍に当たった直後、一気に溶けだした。

俺はそれを横目に身体を反転させて浄化魔法を後ろに発動する。

目測三メートルまで近づいて来ていた二体の死霊騎士に、三度目の浄化魔法が当たった。

今回は至近距離だったからか、それとも三発目だったからか、死霊騎士達の動きが止まる。

ここしかない。

俺はそう思い、盾も上げずに立ち尽くした一体の死霊騎士に近寄って、魔力を込めた剣で斬り捨てた。

しかし斬った直後、手に嫌な感じが残ったので、俺は剣を手放し、聖銀の短剣を取り出す。短剣に魔力を込めると、もう一体の死霊騎士の額に投擲した。

これが物語なら、それで倒してしまうのだろう。

しかし現実や魔物はそこまで甘くはない。

ガァンと盾で短剣は弾かれてしまったのだ。

俺は残り二体の魔物をどう倒すかを考えながら、一旦距離を取ることにした。

一体は倒した。

だけどそのせいで、死霊騎士はワイトを守るように構え、その後ろからワイトが赤黒い炎の槍を放ってくる。

その組み合わせは予想以上に強い。

問題はあの黒い魔法を、俺の盾では受け切れないということだ。

さっき嫌な予感がして捨てた盾は、あの魔法攻撃を受けて今なお燃えながら溶け続けている。

下手に受ければ、俺の腕まで溶けてしまう危険性があるのだ。

そんなワイトの魔法に警戒していた俺に向かって、死霊騎士がいつの間にか距離を詰め斬り掛かってきていた。

何とか剣で防いだものの、少し押されて右肩を斬られてしまう。

このままじゃいずれ詰むな。

「それだったら、行くしかないよな」

ワイトが火の魔法を放つ。俺は先程とは違い正面ではなく、いなしながら盾で受けると同時にその盾を投げ捨てた。何とか死霊騎士の前まで迫ると、近距離で浄化魔法を発動する。

「【聖なる治癒の御手よ、母なる大地の息吹よ、願わくば我が身と我が障害とならんとす、不浄なる存在を本来の歩む道へと戻し給え。ピュリフィケイション】」

しかし死霊騎士は、魔法を受けても止まることなく剣を振り下ろしてきた。

死霊騎士の斬撃を何とか横っ飛びで躱し、聖銀の短剣を取り出す。苦し紛れに魔力を込めて死霊騎士に投擲《とうてき》すると、距離が近かったためか、見事に眉間に突き刺さった。

「よしっ!!」

会心の投擲に自画自賛したくなったが、それは残りのワイトを倒してからだ。

すかさず死霊騎士から目を切ろうとした瞬間、死霊騎士の目の部分に赤い光が灯り、その目がギョロッとこちらを向いた。

「ぬりゃあああああ」

さすがに怖すぎた。俺はそれをごまかすように大声を出して気合を入れ、咄嗟に魔法袋から聖銀の剣を右手に取り出して、一気に近づくと剣でその首を刎《は》ねた。

が、こちらもいらない置き土産をもらってしまった。

斬った瞬間にすぐ死んでいなかったのか、右肩へ斬撃をまともに受けてしまったのだ。

幸いだったのは腕が切り落とされなかったことだけだろう。

「グゥウウ」

傷ついていた右肩が焼けるような痛みに苛《さいな》まれ、直ぐにハイヒールを使うが、痛みは残ったままだった。

これが幻覚痛というものだろうか……いや、もしかして、俺は直ぐに肩へ浄化魔法を発動すると痛みが引いていく。

玉のような汗が額から落ちる。

「ハァ、ハァ、もしかしてあれが呪いなのか？　幻覚なのにやば過ぎるだろ。きっと師匠との訓練がなかったら、本当の痛みだと思っていただろうな。あれが本当の痛みだったら気絶していただろう。だけど残りはお前だけだ！　覚悟しろ」

俺はマジックバリアとオーラコートを使い、ワイトを倒すことだけに集中していく。

そんなワイトが痺れを切らしたかのように、あの赤黒い槍を五本放とうとしていた。今までで一番多い数だ。

俺は短剣を取り出して投擲すると、三つ目の盾を構えて突撃することにした。

短剣は避けられてしまったけど、ワイトまでの距離はあと少しだけだ。

するとワイトは慌てたのか、五本あった赤黒い槍が一つにまとまり、それをこちらへと放ってきた。

俺はその瞬間には、盾をワイトの放った赤黒い槍へ向けて投げつけていた。

空中で魔法を受けて盾が吹き飛んだけど、俺には被害がなく、目と鼻の先にワイトの姿が映る。

俺はこれ以上ワイトが魔法を放たないように、牽制の浄化魔法を放ちながら駆けて接近する。

しかし次の瞬間、ワイトが自身に対して魔法を唱えると黒い光に覆われた。

それは明らかにマジックバリアのようなものだった。

「……物理で倒せないなら魔法で倒せ、魔法で倒せないなら物理で倒せ」

そんな言葉を口にして、勢いよく斬り込んだ。

しかしワイトはここで槍ではなく赤黒い矢の魔法を放ってきた。

俺は咄嗟にエリアヒールを発動する。

相手がアンデッドだから出来る戦法だ。

すると一部分だけじゃなく、全体を包むエリアヒールが予想外だったのか、ワイトはうめきながら完全に停止した。

魔法袋から聖銀の槍を取り出して胴を貫くと、俺は魔法袋から師匠の剣を取り出す。魔力を込めながら、その場で回転した勢いを乗せ、ワイトの首を刎ね飛ばすことに成功した。

ワイトの首が地面に落下すると同時に消滅した。

「はぁ～終わった。前のワイトと攻撃方法も違うし、厄介だったな。それでも前のワイトの方が強かった気がするけど……。まぁ代わりにあの死霊騎士が強かったか」

俺はワイトの大きな魔石と、それよりは小さい魔石を二つ拾う。

ワイトのは別にして、色の濃い死霊騎士の魔石の二つは今までのアンデッドよりも大きい。

それに武器や防具、アクセサリにローブが残されているのは十階層のボス部屋と一緒だった。

念のため浄化してから魔法袋に収納していく。

たぶん貴重な物なんだろうな。まぁ教皇様に献上することになるだろうけど。

そして全ての収納が終わった瞬間、ゴゴゴゴォォと地鳴りが響き扉が現れ、そこが開くとまた下へと向かう階段が現れた。

「だろうね。でも一体何階層まであるんだろう？　これ以上進むことになると正直きついよな。でもまぁとりあえず弁当タイムにしようかな」

疲弊した俺はゆっくりと弁当を食べてから、瞑想を行ない体力と魔力の回復に努めることにした。

そしてある程度回復してから、何をするか決めた。

「一度二十一階層を覗いてから、この部屋のボス部屋に現れるはずの死霊騎士と戦って帰るか。よし、これでいこう」

そして二十一階層に下りた瞬間に悟った。

ここはあまりにレベルが違いすぎると。

まずゾンビが普通に歩くグールへと変わり、俺を見つけるやいなや襲ってきた。

浄化魔法を掛けると溶けるように消えていったが、あれは正直怖すぎる。

ゾンビが倍速で動いている感じで、ゾンビに慣れた俺には、一歩間違えば大惨事になると思われた。

俺は直ぐに橙色《だいだい》の壁を見てから階段を上ってボス部屋へ戻り、一体しかいない死霊騎士を倒して気持ちを落ち着ける。

「今度はアイテムは落とさないんだな。しかも浄化魔法一発で消滅したし……」

まぁ今回も傷ついたけど、いつか魔法に頼らないで勝って見せる。

俺はそう心に誓って、魔石となった死霊騎士に宣言して迷宮を脱出した。

もうすぐ俺が治癒士ギルドを運営する教会本部に来てから、ひと月が経とうとしていた。

13　教皇様と二度目の交渉（商談）

迷宮から出ていつも通りにカトレアさんに買取をお願いする。

「買取をお願いします」

「は～い。最近ルシエル君が頑張ってくれているおかげで、負債が減ってきたわ」

「負債ですか？」

「ふふっ。それは内緒……!?　ルシエル君、もしかして二十階層の主部屋に行ったの？」

微笑んでいる途中で大きな魔石を見つけたカトレアさんから、ほんわかな雰囲気が消えていく。

「はい。二十階層の主部屋に行きました。ワイトと、騎士のように鎧を着込んだ骸骨騎士二体との戦闘を行ないました」

「じゃあ先にポイントだね。二十一万五千三百四十二ポイントよ。かなりの稼ぎね」

「ありがとう御座います。これでまた色々買えそうです」

「それは嬉しいわ」

「じゃあ今日は疲れたので失礼しますね」

「ふふふ。面白い冗談だけど、私はそういう冗談はあまり好きじゃないなぁ」

「……は、ははは。そうなんですね」

「そうなの。じゃあ行きましょうか？」

想像していた通り、俺はカトレアさんに教皇様の部屋まで連行されていった。

「カトレア、それと確かルシエルだったな。良く来た。して今回の火急の用件とは？」

「はっ。退魔士殿がまた攻略を進め、本日は二十階層の主部屋でワイトと骸骨騎士と戦闘し勝利しましたので、そのご報告に上がりました」

「ほう。ルシエル、二十階層とは順調なようじゃな」

「はい」

「存外、ルシエルは強いのじゃな」

興味があるぞ？　みたいな声がする。

「滅相もありません。苦戦しましたし、今回も運が良かっただけです。前回頂戴しましたこの魔法袋が無ければ、確実に大怪我を……下手をすれば死んでいました。ですから今回は教皇様のおかげだと思っております」

「なるほど。では妾《わらわ》も少しは役に立てたようじゃな」

「はい。教皇様のお力添えを頂けたことが、最大の転機となったことは間違いありません」

「くっくっく。短期間でこれだけの殊勲を立てたのが、妾のおかげと本気で思ってその言葉を発するとは面白い奴じゃ」

「ありがとう御座います」

既にこの教皇の間に入る直前に、カトレアさんからは調子に乗った発言をしないように釘を打たれている。

その為、今回は自分が感じたことを素直に告げることにしたのだった。

「ふむ。では今回も持ち帰ったものを妾に見せてくれ」

「はっ。今回のワイトは火、聖のダブルの属性を使ってきました。それとお付きのようにワイトを守る骸骨の騎士が二体……まるで死霊が乗り移ったように見えたので死霊騎士と呼びますが、とても強かったです。そしてこちらが落としたものです」

ワイトが残した法衣と二つの腕輪、死霊騎士が残した剣と盾、鎧を並べていく。

侍女達が持っていったが、カトレアさんが少しだけ動揺したように見えたのは気のせいだったのだろうか？

教皇様は一つ一つを手に取りながら、じっくりと見てようやく言葉を発した。

「これも、やはり……ルシエル、大儀であった。御主がこれまでに倒したワイトの残した物は、元司教や大司祭が生前所持していたものだ。十階層のワイトも二十階層のワイトも、二人とも十年以上も昔に行方不明になっている者達なのだ」

「それでは迷宮で死んだ後、死者となり教会本部に牙をむいたということでしょうか？」

「ルシエル君、言っていいことと悪いことがあるわ」

カトレアさんから非難の声が飛んできた。

「ふむ。正確には聖シュルール共和国と聖シュルール教会本部、治癒士ギルド全てを含めてじゃな」

「それは……」

「ああ、地下が迷宮化してから早いもので五十年以上も経つ。何故迷宮が出来たのかは誰も分からない。昔はここも今では考えられない程、本当に賑やかだったのじゃ。多くの神官騎士、聖騎士が切磋琢磨していたのじゃ」

確かに俺の部屋は二人部屋だけど、一人で使用しているしな。なるほど。

そういう現実と虚実の情報を織り交ぜることで、迷宮攻略に対するやる気を向上させ、迷宮の攻略に必要なアイテムをくれるのか。

それにしても教皇様は五十年以上生きていると自分で宣言したようなものだ。

それにしては声が若い気がする。まぁ姿が見えないからハッキリ年齢は分からないけど。

「しかし突如教会本部が迷宮化したことにより、多くの者達が迷宮を封印するために尽力したのじゃ。そのおかげで何とか今でも地上に魔物が溢れてくる事態は避けられているのじゃ」

「……迷宮は封印出来るのですか？」

「出来る。本来は迷宮を踏破すれば良いらしいのじゃが、今まで踏破することは出来ていない。それ以外の方法も模索して穢れを払う魔法を使ってみたが、完全に封じることは出来なかったのじゃ」

「それは最悪ですね」

「うむ、迷宮を踏破することで、瘴気を出す迷宮の核が破壊出来るらしいのじゃ。そうすれば迷宮の活動が停止してそこで封印をすれば、徐々に穢れがなくなり迷宮も消滅すると言われているのじゃ」

「消滅ですか？」

「うむ。教会本部に迷宮があっては困るのじゃ。前にも言ったが、迷宮は魔力が溜まる場所に瘴気と人々の欲が合わさることで生まれると言われておる。教会本部にそんな迷宮があってはならないのは分かるじゃろ？」

「はい。確かにそうですね」

ただ俺から言わせてもらえば、あながち迷宮が出来てしまったのは間違いではない。そんな風に思えてしまう。

金儲けが悪いことだとは思わない。それでも騙して人を陥れるような組織の本部に迷宮が出来たのなら、それは偶然ではなく必然に思えるからだ。

悪徳治癒院及び治癒士を放置し、問題となっていることに目を向けない。それどころか助長しているように思えるような節さえある。

「話を戻すが、当時迷宮が出来て直ぐに迷宮を消滅させることになり、精鋭であった神官騎士や聖騎士の者達が探索にあたった」

精鋭というのだから、ルミナさんクラスがいたとなれば一気に攻略も進むだろう。

「探索はかなりのペースで進んだ。一日五階層から七階層といった感じだったのじゃ。しかしあまりの臭いと瘴気の為、徐々に進行速度は落ちていった」

俺は平気なんですけど？　これって遠回しに変人って言ってないか？　ただ精鋭であるならそれしか進めていなかったのは、何か問題があったのかもしれないな。

下手をすれば覇権争いとか。何にせよ、実際に教会本部に人が少ないのは食堂を見ていても分かるが……。

「それでも教会の精鋭である神官騎士達と聖騎士達は、教会の為に進んだのじゃ。しかし濃くなる瘴気で病に倒れ、強くなる魔物……中でも精神魔法を使ってくる魔物に魔法を掛けられ、同士討ちさせられることになったり……」

アンデッドでそれ系の魔法って、もしかしてレイスとかじゃないの？　もしくはレイスよりも強力なアンデッド。そうなると流石に辛いな。

「無理な迷宮攻略が祟り、数多くの者達が犠牲となった。その結果、迷宮から魔物が出てこないように迷宮の入り口を封鎖したのじゃ。しかしある日ゾンビが迷宮から這い出てきたと報告があり、建物の増設工事が始まったのじゃ」

「現在、身体能力の低い治癒士が退魔士をしているのはもしかして」

「ここ数十年で神官騎士、聖騎士のジョブを持つものが生まれにくく、生まれても教会に所属しないものが多い。今は当時の二割しかいないのじゃ。はっきり言って迷宮に回す人材がいない」

「だから治癒士も使える浄化魔法で、間引き作業をさせているということですか？」

「そうじゃ。今は迷宮からゾンビが出てこないようにする。それが最優先となっておる」

あれ？　これって攻略ばっかりじゃなくて、浅い階もたまに見回れってヒントを出してくれたのか？　いい武器やアイテムをドロップしやすくなるとか？

「なるほど。以前の攻略はどこまで進まれたのでしょうか？　そして分かればで結構なのですが、迷宮はどれくらい深くまであるのでしょう？　情報をいただけると助かるのですが？」

「当時の話では、四十階層の主を倒したところまでは報告されている。しかしその戦いで二人の指揮官が亡くなり、攻略を断念したようじゃ」

「ちなみにその方達は、現在の聖騎士と比べてどうだったのですか？」

「強かった。当時は今と比べて戦争や戦闘が激化していた頃でもあった。それを支えた精鋭だったのじゃ……」

「そうですか」

今の話の流れでは、四十階層に出て来るのは下手をすれば師匠クラス。正気じゃないだろ。

「失礼を承知で申し上げますが、迷宮を潰すために、冒険者に誓約を施し、迷宮を攻略させることも出来たのではないでしょうか？」

「うむ。そういう話は当時もあったのじゃが、冒険者達は迷宮に入れなかった。これは後で分かったことなのじゃが、光または聖の属性魔法に適性がある者、あるいはジョブが神官、巫女、勇者、聖騎士、神官騎士、龍騎士だけだったのじゃ」

「あの～、勇者パーティーは踏破出来なかったのですか？」

「うむ。迷宮に入った矢先、タイミングが悪く魔族が侵攻を始め、迷宮の攻略どころではなくなってしまったのじゃ。そして勇者は魔族を倒したことでその力を失くしてしまい、戦える状態ではなくなってしまったと聞いている」

……ご都合主義すぎるだろ。そんなのは勇者じゃないだろ。

しかも魔王ではなくて魔族って……。

「なるほど……あのワイトだった方々は、十数年前に何で迷宮に入られてるんですかね？」

「実力はあった。装備をみれば分かるが、金遣いが荒くそのうえ欲望が強かった。大方一攫千金を目指して迷宮に入ったのじゃろう。まぁ小金の回収が目的だったかも知れんがな」

「なるほど」

なるべくしてなったワイトという感じかな。

それにしても本当に設定なのだろうか？　やはり本当のことも含まれているようにしか感じられないんだけどな。

「ふむ。妾が知っている迷宮についてはそんなところじゃ。そういえば先程苦戦と言っておったが、人数が増えれば今後も迷宮の攻略は可能か？」

「そうですね。ただし……私のように臭いに耐えられて、魅了、幻覚などの精神耐性がある人なら、ですが」

「……無理はしないで良い。このまま一人で徐々に攻略してもらうことは可能か？」

「はい。少しずつであれば可能だと思います」

「ふむ。何か欲しい物、攻略に必要な物はないか？」

何とご褒美が教皇様の方から頂けるとは思ってもいなかった。

「恐れながら、対アンデッド仕様の武器と防具、もしくは何か生き残れるようなアイテムが必要になるかも知れません」

「分かった。見繕って用意させよう」

「感謝致します。あとは迷宮のことなのですが、本当にアンデッド以外の魔物が出たという報告がなかったのでしょうか？」

これだけが問題だった。

もし浄化魔法が効かなければ、下の階層で詰むことになってしまうからな。

「いや、なかったのじゃ。何か気になることがあるのか？」

不安そうな声色の教皇様。

でもこれは一応確認してみただけだ。

「いえ、今回の死霊騎士やワイトは浄化魔法では消滅しなかったので、この先アンデッド以外が出たら、根本的に攻略を続けることは出来なくなってしまいますから……」

「ふむ。昔は司祭達もレベルが高かったから、倒せていたのだろうな」

そうでしょうね。俺はジョブや聖属性魔法のレベルは高くても、レベル自体は一でしかないのだから。

「そうかも知れませんね。攻略はあまり期待しないで頂ければ嬉しいです」

「分かった。それではすまぬが攻略を続けてくれ。そうそう。治癒士のランクがⅥ以上になったら、ジョブを昇格させることが出来るから声を掛けてくれ。ルシエルなら時間を作ろう」

「昇格ですか？」

そんな知識は神様に貰った知識の中にはなかった。

「うむ。ジョブレベルとは本来、長い年月を掛け昇華させていくものだ。そしてジョブレベルがⅥ以上になったら昇格させることが出来る。最高のＸになれば選択出来る職業も変わってくるが、そこまで高めてから昇格したものを妾は知らん」

それはもしかして、ジョブを昇華させるというものなのか？

「ジョブレベルがⅥ以上になれば、何度でも昇格出来るのでしょうか？」

「それは不可能じゃ。古代の文献ではそれに似たようなことが書かれていたがな。それにジョブの昇格は王、皇、巫女がついたジョブの者にしか出来ないからな」

「ありがとう御座います。それに関連して、マルチジョブというものがあると聞いたんですが？　それとは別ですか？」

この世界に来る前に、あの空間で目をつけていた項目だ。

「マルチジョブは、不運にもジョブを二つ持ってしまった者のことだな。ジョブレベルが上がり難く成長が遅いと言われている」

それなら取らなくて正解だったのか？　それとも努力次第で化けるものだったのだろうか……。

「そういう研究は進んでいないのですか？」

「うむ。なんせ稀だからな。マルチジョブを持っているものは、神に試練を与えられたものであると考えられているのだ」

「なるほど」

「まぁそんなところだな。今日はご苦労だった。そのうち攻略に役立ちそうなものをカトレアに預けよう。カトレアは残れ。おい、ルシエルを送ってやってくれ」

「はい。それでは私が」

そう言って侍女の方が送ってくれる事になった。

「本日もお忙しい中、貴重な時間をいただきありがとう御座いました」

「うむ。今後もルシエルの活躍を期待している」

「御意」

こうして教皇様との二度目の謁見は終了した。

14 新たな通り名『聖変』を得る

教皇様のお付きの侍女に分かるところまで送ってもらい、その後、食堂に向けて歩き出した。

夕食にはまだ早いと思っていたけど、結構人がいるように思える。

俺も最後尾に並び、今日は疲れたから大盛りを頼もうと考えていた。

そんな俺に後ろから声が掛けられた。

「ルシエル君、食事を受け取ったらあちらの席に来てくれ」

振り返る前から、誰の声なのか直ぐに分かった。

「ルミナ様お疲れ様です。もちろん伺わせていただきます」

俺は振り向き、挨拶をして簡潔に答える。

「うむ」

その光景を見ていた人達からは、やはり面白く思われていないようで、絡まれはしないけど、ネチネチした視線を浴びせられた。

何だかんだ言っても、やはりルミナさんや戦乙女聖騎士隊は人気があるみたいだな。

しかしずっと眺められているので気も滅入る。

「こんばんは。今日も大盛りの、いや山盛りでお願いします。あ、それと今日のお弁当も美味《おい》しかったですよ」

「あらルシエル君ありがとう。じゃあ山盛りね」

そう言って手渡された食事は、並んでいた人の軽く五倍程あり、視線が俺にではなく、食事に向けられるようになった。

それでも視線を更に集めそうだったので、速やかにルミナさん達のところへと移動した。


「皆さんが全員揃っているのは、珍しいですね」

「ああ。実はイルマシア帝国とルーブルク王国、そして聖シュルール共和国の国境線でいざこざがあってな。仕方なく、我が戦乙女聖騎士隊と神官騎士隊で、周辺を回ってくることになったのだ」

「ということは?」

「うむ。悪いが明日から暫《しばら》くの間、訓練は中止となる。無論、戦乙女聖騎士隊の訓練場に入り、馬術……乗馬の練習をしてくれて構わない」

今言い直しましたよね? 明らかに馬に乗せてもらっているような感じに聞こえたけど……。

ルミナさんのそういうところは天然なのかもしれないが、いつもショックを受ける。

まぁ言わないけど。

「了解しました。皆さんも強いのは分かっていますが、怪我の無いよう気をつけてくださいね」

「まぁうちらがいなくなったあと、大変なのはルシエルだと思うよ」

マルルカさんが不安なことを言ってくる。

「……？」

「そうやぁ。あんたぁ、うちらと一緒によくおるさかい、あんまり良く思われてないやろ？」

ガネットさんが追い討ちを掛けてくる。

それはたぶん教会本部の、紅一点の聖騎士隊と仲良くしているからだろう。

「まぁ確かに……」

俺は教会本部に来てから、ジョルドさんとグランハルトさん、ヤンバスさん以外の男性と喋ったことが無い。

どこか避けられている感じだ。

「いつも殺気まみれ」ベアリーチェさん、それは怖すぎます。

「ご臨終」キャッシーさんは、飛躍しすぎです。

「そこまではないですよ。それにあまり実力行使してくるような人もいないでしょうし」

「「はぁ～」」

えっ？　何で全員がそんなに深い溜息を？

「もうちょっと気配が読めるように、特訓した方がいいです」

リプネアさんがアドバイスをくれた。

「……まぁ、その方がルシエルさんらしいですわ」

エリザベスさんが鈍感（？）な俺をフォローしてくれたのだろうか？

「死んだら拝んであげます」

へぇ？　俺って死ぬの確定なんですか？　クイーナさん。

「敵討ちはしてやろう」

マイラさん、物騒ですよ。あれ？　それとも本当にマズいのか？　敵討ちではなく、護衛では駄目なんだろうか？

「ルシエル、頑張って逃げるのよ」

ルーシィーさんがファイティングポーズをとった。

「どこへ逃げるんですかぁ」

「そうね〜、迷宮にいれば入って来れないからいいんじゃやない？」

ルーシィーさん、それはいつも通りですけど。

「お前達、無責任なことを言うな」

「それではルミナ様、アドバイスをください」

あ、目線を逸らされた。

「そうだ。ルシエルだって、タマがついているんだ。自分のタマぐらい守れるだろ」

サランさんのおっさん発言が飛び出たけど、玉に命ですか？

「サランさん、貴女のお部屋はあんなに乙女チックなのに、なんで発言がいつも下品な、酒場の親父口調なんですの？」

「う、うるせぇ。お嬢様口調な癖に部屋がいつも汚い、ズボラな性格のエリザベスに言われたくない」

「乙女の秘密をこんな大衆の前で漏らすとは……覚悟なさい」

「まぁまぁ二人とも落ち着いて。自爆しているわよ」

ここで俺がいることに気がつき、二人は顔を赤くして座って、お互いに睨みを利かす。

触らぬ神に祟りなしだ。俺はスルーを決め込んだ。

「まぁそういう訳だが、帰ってきた時にヘタレていたら問答無用に鍛え直すから、精進しておくようにね」

「はい。お早い帰還をお待ちしています」

何にも解決していない問題を抱えながら、ルミナさんの言葉を胸に手を当てて、言葉を振り絞った。

それからは談笑しながら食事をして、解散となった。

解散した後、俺は直ぐにおばちゃんのもとへ向かい、先程のアドバイス通り、大量の食事を用意しておいて欲しいと頼んでおいた。

実際に戦乙女聖騎士隊がいないのであれば、今は迷宮に潜っている方が安心出来ると感じたからだ。

その後、俺は部屋に戻る前に少なくなってきた物体Xを確保するために、冒険者ギルドへ足を運ぶことにした。


「こんばんは」

冒険者ギルドに入ると、もの凄い形相で見られた。

やっぱりこの聖銀のローブを着ているからか。

絡まれないように、俺は一気にギルドマスターがいるであろう食堂へと向かう。

食堂へ入った途端、一気に視線が俺へと集中した。

俺は直ぐにカウンターにいたギルドマスターへと近寄っていく。

「どうもです」

「……本当にあれを飲んでいるみたいだな。それより何でその格好で来たんだ?」

「これダサいですよね。でも着用の義務があるらしくて……あ、それでなんですけど、出来たら食事を大量に用意してほしいです。それと物体Xも出来れば樽を追加してください」

ギルドマスターは驚愕の表情を浮かべる。

そして俺を睨んでいた冒険者達からは、変な者を見るような視線を受ける。

「……本気か?」

「当然です。あ、ちょっと遠征に出るんで、今回は七樽追加で十樽お願いします」

「……分かった。それは任せてくれ。ところでドMゾンビの治癒士であるお前に頼み……いや、依頼があるんだが、聞いてくれないか?」

何故かギルドマスターがこちらを探るように聞いてきた。

「……どんな依頼でしょうか?」

「メラトニの街でしていた活動をしてほしいのだ」

「残念ながらそれは厳しいです。現在教会本部での仕事をしているので、冒険者ギルドで暮らすのは無理なんですよ」

「……治療活動みたいなことは？」

暗い顔をしているギルドマスターだけど、これって断ったら出禁になるんじゃなかろうか？　でも冒険者としての依頼なら受けてもいいよな。

「あの、その暗い表情が凄く気になるんですけど……。あと一応ですが、私は冒険者でもあるので、依頼を出してもらえれば融通は利かせますよ」

落としどころはこんなところだろう。

正直この聖都では冒険者達との繋がりは薄い。

でも俺がこの世界でお世話になった人達は、冒険者ギルドと冒険者達だ。

回り回って困っている冒険者がいたら手を差し伸べることで、少しは師匠達への恩返しが出来るなら気分がいい。

そういえば今日は随分静かなんだな。そう思っていると怪我人？　が、地下の訓練場に運ばれていくのが見えた。

「本当か！　じゃあまずはあれを運んでくるから待っていてくれ。それと大量の料理だが今からか？」

「あ～物体Xだけ先に貰いますよ。今持っている樽にも補充してほしいので」

「分かった」

ギルドマスターはそう言って、バックヤードへと消えていった。

前回来た時とは違うウエイトレスさんを呼ぶ。

「ご注文でしょうか？」

「あ、いえ、実は半月とちょっとぶりに冒険者ギルドへ出てきたんですけど、殺気の篭った目で見られたので、困惑してしまって。何かあったんでしょうか」

「最近、高位の魔物が現れるようになって、冒険者達がだいぶ苦戦しているようです」

あれ？　確かこの聖都を含め、聖シュルール共和国では、そんな強い魔物は出ないって聞いていたんだけど……。

「なるほど。もしかしてギルドマスターが暗かったのはその為ですか」

「ええ。冒険者はギルドマスターにとっては家族みたいなものですから。怪我人が多ければ、あのように暗くなっても当然かと」

何だろう……このウエイトレスさんの目が笑っていない。

むしろ殺気を帯びている気がするんだけど。

「治癒院は対応しないんでしょうか？」

そこまで酷くなければ直ぐに治療で治るでしょうに？

「皆、怪我が酷くて、あんな金貨何十枚も払えませんよ。冒険者達なんて奴隷になれとでも仰りたいのですか？」

急に大声を出されたことで、俺は混乱してしまう。

まさか初対面の人にこんなに恨まれるような目で見られるとか、治癒士ってどんだけ嫌われているんだよ。

しかしこれほど怒るなんて、そこまで失礼なことを言ったのだろうか？　それに治療で金貨に奴隷とか、この聖シュルール共和国に奴隷制度はないだろうに。

それともこの聖都でも、ボタクーリがやっていたことが行なわれているんだろうか？　あ、一先ず否定だけはしておこう。

「誰もそんなことを言ってませんよ」

「ミリーニャ！　止めるんだ」

そこにギルドマスターが助けに来てくれた。

物体Xが入った樽も持ってきてくれていたようだ。

中々仕事が速い。

「でもギルドマスター、この人が治癒院に対応してもらえって……」

だからその責めたり、見下したりする蔑むような視線は、俺には褒美になりませんから。

「色々と説明するのが面倒だな。悪いが依頼を受けてもらえるか？」

「俺は高いですよ。条件は一人銀貨一枚、さらに教会に所属する教皇様、戦乙女聖騎士隊、私が困ったことになったら、出来る限り力になること。それと俺の変な通り名を改めること。これで手を打ちましょう」

既に俺の通り名が確立しているようだけど、これを機にもう少し恰好いい通り名が欲しいからな。

グルガーさんも料理熊の通り名がつけられた時には『俺は熊獣人じゃなくて、狼獣人だ』とキレて、不動という通り名を得たらしいしな。

「よし。それじゃあ契約完了ということで、駆けつけ一杯だ。これを飲んで気合を入れて治療してくれ。怪我人は地下の訓練場に集める」

ドォンと置かれたジョッキに入った物体Xを見ながら、何の駆けつけなんだか分からないけど、夕食後に飲んでいなかったことを思い出し飲み始めた。

「グビッ、グビッ、グビッ、グビッ、プハァ〜。さて、怪我人のところにでも行きますか。あ、まずはそこにある樽は危ないんでいただいておきますよ」

ギルドマスターが事前に用意してくれていた七樽を追加してもらい、全部で十の大樽の中身を確認してから魔法袋に入れた。

「それはまさか……。いや、付いて来てくれ」

魔法袋に驚いたのかな？　教会の白ローブを着ていたらまた絡まれるんだろうな。俺はそんなことを考えながら地下の訓練場へ向かった。


そこはさながら、野戦病院と化していた。

そして地下に向かった俺のことを見たものは、殺気を向けてきた。

いや、これは俺に向けてのものではなく、この白いローブが殺気の対象なのかもしれない。

だからちょっとした事で、暴動が起きてしまう。

「何しにきやがった。この金の亡者」

「血も涙もない貴様らなんて、一人残らず地獄へ落ちろ」

「出て行けぇ～」

「殺せ」

うん。物騒だね。さすがにこれだけの冒険者から脅されると怖すぎて、ちびりそうになる。

メラトニの冒険者ギルドには、ナナエラさんやモニカさんという癒しの存在かつ、戦友がいたからこそ頑張れた。

それに何だかんだで優しい人達だけだった気がする。

こんなギルドで生活をするのは、さすがに無理だろう。

既に帰りたくなっている。

そんなことを考えていると、ギルドマスターが大声を上げた。

「静かにしろ、馬鹿ヤローども!!」

一気に訓練場が静かになった。

「こいつは、いや、この御方はあのメラトニの都市伝説として知られている、治癒士のドMゾンビ様なんだぞ。今から一人銀貨一枚で助けてくれるというのに、文句を言うなら貴様らが帰れ」

いやいや、その紹介は俺をディスっているだけなのでは？　そう思っているとチラホラと声が聞こえてくる。

「ゾンビ治癒士？」

「え、なかなかイケメンなのに、ドMなの？」

「治癒士のドMゾンビって、ただの都市伝説じゃなかったのかよ」

「銀貨一枚って、物語の賢者様みたいじゃない」

「おい、しっかりしろ、あれが噂のゾンビ様なら、まだ助かるかもしれないぞ」

「頑張れ、ゾンビ様、早く治療を」

ゾンビとドMゾンビコールが訓練場に響く。

全然嬉しくない。糞《くそ》、あのギルドマスターは俺の通り名をゾンビにしたいのか。

いや、待てよ。ここは初めが肝心だ。俺は気合を入れて声を出した。

「私は他の治癒院の仕事を取るつもりはありません。今日はたまたま物体Xを頂きに来ただけです。ですから、毎回治療することは出来ませんし、他の治癒院が高いといって、暴動や衝突はしないでください」

俺は周りが理解しているかを確認する。

「治療には一人銀貨一枚。教会に所属する教皇様、戦乙女聖騎士隊、私が困ったことになったら、出来る限り力になること。少しぐらいは名乗れるような通り名に改めること。ゾンビ、ドMは名乗れないので禁止です。分かったら早速治癒を始めますよ。あ、重傷者を一箇所にまとめてください」

俺の言葉を聞いた冒険者達が、連携して直ぐに怪我の度合いによって集められた。

その間に自分の熟練度を確認しておくことにした。

するとあと半年は掛かると思われていた聖属性魔法のレベルが、いつの間にかⅧになっていた。

俺は、もしかするとこの世界の治癒を司る神様が、協力してくれたのではないか？　そんなことを思いながら、回復魔法を発動させる。

「【聖なる治癒の御手よ、母なる大地の息吹よ、我願うは魔力を糧として、天使の息吹なりて、万物の宿りし全ての者を癒し給え。エリアハイヒール】」

詠唱を紡いだ瞬間、ごっそりと魔力を奪われたが、魔力制御を維持して治れと念じた。

すると俺の半径三メートル内にいた者達を青白い光が覆い、それに呼応するように身体が発光し出すと、傷が巻き戻しのように塞がっていく。

骨折で曲がった腕も、どういう原理かは分からないが治っていく。

五秒程で光は収まり、冒険者達の怪我は完治しているみたいだった。

「ふぅ～。じゃあ次に行きましょう」

「あ、ああ。おい次のやつ等だ急げ」

ギルドマスターの態度が何故か硬くなっていることに気がついたけど、まずは治療に専念することにした。

重傷者を治した後は、何度か休憩を挟むことが出来たので、二度のエリアハイヒールで全ての怪我人の傷を癒し終えた。

その他、毒を患っている患者もいたので、この際サービスだと治しきった。

ただ残念なことに傷は治せても、潰れきってしまった目や、切断されてしまった部位は治すことは出来ない。

それでも懸命に治療する俺に文句を言ったり、詰め寄って来る冒険者は一人もいなかった。

治療が終わり、静かになったところでは、俺の通り名が密かに決められようとしていた。

「ドMとゾンビは使ったら駄目なんだよな？」

「嫌だって言っていたからね」

「でもそれだと賢者とかになるぜ？　彼は治癒士だろ？」

「どうするか。勝てないと分かっているのに、戦うってことは戦闘が好きなんだろ？」

「だったら、治癒士の戦闘狂か？」

「語呂が悪いなぁ。だったら安価で人助けするから、安価の治癒士はどうだ？」

「それって、治癒士ギルドに絶対叩かれるぞ」

「ドMゾンビがしっくり来ているから、変えるのが難しいな」

「じゃあ立派な人だから、聖人様とか？」

「まだ若いんだから、それは重たすぎるだろ」

「だったら、あれを飲むぐらいだから、変人治癒士でどうだ？」

「ドMとかとあんまり変わらないぜ」

「だったら聖人みたいだけど、変人でもあるから聖変の治癒士は？」

「「それだ！」」

「でも、やっぱりドMゾンビが一番語呂がいいのよね」

「「確かに」」

全てを治療した俺は「ドＭ」コールと「ゾンビ」コールを浴びて、額に青筋を立てながら治療費をもらうことになった。

ただ魔力が枯渇寸前だったので、明日の朝大量の食事をもらいにくることを告げて、治癒士ギルドに戻ることにした。

物体Ｘを呷ると、今度は「聖変」コールを浴びながら、冒険者ギルドを出ることになった。

こうして新たな通り名が加わった俺は、冒険者達のネーミングセンスを侮っていたことに涙し、冒険者達に文句が言えるように頑張って鍛えることを満月に誓うのだった。

三章　迷宮攻略　知りたくなかった真実

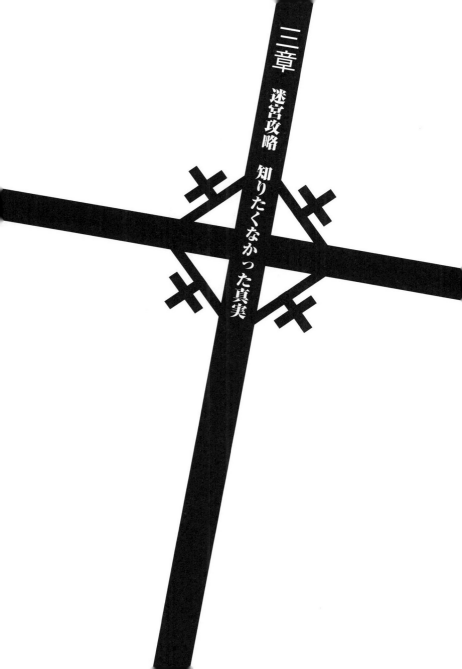

01　チート装備でお腹いっぱい

冒険者ギルドでプチ騒動を起こした翌日、聖都では騎士団の大規模な遠征式が行なわれた。

大勢の民衆が集まり、凄まじいまでの歓声で騎士団を見送っていた。

戦乙女聖騎士隊と神官騎士隊の面々は、その熱狂振りに大いに驚いていたが、声援の中に「ゾンビ様のように」や「ドM様のように」「聖変様みたいに」みたいな声が掛けられたところで、何かに気づいたらしかった。

その光景を眺めていると、ルミナさん達が馬上から俺を見つけたようで、不敵な笑みを浮かべて、聖都シュルールから旅立っていった。

「あれだけ通り名を止めろっていったのに。まぁしょうがないか」

俺は聖都から出ていった皆を見送ると、いくつかの食処を回り、最後に冒険者ギルドで食事を回収した。

そして教会本部の食堂で、大量の弁当をもらってからアンデッド迷宮（仮）へと向かう。

入り口の前には珍しくカトレアさんがいて、売店カウンターの前で本を読んでいた。

「あ、ルシエル君、おはよう。今日は遅かったのね」

「はい。お世話になった戦乙女聖騎士の皆さんの見送りに行って来ました」

「なるほど。それで今から迷宮に行くのね？　今日も戻りは同じぐらいの時間かしら？」

「いえ、ちょっと長く潜ろうかと思っています。何故か教会本部の方々から、あまり良く思われていないみたいなので」

「そんな危ないことは許可できないわ」

「そう言われても自室には寝に帰っているだけですし、食事もこの魔法の袋に入れましたし、憂いはないですよ？」

「そういう問題じゃないわ」

「大丈夫ですよ。主部屋は一旦魔物を倒すと、扉が開かない限り魔物が入ってくることは無いので」

「そんな慢心していると死ぬわよ」

「ええ。だからこそ迷宮に宿泊するのです。戦乙女聖騎士の皆さんと懇意にしていたものですから、暗殺とかもあるらしいので、迷宮に雲隠れします」

「はぁ～。だったら絶対に一週間に一回はここへ帰還しなさい。教皇様に強請《ねだ》った物も、その頃には届いていると思うから」

それは何だろう？　でも教皇様のことだから、褒美も半端なかったりして。

「了解です」

「死んじゃ駄目よ」

「ええ。私のモットーは死なないこと、生き抜くことですから。じゃあ行ってきますね」

「気をつけて行ってらっしゃい」

「はい。行ってきます」


迷宮に入って直ぐにオーラコートを発動する。

一階層を駆けながら魔物を排除していく。

そうして十階層のボス部屋に到達する頃には腹時計が鳴った。

さすがに最後まで戦乙女聖騎士隊を見送っていたので、そろそろお昼みたいだ。

「それにしてもここまで走って来れるようになったんだな。何故か凄い持久力がついている気がする」

俺はボス部屋を浄化すると、いつものように食事とあれを飲み、しばしの休憩後、また同じように二十階層まで進んだ。

「セイッ、テイヤアアアア、ぅ!? クソッ！【聖なる治癒の御手よ、不浄なる存在を戻し給え。ピュリフィケイション】」

詠唱を省略したことでいつもより多めに魔力を消費したが、何とか死霊騎士を倒すことには成功した。

死霊騎士に勝てる時はすんなり勝てるのに、一度つまずくと簡単に勝てない。

まだまだ隙が大きいってことなんだろうな。

「ふぅ～。それにしてもお腹が空いたな。そろそろ夕食のお時間ですかね」

俺は魔法袋から聖都にある食処で購入しておいた食事を出していく。

テーブルとイスも用意した方がいいな。

そんなことを考えながら、迷宮で温かい食事をして心が安らぐのを感じた。

色んなところで買った食事を、バランス良く組み合わせてみたが、正解だったようだ。

食事を終えた俺は物体Xを飲み、死霊騎士と何度も戦い眠くなってきたところで、浄化魔法でボス部屋を浄化した。さらにオーラコートを使用し、万が一に備えて物体Xが入った樽を近くに置いて、睡眠に就いた。


知らない天井だと思ったら、迷宮の天井だった。

俺は飛び起きた。しかし俺が寝た時と状況は何も変化していないようであった。

それにしてもこんなところで、ましてや固い地面でよく爆睡出来たな。

周りを確認したが魔物はおらず、嫌な感じもしなかった。

浄化はされているってことだよな。

よし。朝食を食べたら戦闘して二十一階層を調べよう。

こうして食事を摂った俺は、一度だけ死霊騎士先生と戦い探索を開始した。

「グールってだけでもビビッたのに、ミイラまでいるのか」

浄化魔法により一撃で倒すことは出来たが、今までの敵と戦闘能力が違い過ぎて俺は涙目になる。

それでも広くなった階層を必死で調べていく。そしてお腹が空いて少し経った頃にようやく二十一階層の地図が完成した。

「どうやら罠は無いようだな。さっさと戻ろう」

俺は最短距離で戻り、階段の手前で物体Xを取り出し、彼等が追ってくるかを検証した。

「……本当に物体Xって何なんだ」

アンデッド達は一定の距離を保ったまま、全くこちらに近寄ってくることはしなかったのだ。

超万能チートアイテム、物体Xを魔法袋にしまい、こちらに近づいてくる魔物を無視してボス部屋に戻った。

再度死霊騎士と戦闘してから昼食を終える。

それから死霊騎士と、魔法抜きで戦闘訓練を行なうことにした。

急所を突かれたり、身体を切断される以外なら、治す自信があったからだ。

痛みがあるのはいい。師匠と戦っている時もあったし、身体で覚えるということもある気がしたからだ。

ただ冒険者達の治せなかった傷を考えると、緊急時は魔法を使うことも考えなくてはいけない。

線引きをきちんとして、俺は死霊騎士との戦闘に臨んだ。

翌日には二十二階層、その次の日には二十三階層と、敵にビビリながらも何とか探索を順調に続けていく。

そしてこちらの世界での一週間となる六日目に、俺は一度売店まで帰還することにした。

カトレアさんを敵に回すのは得策ではないと感じていたからだ。

迷宮から出ると、売店ではカトレアさんが待っていた。

「ただいま戻りました。魔石の買取をお願いします」

「無事で何よりだわ。それにしても五日で帰ってきてくれて良かったわ。新しい武器と防具、あといくつか貴重な魔道具を預かっているわ」

ステータスで時間の確認はしていなかったので、間違えてしまったらしい。

「五日ですか。少し腹時計が狂ったかな。まぁ丁度良かったならいいですけど」

そして魔石をポイントに換えて、もらった装備品の説明をしてもらった。

・ミスリルの剣　魔力が通り易く聖属性魔法の魔力を流せばアンデッドに絶大な力を発揮するどこかで見たような剣。

・ミスリルの槍　魔力が通り易く聖属性魔法の魔力を流せばアンデッドに絶大な力を発揮する。

・破邪の盾　不死属性が嫌う光を封じ込めた盾で、闇属性の魔法に高い耐性を持つ。

・聖騎士の鎧　聖騎士に任命された者が着る鎧で、光の加護が付いており、闇属性攻撃に高い耐性を持っている。さらに瘴気遮断、重力軽減、温度調整、自動調整が付いている鎧。
・賢者の篭手　使用魔力を三分の二に抑え、魔法の威力を一・二倍に上げる。
・大地のブーツ　名前で連想されるものと違って、軽く、魔力を通すと鋼鉄よりも固くなる、格闘家から見れば喉から手が出るほどの逸品。
・天使の枕　この枕で眠ると安眠出来て疲れが翌日に残らないと言われる伝説の寝具。また魔物が嫌う光の波動を出している為、悪夢を見ることがない。

「……武器以外は全てとんでも性能ですね。それにしてもこれだけのものが何で集まったんですか？」

「期待されているからよ。まぁ本音を言えば、これらを装備出来る治癒士がいなかったからね。いずれ迷宮攻略を進められるルシエル君みたいな人が来るまで、貯蔵してあったみたい」

「それにしたって、破邪の盾とか賢者の篭手は、聖騎士や神官騎士でも良かったのではないのですか？」

「それが装備出来る人に条件があるのよ」

「条件？」

「そう。まぁ細かいことは気にしないで装備してみて」

「分かりました」

こうして俺はチート装備を身に着けていく。

「あら、思っていたよりも似合うわ。それに装備もちゃんと出来たみたいだし良かったわ」

「本当に条件なんてあるんですか？」

「ええ。アンデッドの魔物を千体以上倒していること、ある一定以上のスキルレベルに達していることらしいわ」

どんな判定基準なのだろう？　誰が見ている訳でもないのに、どうやって判断されたんだろう？　深く考えない方がいいか。

「へぇ～そうなんですね」

「それで、今日はこの後はどうするの？」

「また潜ります。その前に投擲《とうてき》するために短剣を買えるだけお願いします」

「もう。無理しちゃ駄目よ」

そう言ってカトレアさんは十本の聖銀の短剣を渡してくれた。

「ええ。もちろんです。それに主部屋って浄化すると不思議と落ち着くんですよ」

「それは大発見じゃない。昔は臭いで体調を崩した人も多いから気をつけてね」

「ええ。気分が悪くなれば戻ってきますよ」

「じゃあまた一週間以内に戻ってくるのよ」

「了解です。あと装備の件、教皇様とお会いする機会がありましたら、お礼を言っていたことを伝えてもらえますか？」

「ええ。いいわよ」

「それじゃあいってきます」

「はい。いってらっしゃい」

こうして高性能な装備に身を包み、十階層のボス部屋までをランニングしながら階層ごとの魔物を倒して、本日の宿は十階層のボス部屋にして、翌日また二十階層に向けて俺は走り出したのだった。

もらったもので一番嬉しかったものが、天使の枕であったことは俺だけの秘密だ。

閑話1　戦乙女聖騎士隊隊長ルミナ

私の名前はルミナリア・アークス・フランシスク。

公国ブランジュの、フランシスク伯爵家の次女としてこの世に生を受けた。

蝶よ花よと育てられて、九歳で御父様の所属する派閥である格上の侯爵家の嫡子の許婚《いいなずけ》となった。

その頃の私は、礼儀作法や国のあり方を学ぶ以外は、本を読むことが好きな大人しい子供だったと思う。

子供から大人に変わる成人の儀は、一般的に十五歳に受けることになるが貴族は違う。

早いうちから教育の方向性を決めるからだ。

そして私が十二歳になる時、今後の人生が大きく変化することになった成人祭が始まった。

主神クライヤ様に祈りを捧げ、ジョブを選定していただく儀で私は聖騎士ジョブを授かった。

聖騎士は光、聖の両方、もしくは片方の属性魔法の適性があり、ステータスの各種パラメーターが大きく上昇するジョブになる。

一般の職業となる戦士や治癒士、魔法士よりも上位のジョブになる。

初級ジョブに該当するジョブレベルをⅥまで上げ、王、皇、巫女がついたジョブの者に選択の儀を行なってもらえれば、聖騎士に為《な》れる者もいるが、最初から授かるのはとても珍しいことだった。

しかし私は素直に喜べなかった。私は現実を知っていたから。

喜んだように見せていた両親は、心の中で泣いてくれただろうか？


その翌日、父は私が聖騎士となったことで、成人を迎えたら聖シュルール共和国にある聖シュルール教会本部へと送られることになったと教えてくれた。

許婚は既に解除されていて、両親はそれから必要以上に構わなくなった。

一般的に聖騎士のジョブを授かった者は、成人となる十五歳で国の騎士となる。

しかしそれが許されるのは、貴族の男性か平民に限られていた。


私には自国の騎士になるかの選択権すら無かったのだ。

それだけ婚約者よりも優秀なジョブを授かった罪が重かったのだ。

それから私の日常は変わっていった。

礼儀作法が武術訓練に変わり、手芸や絵画の時間は馬術になり、読む本は物語から魔法書へと変わった。

それから暫《しばら》くして十四歳になった頃、成人を待たずに私は聖シュルール教会本部へと送られ、聖騎士隊へと配属されることになった。

そしてルミナリアという名前は、教会本部へ来た時にルミナと改名された。

私が早く家を出された理由は、伯爵家にいると侯爵家からの圧力が強くなるからだった。

昔から読んできた英雄、勇者、巫女、賢者、聖騎士の物語を胸に抱き、高潔とまではいかないが、高い志を持ち、人々の為に尽力することを誓った。

そんな物語に出てくるような聖騎士を目指し、私は家を追い出される事になったとしても気高く生きようと思ったのだ。


しかし、教会の現実はとても受け入れがたいものだった。

賄賂が罷《まか》り通り、世間で金の亡者と言われているように、金で力を手に入れ、気に入らない者はを潰すこともあった。

教会本部とはそんな魑魅魍魎《ちみもうりょう》の住まう伏魔殿《ふくまでん》だったのだ。

私は恐ろしさのあまり何度も泣いた。

ただ聖騎士の立場は治癒士や神官騎士よりも高かった。

だから私に命令する者はおらず、隊長であるカトリーヌ様のおかげもあり、私は己を磨くことを誓うのだった。


そして成人となった日、もう一度私は成人の儀を教会本部で挙げることになった。

そして私はクライヤ様から特別な目を賜った。

人の魔力の適性が分かり、その者の性格が分かることから、私はこの目を魔色の目と名付けた。

この目は特別な色を持ったりすることもなく、人にバレることもなかった。

こうして私はこの目に慣れるため、必死に訓練を続けた。


そして私が十八歳になった時、騎士団長及び聖騎士隊隊長であるカトリーヌ・フレナ様に呼び出された。


「付いて来なさい」

「はっ」

そして連れて来られたのは教皇の間だった。

「カトリーヌ、本当に騎士団長から退くのか？」

「はい。聖騎士の不正は、私が騎士団を統率出来なかった結果です。騎士団長である私が責任を取らなくては、収まらないでしょう」

「しかしあやつらは迷宮へと送ったぞ」

「それだけでは教会の〝膿〟を一掃することが叶いません」

「……」

私は話を聞きながら、カトリーヌ様が騎士団長から退こうとしていることに、驚きのあまり固まってしまっていた。

カトリーヌ様は現在聖騎士と神官騎士の両方を併せた、騎士隊の長に君臨している方だ。そのため教皇様からいただいた名字も持っている。

司教様と同等の扱いなので、その権限は上から数えた方が早い。

功績を上げ、新たな名字を教皇様から拝命されるのだ。

そのカトリーヌ様がまさか退任されるなんて、私は酷く混乱していた。

「それで、お願い事が御座います」

「なんじゃ？　大抵のことは許そう」

「ありがとう御座います。現在の神官騎士と聖騎士を八つに分けていただきたいのです」

「……どうしてじゃ？」

「はい。〝膿〟を出し切るには、私が背後から動く必要があります。そして〝膿〟は自分の手を汚さずに侵食してきます」

「ふむ」

「八つに分けるのは影で動ける人数が少ないこと。ここにいるルミナのような優秀な人材が年齢が上であるだけの人間に顎で使われるのを防ぎたいからです」

「……して、どのようにすればいいのじゃ」

「はい。隊長として、神官騎士で三名、聖騎士で三名の選出はもう済んでおります」

「……先程八つに分けると言っていなかったか？」

「ええ。実力で隊長の座を勝ち取る方が、周りを納得させやすいではありませんか？」

「もしや」

「はい。騎士とは個の力がまずは試されます。ですから武術トーナメントを開催します。全ての審判を私がして不正をさせません。それと八隊中二隊は〝膿〟の組織で構成する予定です」

「そんなことをすれば教会の存続に関わるぞ」

「はい。ですから、私が身命を賭《と》して〝膿〟を出し切ります」

「……分かったのじゃ」

「最後にこのルミナが隊長になった暁には、彼女の隊は全て女性で固めることをご了承願えればと」

「うむ。いいじゃろう。期待しておるぞ」

「はっ」

こうして私は混乱したまま教皇様の部屋を出ることになった。


「どういうことでしょう？　いくら何でも私はトーナメントを勝ち残れませんよ？」

「ふふふ。そんな訳がないだろ。ルミナ、本気でやっていい。このままでは教会の存続が危うくなるから本気でやってくれ」

「私は……」

「分かっている。その優しさも、その臆病さも、その目のことも、だから命令だ。隊長になれ」

「目のことがどうして？」

「私が配属された時に、ルミナと同じ目を持つ方がいたのだ。魔力の色と波動が見え、先読みして攻撃をしたり、魔法を避けたりしていた。ルミナの動きはそれと酷似していたのだ。使い過ぎると魔力枯渇に似た症状になることも知っている」

「その方は?」

「もういない。金の亡者に、他の騎士たちと一緒に道連れにされた」

「そう……ですか」

やはり教会本部は……。

「ルミナ、頼む。教会を高潔な者達が集まる場に、少なくとも不正をした者に罰を与えられるようにするため、力を貸してくれ」

「お止め下さい。分かりました。全力で頑張ってみます」

頭を下げたカトリーヌ様の高潔さに、私は見事にやられてしまった。


それから一ヶ月後、トーナメントで優勝した私は、戦乙女聖騎士隊の隊長として、聖騎士隊から五人を隊に入れて各地を回ることになった。

その翌年、聖騎士隊が十人になったころ、メラトニの街で臆病なのに力強く輝く魔力の波動を出す少年と出会うことになる。


聖シュルール教会本部、四番聖騎士隊である戦乙女聖騎士隊の隊長になってから多忙な日々が続いていた。

主な任務は教会の敵となる者の殲滅《せんめつ》及び取り締まりとなっている。

カトリーヌ隊長――現在はカトレアと名乗っている――は教会内外の経理と交渉ごとを進めているらしい。

少し前にお会いした時は、騎士団長だった頃よりも柔らかく女性らしく為られていた。

私は以前のカトリーヌ様を見習い、高圧的な喋り方をしているつもりなのだが、上手く出来ない時のほうが多く、騎士隊の皆に笑われることもある。

各地を転々としては教会に戻り、カトレア様に情報を渡しているが、どうも不正を見破るのには足りない資料があるらしい。

「これで迷宮を踏破してしまうような子が現れればいいいんだけれど」

カトレア様はそんなことを呟いていた。

カトレア様が信頼している人は少なく、教会本部の中では堅物で有名なグランハルト殿を合わせて数人だと聞いている。

そして先程の呟きはそのグランハルト殿が担当している案件らしく、治癒士兼退魔士として教会本部にある迷宮の魔物退治をする者が替わるらしい。

「カトレア様、私達が迷宮を攻略いたしましょう」

私はカトレア様の憂いが無くなるように進言した。

「ルミナ、それは駄目よ。私はおろか、あなた達が行っても無理よ」

「カトレア様、あなたらしくもないです。これでもグランドルにある迷宮はいくつか踏破しております」

「ここの迷宮は不死者の迷宮なの。所謂《いわゆる》アンデッドしか出ない迷宮なのよ」

アンデッド……生きていないのに動く魔物。確か非常に臭かったはずだ。

「……大丈夫です。きっと踏破出来ます」

するとカトレア様は首を横に振る。

「今から五十年以上も前に出来た迷宮。それが未だに踏破されていないのよ？　当時の聖騎士や神官騎士は、今の胡坐《あぐら》を掻いているような偽者ではなくて本物だったのよ？　それでも踏破出来なかった。その理由は闇属性魔法を使ってくるからなの」

「……錯乱状態に陥ることがあるのでしょうか？」

「ええ。当時の記録でも、同士討ちで命を落とした騎士がたくさんいるの。だから闇属性魔法に対して耐性があって、不死属性を倒せる光、聖属性の魔力を持つ者以外に攻略は出来ないの」

「そうですか。そんな勇者のような者が……。それほどのこととは知らず、申し訳ありません」

「いいのよ。そういえば新しい退魔士はメラトニから来るみたいよ」

「メラトニからですか？　あそこは以前と言っても、二年程前になりますが、退魔士になれるような人材はいなかったと記憶していましたが」

「何だかその子は変わっているらしくて、治癒院で働かないで、ずっと冒険者ギルドで鍛錬していたらしいのよ」

「……クライヤ様から祝福の力をもらっていて、その力を使わないで冒険者稼業に憧れるなど、一体メラトニ支部は何をしているのですか？」

「それがその子、登録して一年で聖属性魔法のスキルがVになったらしいの。治癒士としては天才とか異端児とか呼ばれているのよ。その他にも色々酷い通り名があるみたいだけど」

冒険者ギルドで聖属性魔法の修行をしていたのだろうか？

ニヤニヤしているカトレア様は、私の反応を楽しんでいるようだ。

しかしそんな者が……そういえばあの銀髪の少年。

「もしかしてその治癒士ですが、背が高くひょろっとしている銀髪の少年ですか？」

「そこまでは知らないわ。でも治癒士ギルドに登録した時は、ヒールさえ使えなかったって報告があったわ」

「……私は、たぶんその治癒士を知っています」

「どういう子だか分かる？」

「とても澄んだ魔力の波動をしていたと思います。臆病な感じもしましたが、力強さも感じました」

「ルミナが、そこまで褒めるのは珍しいわね」

「……事実を言ったまでです」

何だかとても恥ずかしくなる。

「その子がいい子でありますように」

「……私が探りましょうか？」

「そうね。グランハルトが担当だから、来たら貴女にも教えるわ」

「承知しました」

しかし彼が教会本部に来るのは、仕事の関係で先のこととなった。

そして半年の時が流れた。
「では、それぞれ昼食をとっておけ」
「「はい」」
私は訓練を終えた後、私室へと向かう。
今後の遠征日程は出ていないが、最近またイルマシア帝国が軍事強化を行なっていることから、私の隊が出動する確率が高い。
そんなことを考えていると、部屋に置いた魔通玉が光った。
私が魔通玉を手に持つと声が聞こえてくる。
この魔通玉は、魔力を読み込ませた相手と話すことが出来る大変素晴らしいものだ。
《彼が到着したわ》
《彼とは？》
《以前話したメラトニの子よ》
《ああ。グランハルト殿のところへ？》
《ええ》
《分かりました。これからコンタクトを取ります》
《宜しくね》

こうして私は急いでグランハルト殿のところへ向かった。

グランハルト殿の姿を見つけ、一緒に歩いてくる青年を見て驚いた。

まだ顔には幼さが残るものの、ひょろっとしていた体躯は冒険者のように厚くなっていて、神官騎士のグランハルト殿と並んでも見劣りしない。

私は驚きつつ、魔力の波動があの時と変わっていないことに気がつき、安堵しながら声を掛けた。

「おや？　君はメラトニの街で治癒士ギルドに誘導してあげた確か……ルイエス君じゃなかったか？」

「あ、お久しぶりですルミナ様。メラトニでは本当にお世話になりました」

「そんな大したことはしていないさ。それにしてもルイエス君が……」

「ルミナ様、改めて自己紹介させてください。私の名前はルシエルです」

どうやら名前を間違えていたらしい。

きっとまぁ大丈夫そうだな。

それから私は彼を自室へと招くことにした。

自室へと招いたルシエル君の話を聞き、私は自分の気持ちが昂るのを感じた。

魔物と戦うことを恐れず、与えられた仕事に対してのやる気を感じた。

今まで出会った治癒士は、例外なく金儲けと聖属性魔法に胡坐を掻く者ばかりだったため、素直に嬉しく思った。
私は直ぐにカトレア様へ連絡することにした。
《対象が帰りました》
《それでどうだった?》
《そうですね。抜けているところがありますが、概ね人格的にも問題はありません》
《……彼は迷宮でやっていけそう?》
《ええ。ルシエル君はかなり近接格闘訓練を受けているようでした》
《そうなの? 面白いわね》
《はい。それに既に浄化魔法が使えるほどの腕前でした》
《じゃあ聖属性を二年で、Ⅶまであげたってこと?》
《ええ。相当な努力家なのかもしれません》
《分かったわ。きっと明日会うことになるから、こちらでも判断するわ》
《はい。宜しくお願いします》
《何かあったら助けてあげなさい》
《わかりました》
《……珍しいわね》
《何がでしょうか?》
《わからないならいいわ。ではルミナ、訓練頑張ってね》

《ありがとう御座います》
私は通信を切った。
「あれほど鍛えている治癒士がいるのだから、私たち聖騎士も頑張らないとな」
こうしてルシエル君との二度目の邂逅に、私のやる気に火をつけて終わった。

私は部下であるルーシィーとクイーナと食堂の前に来ていた。

目的は治癒士であるルシエル君と会う為だ。

ただ色恋とは違う。

昨日、カトレア様から連絡が入り、十数年ぶりに十階層の主部屋で主が倒されたらしい。

勿論それを成したのはルシエル君だった。

しかしカトレア様が言うには、随分と無茶な攻略をしたらしい。

その話を聞いて、力になって欲しいと言われたのだった。

だからこうして、彼がいつも訪れる時間を待っていた。

「ルミナ様、中に行かないんですか？」

「さすがに立っているだけは……」

ルーシィーとクイーナはルシエル君を待っていることを知らないから仕方がない。

そう考えているとルシエル君がやってくるのが見えて声を掛けようとすると、

「ルシエル」

先にルーシィーが声を掛けたので、偶然を装って食堂へと入った。

ルーシィー達はルシエル君と歳が近い筈だから、話しやすいだろう。

こうして私たちはルシエル君に昨日何があったのかを聞くことになった。

「十階層までは攻略が異様に順調だったと聞いていたが？」

「はい。お恥ずかしい話ですが、二年間冒険者ギルドで鍛えていたので、迷宮に入った後も何とかなりました」

「魔物とは初めて戦ったのか？」

「ええ。これまではずっと訓練をしてましたから」

「それで反省する点は別に無さそうよ？」

ルーシィーはルシエル君をはげますように声をかける。

「最初は緊張してたんですけど、サクサク進めますし浄化魔法だけじゃなく、剣や槍に魔力を流すと魔物を斬ったり、突いたりする感触もなくて倒せたんです」

「……剣と槍のランクは？」

「昨日の件があって上がったのでⅡになりました」

「……先程、剣や槍と言っていたが、毎日武器を替えて挑んでいるのか？」

「えっ？　そんな面倒なことはしていませんよ。今は手数が欲しくて左に短槍、右に片手剣です」

「……そうか。続けてくれ」

「はい。一応、十日掛けて十階層までの探索を終えて、少数なら剣と槍で、大群とは浄化魔法で戦っていたので、階層主がいるであろうところにも魔物の大群が出ると聞いていましたが、気負わずに行きました」

ルシエル君はゆっくりと話し始めた。

どうやら事前に情報収集していたらしい。

ところが情報が正確でなかったのか、それとも伝達ミスがあったのか、主部屋には数え切れないアンデッドが待ち構えていたらしい。

それでもルシエル君は何とかなると思って戦いを始めた。しかし直ぐに魔法が使えないことが判明。

治癒士であるルシエル君が死を覚悟する状態であったことは間違いないだろう。

ただルシエル君は普通の治癒士達とは違って、絶望的な状況でも決して諦めずに、武器を振って全ての魔物を倒したらしい。

まるで戦士の鑑《かがみ》のようだ。

「さぞかし大変だっただろう？　傷はポーションで回復できたのか？」

「あ～、そういえばポーションがあれば少しは楽だったかもしれません」

「はっ？」

「ははは。そこまでダメージを一度も受けなかったんで、ポーションとかは持って行かなかったんですよね」

「……ポーションを勧められたりは？」

「しましたけど、結構高いからいらないかなって思って。それで今度はそこにワイトが出てきたことで、吃驚《びっくり》しましたよ」

「……そこで盾を出したのか？　それで結界魔法も使っているだろうから、何とかなったわけか」

「……いやぁ～結界魔法を使うこともなかったんで、ボス部屋に入って囲まれた時はきつかったです。正直、メラトニの冒険者ギルドで斬ったり突かれたりした経験がなければ、諦めていたかもしれません。それにワイトが出てくると分かっていたら……魔法が使えないと分かっていれば、もう少しは肉弾戦で効率よくいけたと思ったんですけどね」

話の流れからボスというのは、階層主のことだろう。

「……なるほど。階層主がいると分かっていながら、回復薬も持たず事前に結界魔法も掛けずか……良く勝てたな」

「そうですね。まさか前日に買った弓が、攻略の糸口になるとは思いませんでしたからね」

「それにしても十日で十階層まで進むとはな。しっかり休みはとっているのか？」

「えっ？　休憩はいりませんよ。迷宮も早く進みたいですし、一応訓練はゾンビとかを毎日斬っていますから大丈夫ですよ。あ、魔法の基礎鍛錬は続けていますけどね」

「……ちなみに剣と槍の戦闘スタイルはいつからだ？」

「迷宮に入った翌日からですね」

私はこのルシエル君を見て漸《よう》く分かった。彼には人としての常識が欠落していることに。私は思わず口を開いていた。いや、私だけでなくルーシィーとクイーナもだ。

「……君は一体何をやっているのだ？」

「貴方って死にたがりなの？」

「馬鹿ですね。運が良かっただけです。普通なら死んでいますよ」

「折角無知から卒業していたと思えば、今度は向こう見ずな行動をとるようになっていたとは……命を大切にしない者は嫌いだ」

「……昨日は部屋に戻ってから半日、ずっと一人で反省会をしたんです。ですからその辺で勘弁してください。もう精神的にボロボロです」

精神がボロボロでも、その根本を変えないと死ぬぞ。私がそう言おうとした時、ルーシィーが口を開く。

「それで貴方はどうするの？　そのままだったらいつか死んじゃうわよ？」

「ええ、そうなんですよね。ですから本音を言えば、強くなるためにメラトニの街に戻って修行し直したいのです」

彼は陰った目で遠くを見つめてそう呟く。だが、

「治癒士は原則、辞令が下りない限り本部からの異動は認められていません」

そう。クイーナの言う通りそんなに簡単に認められない。それにカトレア様から言われたことでもあるし、訓練に参加させるか。

「……鍛えたいということなら、手伝えると思うぞ」

「えっ？　本当ですか？！」

「ああ。治癒士にはきついと思うが、聖騎士の訓練に参加させてあげることは出来る。但し、個別に指導することはないがな」

「……探索に支障が出ないのであれば、是非こちらからお願いしたいと思ってました。」

本人も乗り気なようでなりよりだ。訓練は週に一度、火の日に集中して行うことにした。

こうしてルシエル君は、我が戦乙女聖騎士隊の訓練に参加することが決まった。

私達はルシエル君との食事を終えると訓練場へと向かった。

その途中、ルーシィーが口を開く。

「彼を訓練に参加させて良かったんでしょうか？！」

「大丈夫だ。治癒士だから、私達のような聖騎士よりも格段に弱いし、ステータスも低い。それにルシエル君のはレベルは一だ。だからこれから強くなっていくだろう」

「それでは訓練についてこれないと思います」

「そうだろうな。でも彼のことを調べた報告書では、二年間のうち一日も休まずに武術訓練を続けていたらしい。我が戦乙女聖騎士隊が現在少数精鋭でありながら、一番強いのは努力してきたからだ。そんな努力が出来る者は残念ながら、今の教会本部には少数しかいない。無論一度訓練させて、それだけの男なら捨て置く。いいな？！」

「「はっ」」

こうして戦乙女聖騎士隊の他の皆にも話を通して訓練日を迎えた。

ルシエル君は自分にしか興味がないのか、それとも無知なのか、女性の聖騎士を女扱いする治癒士だった。

まさかそんな者がいるとは夢にも思わなかった。

隊の皆もそうだ。

化け物扱いされることもある私達に、攻撃するのを躊躇《ためら》う男がいるとはな。

それから女扱いされたことが嬉しかったのか、皆はルシエル君と好意的に接するようになった。


自分より実力が高いことを知りながら、上辺だけでなく、本心からそれを言われて私も驚いたが、悪い気はしなかった。

ルシエル君は治癒士としては、強い方なのだろう。それは間違いない。

しかし私達と比べると格段に弱い。

それにこの槍と剣を持つ戦闘スタイルは、案の定付け焼き刃であった。

なので、盾と剣を持たせて構えてもらうと、中々様になっているではないか。

スキルレベルⅡでこれなら、彼の師匠は相当な武人だったようだ。

打ち合ってみれば太刀筋も悪くない。

それでも彼の戦闘力は高くなかった。

ただ相当努力してきたであろうことは分かった。

だが訓練とはいえ、大きな隙を作るとはまだまだだな。

私は彼が剣を振ろうとした場所に拳を突き出した。

その瞬間彼は笑った。そう、笑ったのだ。拳が当たった瞬間に彼が青白い光を帯びて剣を振り終え戻すのが見えた。

これを狙ってやったのか？　治癒士が？　そもそも剣を振りながら、動きながら詠唱出来るなんて、どれだけの努力をしてきたんだろう。

頭が下がる思いだ。

仕方ない。私も彼の矜持に応えよう。

「見事！」

私は彼の後ろに全力で回り込み、首筋に手刀を打ち込み彼の意識を刈り取った。

「皆見ていたな。これが基本ジョブで、魔法士に次いで前衛のステータスが低いジョブの治癒士だ。私達はステータスが高く、スキルのレベルも上がりやすい」

そう、私達のジョブである聖騎士は、人の何倍も有利なのだ。

「残念なことに他の神官騎士や聖騎士は努力もしていない。だがルシエル君はあの難攻不落と言われている迷宮に入りたった十一日で、十階層の主を倒した逸材だ。迷宮がある限りカトレア様が騎士団に復帰されることはないだろう」

それまで教会本部は腐ったままなのだ。

「だからこそ私達の手でルシエル君を鍛える。異論がある者は？」

私は皆の顔を見て反論する者がいないことを確認した。

「いないな。では訓練を再開せよ」

こうしてルシエル君を招いた早朝訓練は終了した。

ルシエル君の結界魔法は、既にベテランの治癒士の域だった。

まさかの配属が早かった方が負けるとは、誰も予想していなかっただけに、ルシエル君の評価は上がる。

順調にきていた訓練も残すところ演習だけだったが、ここでハプニングが発生した。

「さあ諸君、これから近郊の森や荒野を回り魔物退治に向かう。各自の馬を用意して集合してくれ」

「はい（はい？）」

変な声を出したルシエル君に私は少し嫌な予感がした。

「何か分からないことがあったか？」

「ええ。というか今まで馬に乗った経験がありません」

「……さすがにそれは想定外だった」

完全に失念していた。

彼は村人だったはずだ。

それならば馬を見たことがあっても、触ったり乗ったりしたことはないことはある。

だが、普通の治癒士は若くてもそれなりの金を稼ぎ、馬を保持する者も多い。

更にこれだけ騎士のような体躯をしていて、馬に乗ったことがないなんてな。

まぁこれは私のうっかりミスだ。

「仕方がない。ルシエル君は厩舎を管理している者達に、馬の乗り方を聞いて練習していてくれ。さすがに演習へ行くから外の目もあるしな」

「何だかすみません」

「いや。こちらも考えていなかった訳だからな。それではここの訓練場を馬術訓練で使うといい。私達も演習が終われば、ここに戻ってくるからな」

「わかりました。気をつけて行って来てください」

「そうだな。厩舎に案内しよう。では、各自移動」

こうして私達は演習に向かい彼は馬術訓練をすることになった。


演習に向かう途中で、彼が教会本部に至るまでの経緯を話す。

すると口々から出るのは、ルシエル君への称賛だった。

メラトニの街の治癒院は評判が悪い。

その最大の原因である治癒院に、ダメージを与えていた異端児だったころを知って、皆が喜びの声を上げるのだった。

それからもルシエル君との関係は良好だった。

しかしイルマシア帝国とルーブルク王国の戦闘がまた激化しそうらしく、神官騎士隊と合同で遠征に向かうことになってしまった。

そして遠征当日の遠征式がいつもと様子が違っていた。

いつもまばらな拍手なのだが、今回に限っては聖都全体が一つとなり、頑張れと応援されたのだ。

これはカトレア様が出陣された時よりも凄まじいものだった。

そしてその中からは「ゾンビ」「ドM」「聖変の治癒士」という声が聞こえてきた。

私は彼の魔力を探すと、遠めだがしっかりと見送りに来てくれていた。

私が彼の仕業だということを教えると、皆、納得していた。

この聖都でぶっちぎりの人気を誇る治癒士が仕掛けてくれたサプライズに、私達は心が軽くなり、気分が高揚させられた。

そして身体に力が漲《みなぎ》ってくるのを感じながら国境を目指すのだった。

02　聖変の気まぐれの日

俺はずっとアンデッドの魔物と戦い続けている。

普通は気持ち悪くて無理だし、臭いも尋常ではない。

冷静に分析すると、本当に踏破した人がいないのではないかと思ったりもする。

しかしブロド師匠やルミナさんのように、俺が視認出来ない程の速度で動ける人達が、果たしてクリア出来ないだろうか？

そんな訳がない。

もしかすると設定上の騎士団の敗因は、大人数で攻略していたために、魔物の魔法やスキル等の攻撃を受けてどこかで綻びが生じたことで、混乱や精神崩壊が連鎖してしまったのではないだろうか？

だから治癒士である俺を、一人で進ませるのではないだろうか。

そんなことを考える。

剣で打ち合い、相手の隙を探し相手の癖を盗んでから攻撃を加える。

「不死だから痛みが無いと思ったら、そうでもないんですよね？　痛覚というか違和感みたいなものがあるんだろう」

剣戟《けんげき》が鳴り響く中、高性能な武具を装備している俺は、盾で剣を受け止めると脚に魔力を流して蹴りを死霊騎士の左脇腹に入れた。

ゴォと音が鳴り、そのあとでドォンと迷宮の壁に突っ込んだ死霊騎士は魔石へと変わった。

既に迷宮に篭ってから、三ヶ月が経とうとしていた。

一週間に一度は迷宮を出てリフレッシュするために、カトレアさんと話したり、馬術訓練をしたりはしているけど、基本的には迷宮で過ごしている。

それ以外の外出は食事や物体Xの補給だけだ。

現在迷宮の攻略は三十階層まで進んでいるものの、ボス部屋までは進んでいない。

理由は新しく覚えた身体強化が、十全に使えていないからだ。

身体強化は冒険者ギルドで治療した冒険者が教えてくれたスキルで、体内の魔力を制御して、高速で循環させることによって身体を強化させるというものだった。

この身体強化が魔力操作に長けていた俺との相性が良くて、既に重宝するスキルになっていた。

「そろそろ一週間か」

俺はアンデッド迷宮（仮）を脱出することにした。

「お疲れ様。最近の調子はどう？」

アンデッド迷宮（仮）から出ると、カトレアさんがいつものように出迎えてくれた。

「漸《ようや》く死霊騎士が相手でも余裕で対処出来るようになりました。たぶん身体強化を使えば死霊騎士が複数体現れても、十分対応出来ると思います」

「そうなの。そういえばクラスアップはしないの？」

カトレアさんが言っているのは、つい先日治癒士のレベルがⅥになったからだろう。

「ええ。いつか迷宮をクリアした時のご褒美だと思っていれば、まだまだ頑張れそうですからね」

「ふふふ。ルシエル君は少し強情なところがあるわよね」

「そうですか？　まぁ近いうちに三十階層の主部屋には行くつもりです」

「月並みな言葉しか言えないけれど、頑張ってね。死んじゃ駄目よ」

「ははっ。もちろんですよ」

「それでまた直ぐに潜るの？」

「いえ、ちょっと買い物があるので、一旦外に出ます。そういえば戦乙女聖騎士隊はどうなりましたか？」

「問題はないらしいわ。でも、身動きが取れないらしいの」

ルミナさん達は、一度聖都へ帰還した。

しかし直ぐに戦闘が激化したため、それからはずっと国境付近の町に滞在しているらしい。

しかもそれが治癒士を助けるためだというのだから質《たち》が悪い。

「戦乙女聖騎士隊は皆優しいですからね」

「ええ。それでもあの子達の命の方が強欲な治癒士達よりも価値があるわ」

「私も治癒士ですけど、そう思いますね」

「……あら、そういえばルシエル君も治癒士だったのね」

「ははは」

俺の恰好は既に治癒士ではなく聖騎士だ。

鎧も聖騎士の物だけど、身体にフィットしている。

「最近は『聖変の騎士様』って呼ばれている方を耳にするから、聖騎士だと思っていたわ」

「勘弁してください」

「ふふふ。それで今回の休日はどうするの？」

「冒険者ギルドに行って、その後に食処でご飯を買って、また迷宮に潜りますかね」

「そんなにアンデッドと戦ってるけど、おかしくなったりしないの？」

「それがですね、ならないんですよ。精神耐性のスキルがついたからですかね？」

「無理は駄目よ」

「もう口癖ですね。じゃあ行ってきます」

「いってらっしゃい」

この三ヶ月で俺に敵対してくる者とは会っていない。

まず、俺は体格が良く騎士のような格好をしているため、治癒士だとは思われないことが要因かもしれない。

次に、そもそも地下迷宮にこもっている事がほとんどなので、会える機会自体が少ない。いつ外に出ているのかも分からないだろうし。

まぁ部屋にはいたずらがされたりしていたが、それだけだ。

ほとんど部屋にいないし、荷物も置いていないので意味がない。

と、考え事をしている間に冒険者ギルドに着いたようだ。

「こんにちは」

俺が挨拶して入ると、ギルドマスターが出てきた。

「おう聖変様。今日はあれか？　それとも治癒の日か？」

「いつも厨房にいるのにどうしたんですか？」

「あれがそろそろ切れる頃だって、わかっていたからな。それに週に一度、休暇だって話していただろ」

「ひと月前のことを良く覚えてましたね」

「けっ。あれだけのことをしてくれるやつを忘れたら、ギルドマスター失格なんだよ」

「だったら何でいつも厨房にいるのですか」

「趣味だ」

「左様ですか。早速で悪いですけど、また手紙を頼めますか？　それと物体Xを十樽お願いします。あと……」

「あ、聖変様」

話の途中で、副ギルドマスターのミルティーさんから声を掛けられる。

「あ、こんにちはミルティーさん。怪我人を下の訓練場へ集めてください」

「わかりました」

「こっちも用意するから樽を頼む」

俺が物体Xを入れていた樽を魔法袋から取り出していくと、ギルドマスターはそれを回収していく。

そしてギルドマスターはバックヤードへ、ミルティーさんは地下の訓練場へと消えていった。


『聖変の気まぐれの日』そんな日がいつ出来たのか。

あの聖変の通り名が出来た日から月に一度、冒険者ギルドから指名依頼が出ていて、冒険者として依頼を受けることにしている。

対価は銀貨一枚とあらゆる情報、冒険者達との模擬戦。自分の実力を知るために、戦ってアドバイスをもらっている。

ただ治癒士である俺に負けるのは、思いの外冒険者達には屈辱らしく、新人や低ランクの者は必死に訓練や修行を始めたようで、そのせいか死亡率や任務失敗の案件が激減したらしい。

現在の俺の実力は、EランクとDランクの冒険者を複数相手にして戦っても負けない。しかし勝てる訳でもない。

それでもDランカーとの一対一ならたまに勝てたりもする。そんな実力になっている。

まぁ相手が熱くなりやすいタイプなら、技術で対応が出来るので負けることは少ない。

しかしDランクの冒険者を倒したことで、Cランク以上の冒険者達が基礎訓練をするようになり、魔物が活発になっても死ぬような怪我を負うものがいなくなったらしい。

最近では『聖変の気まぐれの日』が来ることを予測して高ランクの依頼を皆で受け、高ランクの魔物を次々に撃破しているらしい。

何故か好循環の中心が俺ということになっている為、聖都の冒険者達からの好感度が知らないうちにかなり高くなっていた。

この情報の出所は、全て食堂にいるマスター兼ギルドマスターのグランツさんと、ウエイトレス兼副ギルドマスターのミルティーさんなのだが……。

それにしても冒険者ギルドのトップがあの二人で、大丈夫なのだろうか？　疑いたくなる時がある。

そんな考えごとをしていると、こちらへ近寄ってくる人物がいた。

「おう、聖変様久しぶり」

「ああ、エリッツ殿、久しぶりです」

「少しは身体強化が使えるようになったか？」

「ええ。それでもまだまだ難しいですよ。自分の速さにまだ目が追い付かないんですから」

「魔力操作と魔力制御のスキルレベルが、あれだけ高いんだから高速循環ぐらい余裕だろ？　それでまだレベル一のままなのか？」

「ええ。魔物を倒していませんからね」

「かぁ～もったいねぇ。そこまで戦えてレベル一ってことは、とんでもない原石なのにな」

「俺は死にたくないだけですよ。それよりも魔力を体内で高速循環すれば、身体能力が上がるって有名な話なのでしょうか？」

「ああ。ただ魔力操作が出来ないと話にならないけどな」

「へぇ～」

「そういえばこの間、聖変様に負けた……」

冒険者ギルドのAランカーであるエリッツさんと話していると、グランツさんが物体Xを持って来てくれたので、魔法袋に入れる。

その後皆で地下訓練場へと下りて、二度のエリアハイヒールとピュリフィケイション、リカバー、ディスペルを発動していった。


「これで全部ですね。それでメラトニの情報や戦乙女聖騎士隊の動向を知っている方」

俺は冒険者達《かんじゃ》の治療を終えた後、メラトニの情報や戦乙女聖騎士隊の情報をもらっている。

「戦乙女聖騎士隊は無事。だけど神官騎士の方に死人が出たらしいぞ」

「帝国の戦鬼将軍が、単騎で砦を落としたらしい」

何だか化け物がいるらしいな。

すると今度はメラトニの話が聞こえてくる。

「あの旋風が暴走しているみたいで、次々と冒険者を地下訓練場へと拉致しているらしいぞ」

「あの料理熊も物体Xを飲ませるだけじゃなく、食べさせるために料理を開発しているらしいぞ」

ブロド師匠やグルガーさんのことは、ガルバさんに丸投げだな。

俺は微笑みながら報告を聞いていた。だけど次の一言で、とてつもない不安を覚えた。

「冒険者ギルドの受付嬢が結婚するらしい。しかも複数らしい」

「それ詳しく」

「何でも受付嬢の心を射止めたのは、Aランクの獣人冒険者らしいぞ」

受付嬢とは誰だ？　ナナエラさんやモニカさんには手紙を書いたけど、その返信がないのはそういうことなんだろうか……。

何だろう……とても寂しい気がする。


その後、俺は冒険者ギルドで大量の料理を作ってもらい、魔法袋へとしまい冒険者ギルドから出た。

治療したお金を渡して冒険者達や職員皆で食べるように言って、誰からも絡まれずに俺は迷宮を目指すことにした。

ただ料理が足りないので、片っ端から食処を巡り、魔法袋にこれでもかとばかりに詰め込むのだった。


「さて、行きますか」

今日は十階層のボス部屋を寝床にしよう――。

最近になって気がついたことだけど、アンデッドは魔力を込めた剣や槍で倒すと、聖属性魔法の熟練度が一体につき一増加するようだ。

その為、最近ではテンションも上がっていたけど、これからはもっと集中出来そうだ。

まずは聖属性魔法のレベルⅨを目指し、Ⅹまでは気の遠くなる作業が必要だけど、今ならちょうどいいと思えた。

「身体強化をもう少しスムーズに出来るようになったら、三十階層のボスに挑もう」

こうして俺は身体強化で自分の動きを確かめた後、天使の枕により快適な眠りへと誘《いざな》われるのであった。

03　修行の成果？　三十階層のボスとの戦闘

一対一で死霊騎士から剣術と盾術を学び、十階層のボス部屋で大人数と戦って反射神経を鍛える。

自分の動きから無駄を省きながら判断力の向上を促していた。

機械のように正確な一撃、それを身体強化を使った状態で打つことが出来れば、俺はもう少し強くなれると思う。

三十階層までのグール、ミイラ、ゴースト、骸骨剣士、骸骨弓兵の連携攻撃を捌《さば》く。

そんな感じで三十階層のボス部屋を前に、さらに三ヶ月という時間を過ごしていた。

たぶん三十階層のボス部屋に突入したら勝てるだろう。

だけど目指しているのは完勝なのだ。

三ヶ月前からグール達相手にですら、何度も死にそうな体験はしてきた。

それでも俺には回復があるので、致命傷だけは喰らわないように相手に一歩踏み出す力を磨いた。

そして努力というのは何だけど、少しずつであるが戦闘経験が俺の中に蓄積してくれている気がする。

半年も攻略が進んでいないことに、まだ何も言われないが、そろそろ攻略をしないとただの給料泥棒に思えて心が疼き痛み始めていた。

「ハァアアア、甘い、喰らえ」

剣と槍の超攻撃的スタイルと、剣と盾のオーソドックスなスタイル。

そして今は身体強化のおかげで、蹴りも大きな武器になってくれている。

アンデッド達の攻撃が直線的なのと、こちらの攻撃が一撃でもまともに入れば、霧のように魔石へと変わることが最大の勝因となっている。

そして困ったことに魔石をポイント化することで、俺のポイントが凄い勢いで加算されていく。

でも購入する物はだいたい決まっていて、頻繁に壊れる武器《もの》ではないので、きっと使い切ることはないと踏んでいる。

そんな状態を見かねたカトレアさんが、ドワーフ達の武器を新しく入荷する際に、ポイントでオーダーメイドの武器を製作してくれるという特典を作ってくれた。

さらに本部から支給された聖銀のローブよりも、魔法耐性を高める素材が使われたマジックローブが入荷すると言われて、白金貨十枚よりも性能の良いローブを二百万ポイントで購入することが出来た。

まだ実際に魔法を受けていないので、本当に機能が向上しているのかは分かっていないけど……。

それとドワーフの人達に会ったことは無いけど、何故か先方が治癒士の近接戦闘員が面白いらしく、とても乗り気らしい。

知らないところで変な噂が立たなければいいなぁ、というのが本音だった。

「まぁ応援してくれる人達もいるし、俺も少しは強くなってきているだろうけど、半年やそこらでレベルも上がっていないのに、大きな飛躍はないよな」

ここでアンデッドを相手にする分には、ある意味楽な仕事をしている気がする。

ルミナさん達のように生身の魔物や盗賊の相手をしなくてもいいのだから。

もしこれだけの生物を斬っていたら、きっと精神的にやばかったと思う。

悩んだ時に全力を出せる敵と訓練出来るのは、生きている感じがするし。

そこまで考えて悩みながらも、俺は明日三十階層のボスと戦うことを決めた。


そして翌日、ボス部屋の前で最後の準備を行なっていた。

「武器良し、防具良し、魔法袋良し、魔法付与良し、物体X良し」

全てが完了した俺は一気に物体Xを呷った。

「プゥー。さあ、行きますか」

三十階層のボス部屋の扉をゆっくりと開いた。

薄暗いボス部屋に警戒して入る。

扉が閉まり明かりが灯ると、広さは今までと一緒だったが、四角い部屋とは異なりすり鉢状の部屋だった。

しかし、それを考えられるほどの余裕が今の俺には無かった。

「マジかよ」

俺の目に映った光景は、今までの敵の想定を遥かに超えていたからだ。

ボス部屋にいたのはワイトが三体と、あの赤い目が灯った死霊騎士が五体だったのだ。

八体の魔物の視線がこちらを睨むように待ち構えている。

俺は魔力制御による循環を高速で行ない、全身の身体強化を発動させて戦闘の口火を切ることにした。

「【聖なる治癒の御手よ、母なる大地の息吹よ、願わくば我が身と我が障害とならんとす、不浄なる存在を本来の歩む道へと戻し給え。ピュリフィケイション】」

浄化魔法を詠唱しながら、すり鉢状のバンクを走り回ることにした。

一斉に囲まれるのを避けるのと、集中攻撃を受けないためだ。

走り出したところで、ちょうど良く浄化魔法を発動させた。

俺はさらに浄化魔法を紡ぐ。

案の定、それで消えてくれる優しい設定のアンデッドは一体もいなかった。

ただ発動直後は身体が硬直したように止まってくれたため、魔法袋に剣をしまい、直ぐに聖銀の短剣を取り出して魔力を込めて投擲《とうてき》した。

狙いは定めなかったけど、数を減らせればと思っての行動だった。

そして投げた短剣は、見事に一体の死霊騎士の頭に突き刺さった。

さらに投げたけど、どうやら硬直時間が終わったらしく、ワイトに向かったものは死霊騎士が盾で受け止めていた。

ワイト達が各々、杖をかざして魔法を発動してくるが、こちらがずっと動いている為に当たらず、走った先に魔法を放つだけの知能は持っていないようだった。

死霊騎士達もワイトを護衛しているからなのか、中心から動けずにいた。

ワイト達は強力な魔法を放つこともなく、今までのワイト達よりも弱い感じがする。俺は勝負に出ることにした。

浄化魔法を連続で発動していくことにしたのだ。

そして行動に移して五度目の浄化魔法を発動すると、部屋の中を漂っていた瘴気が薄れているように感じた。

俺は身体強化を極限まで高めると、六度目の浄化魔法を放ちながら、中央に固まった魔物の群れへと突っ込む。試したいことがあったからだ。

「ハァァァアアア」

魔物達は走ってくる俺を捉えているのが分かった。

それでも浄化魔法が効いていたらしく、こちらへ攻撃を仕掛けてくることは無かった。

囲まれないように戦い始めた戦略が、まさかの幸運……いや豪運先生を呼び起こしてくれた。

まさに運命神の加護が豪運先生と一緒に背中を押してくれた……そう思える出来事だった。

三体のワイトは死霊騎士に当たらないように各々魔法を放ち、死霊騎士達は盾を構えるだけだった。

俺のエリアバリアはともかく、性能が高いというマジックローブと聖騎士の鎧は、どうやら素晴らしい逸品だったようだ。

ワイトの大規模な魔法ではないけど黒い水、風、土の槍が俺に向かってくる。しかし俺は気にせずに盾を前に構えて走り、致命傷だけを負わないように突撃した。

そしていくつかの魔法が俺に当たったけど、痛みはおろか衝撃さえあまり感じられなかったのだ。

そんな俺の様子を見て死霊騎士達が防御ではなく、攻撃にシフトチェンジしてくれたことで、戦闘の形勢は一気にこちらへと傾いてくれた。

何故ならこちらには、まだまだ余裕があったからだ。

二度の死霊騎士からの攻撃を盾で弾き、全ての魔物達が俺のエリア魔法の射程に入った。

「【聖なる治癒の御手よ、母なる大地の息吹よ、我願うは魔力を糧として天使の息吹なりて、万物の宿りし全ての者を癒し給え。エリアハイヒール】」

俺が試したかったのは、エリアハイヒールだった。

浄化魔法と違い、その効果は凄まじいものがあった。

苦しみ出し、叫び声を上げる魔物達。

杖を、剣を、盾を落とし、叫びを上げる姿はまるで俺が拷問しているかのようで、嫌な気持ちにもなったが、最大の機会を捨てるわけにはいかない。

俺は再度エリアハイヒールを詠唱しながら、まずはワイト達に接近して、魔力を流した剣を振り下ろして真っ二つにしていく。

身体強化のおかげもあり、三体のワイトは直ぐに消滅させることに成功した。

そして再度エリアハイヒールを発動すると、驚くことに全ての死霊騎士が絶叫を上げ、骨が溶け始め、やがて消滅してしまった。

「ふぅ～今回は完勝だったんじゃないか？」

そんなことを呟きながら、それでもかなりの魔力を消費した自分に対して、他にもっと適した戦い方があったのではないかと考え始めていた。

それから暫《しばら》くして魔石を拾い、残されたアイテムを浄化して魔法袋へとしまうことにした。

魔物が消えていく時の濃い紫色の煙が、瘴気だったらやばいから部屋の中も浄化するか。

俺は浄化しながら、戦闘を思い出しエリアハイヒールが使えるようになっていたことに感謝していた。

ここのボスが初っ端だったら間違いなく死んでるよな。

いくら十階層のボス部屋で一対多の戦闘をしているとはいえ、相手の力量がゾンビと死霊騎士では違い過ぎる。

今回の戦闘では全てが良い方向に転がったから完勝に見えるだけ。

俺はそう自分を戒めることで、ボス戦に決着をつけた。


「さすがにこの数を普通に相手にしていたら、詰んでいたかもしれないしな」

そんなことを呟きながら全ての魔石とアイテムを魔法袋にしまい終えると、いつも通りに下層階へと続く階段が現れた。

どうやら話通りみたいだな。

でも今回のことで分かったけど、迷宮通路の死霊騎士が新人兵なら、ボス部屋は本物っていうかべテランの騎士って感じがするな。

死霊騎士にも階級制度があるのだろうか？　魔物をテイムするスキルもあるみたいだから、いずれ魔物をテイムしている人と話がしてみたいな。

一応ここまでは、以前の教会騎士団も普通に来ていたという話だよな。ならこの先からが同士討ちをさせる魔物が出て来るってポイントなのか？　……宝箱とかキーアイテムとかあるんだろうか？

しかし何かこの教会本部に来てから、魑魅魍魎《ちみもうりょう》と戦う修行僧みたいな生活を送っているなぁ……何か虚しい。

俺は浄化魔法により、空気が澄んだボス部屋で弁当を食べ始めた。

そして食事を終え、今回は三十一階層に迷わず向かう。

三十一階層に下りて直ぐに敵の姿を探していると、グールが現れた。

ただし皮膚の色が違うグールで、俊敏性が格段に向上しているようだった。

俺が驚いて直ぐにボス部屋へと引き返すと、ボス部屋には死霊騎士が五体いた。

「今度はここでゆっくり修行しろってことになるのかな」

こうして自分の技量よりも同等かそれ以上の死霊騎士五体を相手に、今後はここを修行場にすることを決めて、魔法や身体強化を存分に発揮して殲滅《せんめつ》した。

迷宮から出る頃には腹時計がなっていたけど。

兎《と》にも角《かく》にも俺は迷宮に挑んでから百九十八日目にして、ようやく三十階層のボスを討伐することに成功したのだった。

04　教皇様と三度目の謁見

迷宮から帰ってくると、カトレアさんから先に声を掛けられた。

「お帰りなさい。その顔は……まず生きて帰ってくれてありがとう」

「そんな止めてくださいよ。いつもお世話になっているカトレアさんに頭を下げられると、胃が痛みます」

ある意味相手がどういう立場の人か認識出来ないのは一番辛い。まぁ教皇様に謁見出来る時点で普通ではないだろう。

「ふふふ。そうなの？」

「そのいたずらっ子のような目は止めてください。じゃあ先にポイント化をお願いします」

「もう。もう少しからかわせて欲しいわ」

カトレアさんは、そう言いながらもカードを受け取って魔石を自分の袋に移す。

そう、カトレアさんは俺よりも高性能の魔法の袋でいつもポイント換算をしてくれているのだ。

「今回は本当に凄いわ。四十二万六千五百四十九ポイントよ」

五回潜ったら、また二百万ポイントのマジックローブが買えてしまうぞ。

「中々でしたね。それにしても今回は本気と書いてマジでマズかったです。エリアハイヒールが無ければ死んでましたね」

「その若さでエリアハイヒールって……ルシエル君、年齢を偽ってない？」

その一言に俺はドキッとした。

「……えっ？　十五歳で登録した時はヒールも使えませんでしたけど？」

「もしくは変なお薬とかに手を染めてない？」

どうやら確信があって言ったことではないようだ。

「そんなわけ……あ!?」

薬じゃないけど、もし要因があるとすれば物体Xだ。

「教皇様の前で綺麗さっぱり懺悔《ざんげ》しましょうね」

カトレアさんは俺の腕に腕を絡ませて、ガッチリと固めた。

ただカトレアさんはこういうのを面白がってするタイプだから、あまりドキドキすることもなく、教皇の間へと行くことを決めた。

「望むところです。私も気になっていたので、カトレアさん、今回も教皇様のところまでお願いします」

「あら？　なんかアグレッシブね。ついに三十階層のボスも倒したからなの？」

「いえ。今回は二年半私が飲んできている、物体Xが何か分かればと期待しているんです」

「……何か私が思っていた展開と違うのだけど……」

「二年半の謎が解けそうですからね」

「なんだかテンションもいつもより高い気がするわ。もしかして本当に死にそうになったの？」

「ははは。話が流されたので吃驚《びっくり》しましたよ。まぁ今回は運が味方をしてくれて、ほぼ攻撃は受けていないから完勝でした。それにアンデッドに聖属性魔法が効くのが本当に実感できましたし」

「もし聖属性魔法が効かなかったら？」

何て恐ろしいことを言うんだろう。

「間違いなく死に掛けた……下手をしていたら死んでいた可能性もあります」

「ルシエル君、死ぬなんて縁起でもないことは言わないの」

「言葉のあやです。すみません」

「まぁいいわ。行きましょう」

俺達は歩きながらも話を続ける。

「それで今回はどんな魔物だったの？」

「ワイトが三体と死霊騎士が五体です。現れた時には正気を失いそうになりましたよ」

身体強化が使えなかった二十階層までの俺だったら、間違いなくお陀仏だったはずだ。まぁ本当に死ぬことはないとは思うけど……。

「ルシエル君、治癒士とは思えないほど強いわよね？　治癒士も鍛えれば武人に為《な》れるのかしら？」

「さぁ？　人によると思いますよ。今回はエリアハイヒールが使えるⅧになっていたので助かりました。ただアンデッドドラゴンとかデュラハンとか獣系のアンデッドが出て来たら、今後の攻略は厳しいです」

「なるほどね。一応言っておくけどデュラハンは妖精よ。だから分類的にはアンデッドじゃないから、聖属性魔法は効かないわよ」

「……本当ですか?! フラグが立ちませんように」

「フラグって何？」

「気にしないでください」

「そういえばさっき言っていた、二年半飲んでいる物って何なのかしら？」

「はい。冒険者ギルドで手に入れられる、物体Xという凄く臭くて不味《まず》いものです。昔賢者様が冒険者の為に作ったと言われているんですが、カトレアさんは何か知っていますか？」

「聞いたことがないわ。それは有名なものなの？」

「はい。これを飲み続けるだけで通り名が付くぐらいですから」

「……それは随分強烈そうね。それにしても……着いちゃったから、この話は今度ね」

「はい」

「教皇様、カトレアです」

「うむ。入って良いぞ」

「はっ」

そして俺の教皇様との三度目の謁見が始まろうとしていた。

カトレアさんと俺が膝をつき頭《こうべ》を垂れると、教皇様から声が掛かった。

「本日の件は三十階層の主についてかな?」

「はっ。三十階層の主を倒したとのことです」

「おお。ルシエルよ、誠に大儀じゃ。よもや一人で三十階層まで到達するとは、妾《わらわ》とて予想だにしていなかったこと」

「はっ、ありがとう御座います。これも頂いた装備や道具の結果です」

「ほほう。しかしそれだけではなさそうじゃ。御主はあった頃よりも、随分魔力も高まっているようじゃな」

教皇様はエスパーか? それとも鑑定スキルを持っているのだろうか? ただレベル一に気がついているはずだから、やはりあの迷宮は疑似迷宮の可能性が高いよな。

「そのことでご報告が御座います。どうやら彼は、物体Xという賢者様が作りだした飲み物を二年半飲んでいるらしいです」

「それは?」

「こちらです」

俺は魔法袋から物体Xが入った樽を取り出した。

「!? 直ぐにしまいなさい」

「……うっ、これは毒か?」

あれ? そんなに臭いか? まだ樽の蓋を開けていないんだけどな。

あ、樽から少し染み出たのか。

教皇様の顔は見えないけど、カトレアさんだけでなく、侍女の皆さんも顔をしかめているから、さすがに不味いか。

俺は魔法袋にしまってから、部屋に浄化魔法を発動させた。

そして落ち着いたところで話を再開する。

「あれは冒険者ギルドで取り扱われている賢者様が作り出した魔道具で、魔力を流すと出てくるらしいです」

俺も実物は見たことがないからな。

「そんなものがあったのか？　待てよ……それの正式名称は何じゃ？」

「私は物体Xと聞いています。初心者の冒険者が必ず飲ませられようとするものです」

「……それは元々は、人の潜在能力を覚醒させるために色々な薬草、竜の心臓、精霊の水、採れたてのマンドレイクなどを混ぜ合わせて開発された丸薬だったはず」

丸薬だったら飲みやすいよな……でも物体Xはどう頑張っても液状だ。

「賢者はそれをいつでも同じものが用意出来るようにと、魔道具にしたと言っていた。ただ何故か液体となってしまうために改名したものだったはずじゃ」

おいおい、賢者が生きていた時代なんて百年以上は昔のはずだぞ。もしかして教皇様って長命種なのか？　それにしても改名したのに、何で物体Xのままなんだろう？

「丸薬だった時の名称は物体Xだった。液状化した物体Xは、あまりの不味さから開発した本人が『神の嘆き』と命名したものだったはずじゃ」

チートアイテムなのは間違いないが、神々が嘆くほどのアイテムを飲めるって、やっぱり転生者だからだろうか？　それにしても変なものでなくて良かったな。

「その神の嘆きを液体にした物体Xを飲んでいるから活躍出来ているのだと思います。確かに不味過ぎて、神ですら嘆く程の味だということも分かります」

それはそうだろう。味覚と嗅覚が飲んだ瞬間から三十分は壊れたままになるし、さっきの材料の中にはきっと少量の毒も入っているだろう。身体の免疫力で十分解毒出来るぐらいだけれど。

「朝、昼、夜の三食の食後に、ジョッキで原液を飲んでいます。もう飲み始めて二年半ですが、これのおかげでもあるかもしれませんね。教皇様もいかがですか？」

開発には携わっていなくても、飲んだことがなさそうなのは、ちょっと寂しい気がする。

俺は物体Xをしまった魔法袋を軽く叩いた。

「……それを本当に飲んでいるのですか？」

「はい。命が軽く失われる世界です。出来ることはしておかないと不安だったんです。副作用などのリスクもなく、ただ飲むだけで強くなれるなら飲みますよ。あ、これを飲むことで通り名が出来たり可哀相な目で見られることを除けばですがね」

あれ、言っていて少し悲しくなってきたぞ。

まぁ精神的にきついのは間違いない。

「分かったのじゃ。御主の努力とその苦行がそこまでの成長をさせたのだな」

「……ルシエル君って凄いわ」

あれ？　素に戻ってますよカトレアさん。

それにしても完全に話を流す気満々だな。

「うむ。それなら問題ないじゃろう。それより味や臭いをどうするか考えていないとは、賢者は無責任にもほどがあるのじゃ」

それには同意する。

「さて、今回の魔物は何じゃった？」

「はい。ワイト三体と死霊騎士が五体です。走り回ってエリアハイヒールで倒せました」

「ほう。その若さでそこまでとは、御主なら大司教までいつか昇ってこれるかもな」

「頑張ります」

「それでは魔物が落とした物を出してくれ」

俺は拾ったアイテムを全て出し、侍女に渡していった。

いつも通り侍女に渡したアイテムを見ていくと、教皇様の呟きが聞こえたあと、退出を命じられた。

「これはあの三人娘の……今日はもう良い。褒美はカトレアに渡すから、攻略を頑張ってくれ」

その声は少し硬く、暗い感じと強制力が含まれているように感じるものだった。

これはどうやら面識があった設定なのかもしれないな。

それから俺は教皇の間から出され、久しぶりに食堂へ向かうことにした。

「あ、お姉さん、お久しぶり。今日も大盛りで夕食をお願いします」

俺は世辞を交ぜながらおばちゃんに話し掛けてみた。

「あの、騎士様、どれぐらいの量を御所望でしょうか？」

異様に硬い話し方に俺の頭には？が浮かんだ。

「その喋り方はどうしたんですか？　私です。ルシエルですよ？」

一応周りを確認してヒソヒソ声で喋ると、おばちゃんの動きが止まり、俺の顔を凝視すると徐々にその顔が氷解するように柔らかくなる。

「まぁルシエル君だったのかい。髪を結ってるし、鎧を着込んでいるし、全然誰だか分からなかったわよ。直ぐに用意するから待っていてね」

その後、結構慌ただしく厨房が動き出して、いつもより少し多めの食事が用意された。

「お待たせ。一杯食べて力つけなよ」

「美味《おい》しそうです。いい仕事してますね」

「うれしいこと言ってくれて。皆にも言っておくよ」

「ありがとう御座います。またお願いしますね」

俺は席に着きながら、おばちゃんの対応を思い出す。

あんなに緊張しないといけない程、ここの給仕は大変なのだろうか？　そう思いながら熱々の食事に手を付け始めた。

「ご馳走様。明日の朝も寄りますよ。それとまた弁当も大量にお願いしてもいいですか？」

「もちろん。明日はたくさん用意しておくよ」

「ええ。お願いします」

こうしておばちゃんと会話をして俺は自室に戻った。

嫌がらせはないし、俺がここにいないということは皆知っているんだろうな。教会本部で暗殺はぁっても、人のいるところで武力行使はないだろう。もしくは教皇様と何度も謁見しているから、表立って衝突することも出来ないだろうからな。

俺はそんなことを考えながら、久しぶりに魔法書を読み返したり、魔法の基礎鍛錬に集中して一段落したところで眠りに就いた。


翌朝、ボリューミーな食事を済ませると、弁当を持って迷宮へと向かう。

迷宮に進む際に、この時間では珍しくカトレアさんがいた。

「カトレアさん、おはようございます」

「おはよう。ルシエル君、これを教皇様が……」

そう言って渡されたのは二枚の羊皮紙だった。

「これは？」

「神の嘆き及び物体Xの効能が記されたものらしいわ」

神の嘆き及び物体Xの詳細が書かれていた。

「結構たくさん書いてありますけど、まぁいいか。じゃあ迷宮に行ってきます」

「頑張ってね。何か困ったことがあれば相談にのるから」

「……？　はい。宜しくお願いします」

珍しくカトレアさんの目に、同情が見え隠れしたのは気のせいか？　俺はそんなことを思いながら迷宮へ駆け出した。

一階層から二十階層までの魔物を倒して回り、就寝する前にもらった紙を読んでショックを受けた。


これは神の嘆き及び物体Xについて記したものをそのまま載せたものである。

人の三大欲求の睡眠欲、食欲、性欲は教会関係の職業である騎士職、治癒士を含めた神官職は薄くなる傾向にある。

私が作ったこれが、神の嘆きと渋々命名しなければならなかったことは大変遺憾であるが、これはこの世界で彼等が不当に扱われないように、そして人として生きる喜びを失わないための治療薬になるかもしれない。

効能は食欲増進、性欲向上、自律神経の活性化だ。さらに副産物として様々な状態異常に耐性がつくこと、また眠っている間に細胞を活性化させ、各種ステータスが上がりやすくなることもあるようだ。

教会で作成したのだから教会に置こうとしたら、あまりの臭さで批判が相次ぎ、教会にはふさわしくないとまで言われ始末することが決定した。

これは私が賢者に為れたきっかけの物であるため、冒険者ギルド本部のマスターであるクライオスに相談して冒険者ギルドへと置かせてもらうことにした。

いずれ効能に目をつけた新人がいれば飲ませることで、神々の嘆きが世界を救うアイテムになればと願っている。

私の研究は冒険者ギルドで役立つことになるだろう。

後はいつか教会にも置ける治療薬の開発に全力を注ぐことにしようと思う。


そして記述ではなく、効能を調べた結果が二枚目の羊皮紙に載っていた。

そこには三大欲求の向上は見込めるものの、物体Xの正式な効能はその欲求をエネルギーに変えて身体能力を向上させる作用である。

そう書かれていた。

読み終えた俺は合点がいった。

カトレアさんのあの同情の目は、不能者として見られたためではなかったのか、と。

そして気がついてしまった。

もし物体Xを飲まなければ、常に賢者モードなのではないのかと……。

確かにこの世界の女性は美人しかいないのではないか？　そう思えるぐらい美人が多い。

しかし女性と会話していても緊張することはないし、ムラムラすることも確かに無かった。

「いや、それでも見惚れたり、緊張したりすることは何度かあった。大丈夫なはずだ。そうだ、俺は迷宮を踏破したら誰かと恋愛するんだ」

こうして新たな目標が出来た俺は、手紙の返事が来ないナナエラさんとモニカさんを思い出し軽く落ち込むのだった。

翌日、疲れていた身体から何かのエネルギーが出た俺は、この日三十階層まで進んでようやくショックから立ち直った。

翌日から三十一階層を探索しながら、三十階層のボス部屋にいる死霊騎士と戦闘と行ない戦闘訓練を一階層でも多くこなしていくことに決めた。

「すべては未来のために」

ただ危ない時は浄化魔法一撃で消滅させることにした。

それが出来るぐらい浄化魔法が強力になっていることも、俺にとっては強みになっている。

こうして無理をせずに、数を徐々に増やしていきながら、迷宮訓練場で訓練を開始した。

05 聖都シュルールの異変

人は物語のようにそんなに簡単に早くは成長しない。強くなることをどんなに強く願っても、だ。

物語の主人公でさえ、前に進むためには全力で努力して、自分の弱さと葛藤し、世間に揉まれて様々なことを経験して、それらを乗り越えていくことでようやく成長出来るのだ。

そしてそれに少しの幸運が加わることで、物語は一気に進んだり、主人公がパワーアップして、今まで苦戦していた強敵にも普通に勝てるようになっていく。

そう。物語の話であればだ。

俺が物体Xの効能を知ったあの日から、一ヶ月掛けて階層が広くなった三十一階層から四十階層の探索を終えた。

自分でも良くやっている方だとは思う。

しかし物語の主人公達みたいなサクセスストーリーは、どうやら俺にはないらしい。

豪運先生がスキルとして俺に宿っているのに、何が違うのだろう。

いや、豪運先生が普通の幸運とは全くの別物なのかもしれない。

まず今まで四十階層分の地図を描いてきたおかげか、脳内で地図が浮かぶようなスキルを取得していた。

ただ、それは始まりにしか過ぎなかったのだ。

迷宮探索で一番怖い罠に、わざとかと思うほど丁寧に引っ掛かり場所を教えてくれる魔物達。無いだろうと思っていた宝箱を発見して、罠じゃないのかと不安になりながら開くと、出てきたのは現存しない最上級回復魔法の魔法書。

死神を思わせる、空中に浮かぶ黒いローブを纏《まと》った骸骨幽霊。

まぁレイスなんだけど、苦戦すると思いながら戦闘を開始すると、思った以上にあっさりと勝ててしまう弱さには驚きだった。

まさか闇属性魔法が俺のオーラコートと精神耐性が上がっていることで、全く効き目がないなんて思わなかったんだろう。

闇属性魔法に引っ掛かったとゆっくりと近寄って来たところを、バッサリ斬ったら瞬殺とか、もう何だか申し訳ない。

他のレイスも同様で、今まで物体Xを飲み続けたからなのか、幻覚も精神支配もされずに、レイスから放たれた黒い光に身体が包まれても、それは弾けてしまい被害はなかった。

しかも全てのレイスが慢心しているのか、不気味な笑顔をみせてスーッとゆっくり近寄ってくるのだから、ここで亡くなった設定の人達に申し訳なくなってしまう。

レイス達は斬った瞬間、直ぐに紫色の煙……瘴気となって消えてしまうので、レイスの心情は分からなかったけど、そんな馬鹿な!!　的な感じだったんではないかなと想像している。

一ヶ月で十階層も進んだら、普通は自分が強くなったって過信するよな。ただ四十階層のボス部屋に出てくる敵は既に予想がついているだけに、本気でしんどい。

もし教皇様がこの疑似迷宮を創っていたとしたら、きっとここが教皇様の作ったシナリオの山場だということになる。

だったら次に出てくるのは、数十年前にここのボスを倒したという聖騎士と神官騎士の指揮官で間違いないだろうな。

「このまま進んだら瞬殺されそうだしな。冒険者ギルドに行って、アンデッドの情報でも集めようかな」

俺は嫌な予感が払拭出来なかったので、今回は四十階層のボス攻略は諦めた。


「おかえりなさい」

迷宮から出た俺を待っていたのは、カトレアさんの優しい笑みだった。

あの衝撃の事実を知った俺は、いつも通り帰還して物体Xを飲むことになった経緯を説明した。

「あらら、そうなの？　また変な噂が飛ばなくて良かったわね」

そんな不吉なことを言われてからは、元の関係に戻れている。

「四十階層までついに辿りつきましたよ」

「……本当に凄いわ。どんな魔物が出るの？」

「ええ。レイスや死霊騎士、ミイラにグールですね。まあ代わり映えはしませんよ」

「ルシエル君、常識がないとか人に言われたことはない？」

「……ありますね。ルミナさんには、メラトニの街で出会ってから十五分後には言われましたよ」

懐かしい思い出だな。あの時の蔑むような視線は二度と向けられたくない。

「そう。ワイトも非常に強力な魔物だけど、レイスっていったら、危険度Aランクオーバーの魔物なのよ?」

「知ってますよ。でも私には闇属性魔法が全く効かないんですよね。補助魔法や精神耐性もそうですが、状態異常に掛かり難い体質なのかも知れませんけど」

まぁ物体Xのおかげなんだけど。

「……あれのおかげ?」

「はい。飲み続けたことで色々言われて来ましたけど、感謝してますよ」

「あれを飲むって相当な苦行でしょうしね」

「ははは。何だか悲しくなってきたので、今日は冒険者ギルドにでも顔を出しに行ってきますよ」

「そうそう。戦乙女聖騎士隊が遠征から戻ったわよ。報告だけして、直ぐに聖シュルール共和国の各街にまた遠征に出かけたけど」

「えっ? あの、何だかルミナ様の隊だけ異様に忙しくないですか?」

「ええ。でももう直ぐよ。〝膿〟を出し切らないと傷は治らないから。ルシエル君も何かあったら言ってね」

「!? 了解です!!」

カトレアさんの凍てつくような笑みは、ブロド師匠がボタクーリと会った時の事を連想させる程の威圧感があった。

　俺は背中に走る寒気を抑え、冒険者ギルドへと向かった。

　冒険者ギルドに入ろうとすると、ガッと後ろからローブを掴まれた。

「えっ？」

　振り返っても何もいない。

「気のせいか？」

　そう思って、今度こそギルドの中に進もうとして、ローブを掴む獣人の小さな女の子に気がついた。

「……ローブは放してね。俺に何か用があるのかな？」

　女の子は涙を溜めたその顔で何度も頷く。

　ローブを放してくれたので、まずは女の子と同じ視線までしゃがみ込んだ。

　しかしどうするか……このまま獣人の女の子と一緒にいると、また碌《ろく》でもない通り名が付きそうだし……。

　それなら冒険者ギルドを巻き込んだ方が賢いかもしれないな。

「用があるのは分かったよ。まずは冒険者ギルドに入らせてもらってもいいかな？」

　涙を溜めた女の子は迷いながらも大きく頷いてくれた。

　もし迷子なら楽だけど、どうなることやら。

「「冒険者ギルドへようこそ聖変ことルシエル様。お待ちしていました」」

「へっ？　何でナナエラさんとモニカさんがいるんですか？」

俺は自分の目を疑った。

それはそうだろう。

手紙を書いても返信をしてくれなかった二人が、急に目の前に現れたのだから。

もしかして結婚の報告だろうか？　あれから結構な月日が経っているし。

俺は覚悟を決めて、二人が聖都の冒険者ギルドへ来訪した理由を聞くことにした。

しかし俺の決意は屈強な冒険者達に阻《はば》まれて、あっけなく俺は冒険者ギルドの地下訓練場へと連行されてしまう。

「えっ何で？　待ってください。今日は用があるんです」

しかし一向に聞き入れてもらえなかった。

ナナエラさんとモニカさんのこともあったけど、獣人の小さな女の子を怖がらせたくなかったのに。

そう思っていると、冒険者達が俺を見つけた瞬間、歓声を上げる。

「聖変様が来てくれたぞ」

「これで皆助かるぞ」

「えっ？　あれって治癒士のドMゾンビ様じゃないの？」

「バカヤロー、それは封印された名前だ。今は聖変様か聖変の騎士様だ」

「助かるぞ。おい、しっかりしろ」

「聖変様、お急ぎください」

「おい、街からも怪我人を連れてこい」

「聖変様に噛み付いたらお前等、問答無用でランク落としてやるからな」

ギルドマスターを含め、地下訓練場はパニックに陥っていた。

何だかもの凄い時に来てしまったみたいだ。

ようやく冒険者達から降ろされた俺は、まず獣人の女の子がついて来ていることを確認して、ギルドマスターに声を掛ける。

「えっと、怪我人が多いですね？　まぁそれよりギルドマスター、そこの小さい獣人さんからギルド前で助けを求められたんで、話を聞いておいてください」

「ちゃんと整列をしろって、えっ？　ああ。ちっこい嬢ちゃんの相手は俺には無理だ。ミルティー、聖変様を外で捕まえた嗅覚の鋭い嬢ちゃんの話を聞いてやれ」

「分かりました。聖変様、とにかく急ぎであちらのグループから治療をお願いします」

「分かりました」

俺は状況が飲み込めないまま、冒険者ギルドにいる大勢の冒険者《かんじゃ》達を治癒していく。

三度のエリアハイヒールと怪我の内容によってキュア、リカバー、ディスペルを使って治療していく。

三十分程で治療は終了した。

しかし魔力は若干枯渇気味なので、仕方なくマジックポーションを飲むことにした。

ポーションは不味いけど、飲めない程じゃないな。

そんな感想を持ちながら魔力の回復に努める。

あ、そうだ。さっきナナエラさんとモニカさんがいたから、二人と話がしたい。

でもその前に、冒険者ギルドで調べたい案件を調べてもらうか。

「ギルドマスター、今回私はアンデッドに関して調べごとがあるんですが、ちょっと調べていただいてもいいですか？」

「よし。頭のいいやつ等はアンデッドについて詳しく調べろ。今日は聖変様を逃がさないから防衛だ」

「「「おう」」」

「えっ？」

こうして治療を終えた冒険者達が一斉に階段を駆け上がって行くと、残されたのは数人の職員とギルドマスター、そしていつの間にか獣人の女の子とその手を握っているナナエラさんとモニカさんだけだった。

そこで副ギルドマスターであるミルティーさんが口を開く。

「聖変様、申し訳ありませんが、この子と一緒にスラム街まで急いで行って頂いても宜しいですか？」

「えっと、急ぎですか？」

「ええ」

「ナナエラさん、モニカさん、申し訳ないですが、お話はこの件が済んでからでもいいですか？」

「ルシエル君、この子と一緒に私達も行きます」

「ルシエル君、急ぎましょう」

二人とも少し強引になった気がする。

きっと言っても聞かないだろう。

「ギルドマスター、彼女達の護衛をしてくれる冒険者はいないですか？」

「スラム街なら俺も一緒に行こう」

ギルドマスターの任に就く人達は元々優秀な冒険者らしいから、護衛を任せても大丈夫だろう。

「それではお願いします。ナナエラさん、聖都はメラトニ以上に獣人に対しての偏見があるので、警戒はしていてください」

「はい」

冒険者達の怪我やナナエラさんとモニカさんのこと、そして獣人の女の子の件が重なり、色々と混乱したままとりあえずスラム街へ向かうことにした。

一体この聖都で何が起こっているのか、皆目見当がつかないまま、ギルドマスターに護衛してもらい冒険者ギルドを飛び出した。

聖都に来てから大通り以外を歩く機会がなかったので、ある意味貴重な体験だと思う。

きれいな街であると同時に、一歩脇道に入ればいきなりスラム街が現れるなんて、誰が考えるだろう？

そんなスラム街を進むと俺は言葉を失った。

そこには色んなところで夥《おびただ》しい血溜まりが見受けられたからだ。

その瞬間、俺は直ぐに血溜まりに近づきながら詠唱を紡《つむ》いでいく。

一体何人の命が失われようとしているんだ。

そう思って人だかりを避けて進むと、そこには血だらけになっている獣人達を、一人の獣人が守るように立っている。

動かないところをみると、獣人はどうやら気絶しているらしい。

俺はさらに近寄ってエリアハイヒールを発動させようとした瞬間だった。

「危ない」

そんな声が耳に入ってきた。

しかし参った。

さすがに怪我人を治療するために回復魔法を発動させようとしたところで、気絶した獣人に思いっきり脇腹を刺されるとは思わなかった。

まぁ急所は外れているし、泣きそうなぐらい痛いけど、後ろでは助けを求めるために頑張った小さい子供と、ナナエラさんとモニカさんがいるんだから、弱音は吐けないだろ。

「あ～痛い、超痛い、もう嫌だ、全て治してやる」

さすがに短剣でお腹に穴が空いたのに、弱音を吐かないなんて俺には無理だ。

涙目になりながらも、獣人が刺した刃物を引き抜いてから、直ぐにエリアハイヒールを発動した。

これで後ろにいる獣人達も死ぬことはないだろう。

たださすがに冒険者ギルドであれだけの魔力を使った後に、ここでもエリアハイヒールを使用すると、どうやら魔力が枯渇に近いところまで追い込まれるんだな。

「ルシエル君、大丈夫!?」

「ルシエル君、今刺されたわよね」

「相手は気絶しているみたいですし、ノーカウントですかね」

ナナエラさんとモニカさんに心配してもらえるのは嬉しいけど、さすがに助けた相手を怒鳴りたくないし、子供に文句を言うのも違うから、俺は一度大きく深呼吸する。

「聖変様すまない。まさか攻撃してくるとは思ってもみなかった」

「現場から離れて長いなら仕方ありませんよ。殺気もなく、気づいたら刺されていたんで、さすがにあれを予知するのは無理でしょう」

そういえばギルドマスターが護衛だったんだっけ。

でもこの体型からしてギルドマスターはパワータイプだから、さっきの攻撃に対応出来ていたのかも怪しい。

俺はマジックポーションを出して飲み干してから、浄化魔法で自分と血だらけの獣人達の血糊を落としていく。

まずは身体がきれいになったので、念のため状態異常回復魔法のリカバーを発動したところで、ようやく一息吐けた。

「とりあえず治療はこんなものでしょう。それよりこの人達をどこか……冒険者ギルドにでも運んだ方がいいと思いますよ」

「そうだな。おい、手の空いている者達は冒険者ギルドの訓練場へこの獣人達を運んでくれ」

ギルドマスターの声で近くにいた冒険者達は、意識のある獣人達とともに、冒険者ギルドへと向かった。

俺を刺した獣人には、あの女の子がついて行くみたいだ。

もしかすると親子なのかもしれないな。そんなことを思っていると、俺はスラムの住人達に囲まれていた。

ただし何故か土下座をしてだけど。

「何か御用ですか？」

「お願いです。ここに住んでいる者達もどうか救ってください」

獣人達を無償で助けたように見えるんだろうか？　でもさすがにここで治療したら問題になるだろうな。

「私が出来るのは怪我を治すぐらいですよ。後は腹痛や毒の治療ぐらいしか」

「ルシエル君、無償で治療するんですか？」

「さすがにそれは止めた方がいいと思う」

「無償でそんなことはしませんよ。貴方達には私と誓約を結んでもらいます」

俺は彼らに条件をつけて治療することにした。

＊

ルシエルは一生懸命過ぎて気がつかなかったが、ギルドマスターがスラム街に入るまでに、数人の冒険者達を護衛につけていた。そしてその目の前の光景を見て様々な感想を口から零していた。

「見たか？　あの獣人の剣が聖変を貫いたのに、怒りながら治療したぞ」

「あれって普通の治癒士だったら、死ぬか、気絶するだろ」

「ああ。普通は魔法なんて使えないはずだ」

「それよりも、普通は治療を拒否するだろ」

「痛いってことは、痛覚あるんだろ？」

「あれじゃないか、本当にゾンビのように、打たれ強いってことじゃないか？」

「しかしあれで死んでいたら、俺らってかなりマズかったんじゃねえか？」

「ええ。それに冒険者の中には聖変様に助けてもらった人も、この聖都にはたくさんいるから、あの獣人さんも他の獣人さんも命はなかったでしょうね」

「だろうな。若くて忘れそうになるが、あの鎧を着てるってことは、教会でも上の立場だろうし、戦乙女聖騎士隊とも仲がいいらしいからな」

「もしかしたら暴動や人族至上主義の連中が騒ぎ出したかもしれないわ」

「これってちゃんと見張らないと今後に大きく関わってくるんじゃないか？」

「厳重な警戒をしましょう」

「「「おう」」」

そんな会話が流れたことなど知る由もなく、獣人たちを含め、この際だからとスラムの住人達も一斉に治療することになったのだった。

＊

一先ず治療を終えた俺は、冒険者ギルド近くにあるよく食事を購入するカフェで、ナナエラさんとモニカさんと一緒にお茶することにした。

飲み物を注文してから、俺は二人へと話し掛けた。

「せっかく聖都まで来たのに、何だか巻き込んでしまったみたいでごめん」

「それはいいんですよ。ルシエル君はルシエル君のままでしたから」

「でも自分の身体のことを考えて欲しいです。さすがに刺された時には、私、気が動転してしまいました」

ナナエラさんの言いたいことって、本質は変わっていないってことかな？　まぁ久しぶりだけど違和感なく話せるのはやっぱり戦友だからなのかな。

モニカさんは今は笑ってくれているけど、さっきまでずっと刺されたことを気にしてくれていたな。

スラムの住人達を治療している間も、俺の体調を気遣ってくれていたよな。

そんな人はこの聖都へ来てからは数える程しかいなかった。

もしかするとこれは四十階層のボスと戦う為の英気を養うために神様が……豪運先生が用意してくれたサプライズだったりするんだろうか。

「すみません。流石に刺されることは想定していなかったので、今後は警戒することにします」

「謝ってほしい訳じゃないんですよ。ねぇモニカさん」

「ええ。ただ心配なだけですから」

どうやら問題はないみたいだな。

「お待たせいたしました」

そこでちょうど飲み物を持ったウエイトレスさんがやって来てくれたので、ここで話を変えることにした。

「そういえばお二人はどうして聖都へ？　二人も看板受付嬢が抜けたら、メラトニの冒険者ギルドが大変なのでは？」

「そうなんですよ。二人同時に結婚することになりまして、とっても忙しくなりそうなんです」

「だから忙しくなる前に、聖都見物に来たんですよ」

やっぱり結婚するのか……ん？　忙しくなるってことは、二人が結婚する訳じゃないのか？　念のため聞いてみることにした。

「どなたが結婚なさるんですか？」

俺の質問に、二人は見つめ合ってからナナエラさんが答えてくれた。

「ミリーナさん、メルネルさんです」

「あの私達、何度か手紙を送っているんですけど、ルシエル君は手紙読んでないんですか？」

一瞬、ナナエラさんの言っている事が分からなかった。

「えっ！　二人とも書いてくれていたんですか？　俺が手紙を送っても一通も返信がないので、迷惑かもしれないから、そろそろ送るのを止めようかと思っていたんですけど……」

「えっ⁉　手紙を送っていただいていたんですか？　でも一通も届いてませんよ」

「私のところにも届いていないです」

どういうことだ？　そうなると相互で一通も手紙が届いていないことになるぞ。

「一応ブロド師匠にも、近況報告としての手紙は出しているんだけど？」

「あ、たぶん届いているはずです。ブロドさんが喜んでいたので。でもそれって一通だけだった気がします」

「俺はギルドマスターのグランツさんに頼んで、メラトニの冒険者ギルドへお願いしているんだけど」

「私達も聖都の冒険者ギルド宛です。教会本部では受け取ってもらえないみたいなので」

情報漏洩予防だろうか？

「手紙は依頼料も含まれているのですけど、ルシエル君は一通も受け取っていないんですか？」

「はい。じゃあ、あるとすれば冒険者ギルドになりますね……まぁせっかく会えたんだから、一応近況報告でもしましょうか」

誓約がある為、迷宮のことや自分の仕事のことは言えないけど、次にブロド師匠と会っても怒られないぐらいには修行していることや、馬術訓練をしていること、聖変と呼ばれるようになった経緯等を話していく。

二人も俺がメラトニを離れてからのことを事細かに教えてくれた。

それから少しの間、折角聖都へ来たのだからと、俺の知っている大通りで買い物をしながら、短いながらも充実した時間を過ごすことが出来た。


そして手紙をストップさせていたのが、ギルドマスターのグランツさんであることが分かった。

俺が一ヶ月に一回しか冒険者ギルドに来ないこと。

そしてメラトニへ手紙の依頼を出していたはずだけど、冒険者を治癒した後はいつも宴になっていたせいで、手紙の依頼を出すのを忘れたことが原因らしい。

さらに依頼が出ても、手紙の宛先がナナエラさんとモニカさんになると、どうも二人のファンが依頼を断るように画策していたらしい。

だからグランツさんを含め、何人かの冒険者には制裁として、物体Xをピッチャーで飲んでもらうことになった。

これは副ギルドマスターである、ミルティーさんが実行してくれた。

二人は聖都に三泊することになっていたので、残り二日は出来るだけ二人と一緒に過ごすことに決めた。

しかし予定とは狂うもので、俺は二人から冒険者ギルドの依頼を勧められ、冒険者ギルドの地下訓練場で怪我をした冒険者達の治療をしたり、スラムへと赴き、疫病対策の為に肥溜めを浄化魔法で綺麗にすることを頼まれた。

当初スラム街の人達は真っ白なローブを着ている俺の姿を見て、ビクビクしているようだったけど、二人が一緒にいるおかげで、必要以上に警戒されることがなかった。

そして自分達の住んでいる場所が誓約を結んだことで綺麗になったり、怪我人の治療をしてもらえることが分かると、何故か俺を崇める人達が現れてしまった。

だけど、いつもこんなことが出来る訳ではない。だから一言告げておくことにした。

「今回のようなことをすることはもうないでしょう。私は少しでも治安や疫病が発生しないように清掃活動を行ないました。でもこういう清掃活動などは、継続しなければ本当の意味はないと思っています」

自発的に動いてくれたスラムの人達は、思っていたよりも多かった。

だからこそ皆で力を合わせれば、スラムから抜け出せると思う。

「誰かの優しさが、また誰かの優しさを生み、それがずっと続いていけば、きっと世界は優しい世界になると思います。ですから、スラム街は今後も皆さんの力で綺麗にして頑張ってください。私は信じていますよ」

こうして何か特別なことをする訳でもなく、二人と一緒に仕事をするだけになってしまった。

完全に間違っていることは分かっていたけど、それでも二人が楽しそうにしていたから、今度はしっかりとエスコート出来るようになることを誓うのだった。

そして冒険者ギルドの依頼を終えた俺は、何故かギルドマスター室へと招かれていた。

「それであの～、そろそろ頭を床から離していただけませんか？　刺された傷は完治してますし、これ以上変な噂が広まるのが嫌なので」

冒険者ギルドのギルドマスターの部屋で、獣人の集団が土下座をしているのだから、本当に……精神的にきつい。

これならまだ、アンデッドと戦っている方がずっと楽だよ。

心の中でボヤキながら溜息を吐く。

「まさか高位治癒士のそれも高潔な方に、あろうことか短剣を突き刺してしまったのです。この命を捧げたとしても足りません」

「うん。そういうのはいりません。それに折角助けた命を捨てられるのはちょっと。えっと、そちらが自由都市国家イエニスの代表であることは理解しました」

「ありがとう御座います」

種族差別が無い自由都市国家イエニスは、様々な獣人の代表達が運営する珍しい形の国だ。

そして代表の任期は二年周期で変わるらしい。

問題は彼らが魔物ではなく、人に襲われたという点だ。

「もう一度聞きますが、本当に襲われた心当たりがないんですか？」

「はい。私達はイエニスに、治癒士ギルドを創設していただきたいと、お願いに参った次第ですから」

「イエニスという一国の代表者が来るのに、出迎えなどはなかったのですか？」

だったら犯人は人族至上主義の者達だろう。

もしくはイエニスに治癒士ギルドを誘致することを望まない種族かな。

「そういったお話もいただいていたのですが、大袈裟なことにしたくなかったので断ったのです。聖シュルール教会にご連絡をさせていただき、教皇様と会談するだけでしたし」

「そうですか。ちなみに襲われた場所はどこですか？」

もしかするとイエニス側にも、何か事情があるのかもしれないな。

国と国だし、歴史的背景を知らない俺が、踏み込んでいい領域ではないだろう。

「近くまで来たところを大勢の盗賊に襲われたのです。盗賊達は規律が取れていて隊列が乱れることもなく、一歩間違えば危なかったです」

「なんか陰謀の臭いがプンプンするな」

グランツさんは腕を組んで愚痴を零す。

「私は治癒士ですからこの件を調べるのは無理ですね。それにしても良く逃げ切れましたね？」

「ええ。本当に運が良かったのでしょう。飛行する魔物の群れと冒険者達が現れてくれたおかげで、何とか逃げ切ることに成功したのです」

冒険者達が苦戦しているのはそれか。

流石に飛行する魔物と戦える程の技術はないから、支援するとしたら回復だけど、冒険者達の方は落ち着いているし、大丈夫だろう。

「なるほど。それで会談は出来そうなのですか？」

「ええ。実は先程まで会談を行なっていて、無事に全て済ませることが出来ました」

既に済んでいるとか……もしかして俺は謝罪を受けに来ただけなのか？　何だかダシに使われた気がして俺はギルドマスターを睨む。

それだけの理由であれば、ナナエラさんとモニカさんは明日帰るのだから、必要なかったと思う。

一応持論を展開しておくか。

「そうですか。だったら念のため、帰り道も気をつけた方がいいですよ。国境まで冒険者達を護衛につけるとか。また道中で襲われたり、助けを求めてきたところで、盗賊として冤罪をでっち上げたりすることも考えられますから」

「そんなことがあるんですか？」

そんなに怯えなくてもいいと思うけど、警戒は必要だろう。

ないとは言い切れない。

「暫《しばら》くは冒険者ギルドに滞在して、冒険者に会談の結果を通達してもらった方がいいでしょう」

「なるほど。決まってしまえば何も出来ませんか」

小さい子供もいるし、それがいいはずだ。

「それとお金が許す限りですが、イエニスまでの道中、ギルドマスターが安心して護衛を任せられる、信頼している冒険者達を見繕ってもらうことです」

「……そこまでですか？」

「ええ。私は獣人の方々にも、多大にお世話になっていて親しい方もいます。ですがこの国には人族至上主義の方達が多いみたいですから。教会本部にも、そういう〝膿〟のような派閥もあるみたいですからね」

「そう……ですか。ご助言感謝します」

「いえいえ。じゃあギルドマスター、あとは宜しくお願いしますね。私は用事があるので」

「ああ。今回は本当に助かった」

「こちらもアンデッドに関しては、色々情報をいただきましたから、お相子ですよ。あと、これから来れない期間が続くかもしれないので、気をつけてください。じゃあ皆さん、機会がありましたら、またどこかで」

こうして俺が部屋を出ようとすると、クイックイッとローブを引っ張った女の子がいた。

昔事故で声帯が切れてしまって、喋ることが出来ない狼獣人のシーラちゃんに抱きつかれた。

本当に狼獣人とは縁があるな。

「シーラちゃん。君はここにいる人たちを救った英雄だ。これからも運命に負けないように頑張るんだよ」

俺は駄目元で、まだ発動することの出来ない回復魔法を詠唱して、ギルドマスターの部屋から退出するのだった。

ギルドマスターの部屋を出てから一階まで下りて行くと、ナナエラさんとモニカさんが冒険者達に囲まれていた。

「俺の連れなんですが、どうかしたんですか？」

自分で思っているよりも、低い声が出て驚いた。

「おっ、聖変様。わざわざ聖変様に会いに来たって、どっちが聖変様の彼女なんだ？」

「メラトニが誇る美人受付嬢を両方ってことは無いよな？　無いって言ってくれ」

「結局財力なのか？　それとも顔なのか？　あんな通り名を持っているのに、何でこんなに慕われているんだ――」

どうやら正しく俺の知り合いとしては、認識されているらしい。

それにしても『あんな通り名』って、酷くないか？　まぁいいけど。

それよりもナナエラさんとモニカさんが、じっとこちらを見ているし……。

「二人は、俺がこうして治癒士をしていられる原点となった大切な人達です。二人がいたから、ブロド師匠の訓練や物体Xを飲むことを継続出来たと言っても過言ではありません」

「おいっ、ブロドって確か旋風じゃないか？」

「マジかよ!?　あの竜殺しが師匠なのか」

「二人がいるから物体Xを……俺達が入れる領域にいないぞ」

「さすがにあれを飲み続けるなんて無理だ。二人とも良かったな」

周りにいた冒険者達は、何故か嬉しそうにナナエラさんとモニカさんにも声を掛けている。

俺は相変わらず意味が分からなかったけど、二人も楽しそうにしていたので、問題はないと思いたい。

その後ギルドマスターから手紙の件の謝罪として、夕食をご馳走になったのだが、冒険者達が宴会にしてしまった。

騒ぎが大きくなったところで物体Xが登場すると、いとも簡単に気絶してしまう者達が続出し、三人で落ち着いて話すことが出来た。

「何だか慌ただしい休暇にしてしまったみたいで、すみません」

「いえ、ルシエル君が聖都でも頑張っていることは、ギルドマスターや冒険者の皆さんから伺いました」

「ナナちゃんの言う通りです。ルシエル君は冒険者から嫌われている治癒士でありながら、これだけの人達に認められたんですから、誇っていいです」

ああ、とても嬉しい。そして懐かしい。昔はこうやって二人に褒めてもらい、翌日の師匠との訓練を乗り越えていたんだよな。

「二人が来てくれて、本当に良かった」

「私達もルシエル君の元気な姿が見られて良かったです」

「そうです。でも無理をして、教会本部で敵を作り過ぎないでくださいね。治癒士ギルドにいた時にあまりいい噂は聞かなかったので……」

それはもう遅い気がするけど、迷宮で戦う元気は二人からもらえたから、迷宮攻略は今まで以上に頑張ると思う。

「いつかまたメラトニの街へ戻る為に、精いっぱい頑張るだけです」

それから少しだけ二人と話をして、二人が宿泊している宿屋へと送り、俺も教会本部へと戻るのだった。


翌朝、俺は二人の見送りに来ていた。

「ナナエラさん、モニカさん。会いに来てくれて本当に嬉しかったです。今度は俺の方から会いに行けるように頑張ります」

受付嬢の二人が一週間いないってだけで、メラトニの冒険者ギルドは結構大変なことになっていそうだし、もう二人から会いに来ることは難しいだろう。

それに俺の生活もこれから迷宮を踏破する為に、もっと過酷になっていくだろう。

武術だけじゃなくて、魔法のレベルも上げる為に鍛錬をしないといけない気がするしな。

「無理はしないでね」

「そうだよ。今度からは手紙も届くんだから」

「……ギルドマスターには念を押しておきます。あ、でもこれから少し仕事で手紙を書けなくなる可能性もあります。だからやっぱり会いに行きますね」

「「楽しみにしてます」」

二人がシンクロするとか、自然と笑いがこみ上げてくる。

本当に二人には感謝だな。

「一応師匠に伝言で、今度会ったら一撃は入れられるように訓練していることを伝えてください」

「ルシエル君、少し大人っぽくなったね」

「そうですか？　そう思ってもらえるなら嬉しいです」

「でも無理はしないでね」

「はい。俺もさすがに刺されるような真似は、もうしたくないですから」

それから少しして、二人を乗せた馬車がメラトニを目指して出発していった。

護衛はBランクの女性パーティーで、どうやら副ギルドマスターの手配らしく、お礼を言っておいた。

二人を見送った俺は、迷宮に篭る為に食処を回り、早急に迷宮を踏破する為の食料を買い漁ることにした。

もちろん物体Xも同じように追加したのは言うまでもない。

教会本部の食堂で食事をしてから、俺は迷宮へと向かうことを決めた。

「あら？　今から迷宮に行くの？」

いつもより遅かったからか、売店にはすでにカトレアさんがいた。

「ええ。何だかどこにいても、針の筵《むしろ》状態なので、半年程は迷宮で暮らそうかと」

「馬鹿なことは言わないで。そんなこと許せるわけないでしょ」

「そうですよね。ですが、スラム街の清掃等をしただけで、かなり悪目立ちしてしまったみたいで、どこにいても針の筵状態ですからね。本格的に暗殺や襲撃が怖いので、強くならないといけないと思った次第で……」

「……教皇様に掛け合ってあげるわ」

「はい。お願いします。それにしても人を助けるだけで、恨まれるって嫌な世界ですよね」

「本当にそうね」

「じゃあ無理せずに行ってきます」

「ええ。いってらっしゃい」

こうして俺は迷宮訓練場に足を踏み入れるのだった。


ナナエラさんとモニカさんに会ってから二ヶ月、かなりの意気込みで四十階層のボス部屋を俺は目指していた。

しかしどうしても嫌な予感がして、四十階層のボス部屋へと進入することが出来ないでいた。

気分転換のため、唯一俺を背に乗せてくれる黒毛のフォレノワールに乗って、馬術の練習をしていた。

「見えない敵にビビるなんて末期だよな」

「ルシエル君は見えない敵が怖いのか？」

「へっ？　フォレノワールが喋った？」

「注意力が散漫だぞ」

あれ？　この声って？　俺が振り向くとルミナさんがいた。

「あ、ルミナ様。遠征は終わったんですか？」

「ああ。でもまた直ぐにイルマシア帝国との国境へと向かわなければいけない。あと様付けよりはさん付けにしてほしい」

何か心境の変化でもあったんだろうか？

「分かりました。その、色々大変ですね」

「それが私の責務だからな。それでルシエル君は何を悩んでいるんだ？」

「えっと、四十階層の主部屋なのですが、かなり強い騎士が相手だと予測しているんです。さすがに今のままでは勝てると思えなくて」

迷宮のことを知っているルミナさんならいいかな。

「弱気だな。でも悪いことではないと思う。迷宮探索は命がけなのだから。不安であれば模擬戦をしようか」

「いいんですか!?　でも、遠征があるんですよね？」

「ルシエル君が教会本部に来てからもうすぐ一年。どれだけ成長したか見てみたいのだ」

「分かりました。胸をお借りします」

俺は気分転換に付き合ってくれたフォレノワールにお礼を告げ厩舎へ帰し、ルミナさんに本気で挑むことにした。


「本気で行きます。ルミナさんも出来るだけ本気でお願いします」

「大口を叩くようになったのかな？　それなら本気を出させてみなさい」

ノーモーションから、既に俺を斬ろうとしているルミナさんが見える。

俺は全力の身体強化を使って盾と剣に魔力を注ぎ、ルミナさんの一撃を受ける。

ガァンと鈍い音が耳に聞こえた時には、既にルミナさんの二撃目が視界に入っていた。俺は盾をルミナさんへと投げつけ、新しい盾を装着させながら、こちらからも仕掛ける。

ルミナさんの方が速く動けるなら、こちらは正攻法以外の手段も取らなくては勝てない。

剣を投擲《とうてき》した後、今度は短剣を投擲していく。

「なっ!?」

驚いたルミナさんが、俺から間合いを取ってくれて助かった。

あれぐらいの小手先技しか出せない今の俺では、あのまま押し切られていたら確実に負けていた。

それにしても、まさか身体強化を防御だけに使わされることになるなんて、やはりルミナさんはずっと格上の存在なんだな。

「ルシエル君、正直驚いたよ。まさかこれほど強くなっているなんて」

「それはこちらも同じです。少しぐらいは近づけたと思っていたんですが、それは慢心だったようです。まさか身体強化を発動しても、ルミナさんの方が速く動けるなんて予想外でした」

それでもブロド師匠よりは遅い気がするけど……。

「なるほど、身体強化を……。ルシエル君、今度はそちらから攻めて来てほしいな」

何だか嫌な予感がするけど、行くしかないよな。

「じゃあ行きます」

俺は身体強化を使って一気にルミナさんへと肉薄したのだけれど、攻撃は一度も当てることが出来なかった。

「狙っている位置が視線でバレているよ」

「剣筋が素直過ぎるから返し技を受けやすい」

「身体強化を使うのは間違っていない。でも柔軟さがなくなっている」

こうして気づけば俺は、ルミナさんから様々なことを指導される立場になっていた。

「一年足らずで驚くほどに強くなっていると思います。ただ、まだ強い相手と戦うのは止めておいた方がいいでしょう。身体強化を使っていても自分の動きがきちんと制御出来るまでは」

あれ？　ルミナさんの口調が柔らかくなっている？

「アドバイスありがとう御座います。身体強化の制御は俺も思っていることでした。でもこれで進むべき方向性は見えた気がします」

「ルシエル君からは力強さも感じるから、これからも目標に向かって頑張ってください」

「はい。ところでルミナさんの口調が柔らかいのは？」

するとルミナさんは頬を赤く染めて後ろを向いてしまう。

「私もまだ命令口調が苦手なのだ。これでも一応努力をしているのだが、気を抜くと、な」

「私は柔らかい口調の方がルミナさんに合っていると思います」

「……覚えておく。ただ私の尊敬する女性騎士の方も、このように話しているのだ」

「そうですか。それではルミナさんがどうしても素で話したい時には、いつでも話し相手にならせていただきます」

「……そんな時が来たら頼む」

「はい」

こうして戦闘指導をしてもらった翌日、またルミナさん率いる戦乙女聖騎士隊は国境へ向けて旅立っていくのだった。

06 死霊騎士王(仮)との死闘

ルミナさんを〝さん〟付けで呼び、直接指導してもらえるようになってから、早くも半年が経過している。

その間に俺の直属の上司がグランハルトさんから、教皇様となっていて、迷宮攻略に必要なものは人員以外、全て補充してくれるようになっていた。

そしてひと月に一度、大量に食事を購入していた俺は、気に入った食処の料理を鍋ごと購入するようになっていた。

いつものように迷宮での修行を終えた俺は、物体Xを飲みながら明日の大一番を前にイメージトレーニングをしていた。

教皇様に四十階層のボスになっていると思われる相手の情報を、カトレアさん経由で聞いてもらったのだ。

圧倒的な魔力量を誇り、回復魔法を使いながら大剣の力押しで突き進んだ聖騎士長と、圧倒的な槍捌きで神官騎士長に上り詰めた男が、明日の相手となるらしい。

聖騎士長はどこか俺と同じような戦い方をする気がするし、神官騎士長とは相対したくない。

ブロド師匠との特訓で、何度も斬られているからそこまで恐怖心はない。

また槍に関しても、何人かの冒険者と戦っているから恐怖心はそこまではない。

何といっても俺には回復魔法があるし、痛みはあるだろうけど、急所を除けば直ぐに治せるからだ。

「ただ初見ではやっぱりきついよな」

俺の戦闘訓練に付き合ってくれたのは戦乙女聖騎士隊だけで、騎士団の残りの七騎士隊には、今でも腫れ物に触るような感じの対応をされる。

どうやら未だにあのスラムの一斉清掃と、怪我人の治療をしたことが原因らしい。

あの後、聖都にある治癒院からクレームが入ったのだが、その時には何故か教皇様直属になっていたため、責任はとらされなかった。

しかしそれ以降グランハルトさん、ジョルドさんを含めて、教会で俺と接しようとすることはなくなった。

まぁ俺も迷惑が掛かりそうなので、接点が無くなってしまったのだけど……。

唯一カトレアさんと食堂のおばちゃんとは接点があるものの、あまり接点は増やさないようにしている。

俺にカリスマ性があればまだ良かったけど、戦闘面においても強いわけではないし、地位がある訳でもないので苦しいところだ。

「まぁ要するに、ヘタレのままってことだよな。でも無視みたいなのはまだしも、この世界には暗殺とか襲撃とか本当にあるから質《たち》が悪いよな」

俺は憤りを隠せずに大きな溜息を吐いた。

そんなことを思い出しながら、今は明日のことへと頭を切り替える。

二体を倒すには浄化魔法か、それともエリアハイヒールか。

そもそも相手は接近させてくれるのだろうか？　イメージしていると、そんな不安が頭を過ぎってしまう。

そして俺は気がついた。

幻覚でダメージを負ってしまうこの迷宮訓練場で死んだら、それこそ本当に死ぬほど痛いんじゃないかと。

自分の死体が映る映像を見て、教皇様から言われる言葉は想像が容易《たやす》い。

『おぉ、ルシエルよ。死んでしまうとは情けない』

そして復活の言葉を真顔でもしくは笑顔で言われる……ことがあるかもしれない。

痛い思いをして貶《けな》される。

そんなことになったら、教会での居場所が今以上に無くなってしまうだろう。

もちろん、ただ本当に死ぬことが無ければの話だけど……。

カトレアさんの情報では、俺を嫌っているのは聖騎士隊の二つのグループと、神官騎士の一つのグループらしい。

迷宮をクリアした後、俺の命を助けてくれそうな冒険者の友達を、百人目指して作ってみようと結構真面目に考えている。

ただナナエラさんやモニカさんと仲良くなっている俺は、きっと特定の冒険者からも恨まれているのではないかと思って、また溜息が出てしまう。

俺の運命を決める一戦の前日なのに、これだけの雑念を振り払えていない。このまま眠れぬ夜になることを覚悟していたけど、天使の枕のおかげでぐっすりと質のいい睡眠をとることが出来た。


そして俺は翌日迷宮を駆け抜け、四十階層のボス部屋の前にたどり着いた。

「体調良し、武器良し、防具良し、魔法の袋良し、結界魔法の付与良し、戦闘イメージ良し、物体X良し」

いつも通りの確認を行ない、物体Xを飲み干す。

「あ〜不味い」

俺は気合を入れて四十階層のボス部屋を開けた。

「やっぱり暗いな」

そんなことを呟いた後、扉がいつものように閉まったところで、姿を見せたアンデッドに俺は硬直してしまった。

三メートル近くある大剣、同じくらいの長槍。

それらを交差するように肩に担いでいて、身長もたぶん三メートルはあるだろう。

後はとても骨太で、骸骨でありながらフルアーマーを着込んだその魔物は、勝手に命名するなら死霊騎士王という名がとても良く似合うアンデッドだった。

そしてその戦闘スタイルこそ、俺がしたかった戦闘スタイルに違いなかった。

「人がしたかった戦闘スタイルを……ただその戦闘スタイルの弱点だって俺は知っている」

剣と槍の超攻撃的戦闘スタイル。あの死霊騎士王はその完成形なのかもしれない。

そんなことを考えながら、格上だと思われる死霊騎士王との戦いに挑むことになった。


死霊騎士王が大剣を振れば大きな風切り音が響き、槍を突き出せば、一度ではなく三連、五連と異常な突きを出してくる。

きっと関節や筋肉がないことで、それをなしているんだろう。

そんなマンガを前世で読んだ気がする。そんなことよりもこの死霊騎士王は本当に強い。それでいて妙に人間臭い。

頼みの綱だった浄化魔法や回復魔法での攻撃は、黒い光に包まれて相手を回復させてしまうため、一瞬だけ効いたと思ってもすぐに無効化されてしまうことが分かった。

しかし人間臭いところは、物理攻撃でダメージを与えた場合は回復することがないのだ。

こちらがいくら回復魔法を使ってもだ。

「はぁ、はぁ、はぁ、でも、このままだったらジリ貧だぞ。少しぐらい休憩させてくれても罰は当たらないだろう。きつい……あれ？　待てよ。休憩ならこの作戦は使えるのか？」

俺は部屋の角に物体Xが入った樽を三つ並べ、その内側に入る。すると死霊騎士王は中央に戻ってこちらを見ながら、ゆっくりと大剣と長槍を肩に担いだ。

「どこの三流コメディーだよ。それより物体Xって本当に何なんだ？　でもなり振り構っていられないな」

俺は一度深呼吸して、死霊騎士王にどうやったら勝てるのかを全力で模索する。

この戦闘が始まってからどれくらいの時間が流れただろう？　既に定かではない。

魔法袋に半年分以上の食料と物体Xをストックしていたはずなのに、もうわずかな量しか残っていない。

助けも来ないし、このまま戦闘を継続していたら、戦死ではなく餓死になってしまうな。

まぁ迷宮で最上級回復魔法の魔法書を手に入れていたおかげで、戦死していないだけだけど……。

どこかゲームのように思っていた疑似迷宮も、今では本物なのだろうという気持ちの方が強い。

実際に食料や物体Xが減り、死霊騎士王には腕を斬られ、脚を貫かれて、死ぬほど痛い思いを経験させられたのだから。

死霊騎士王は思っていた以上に強く、何度も心が折れそうになった。

それでも何とか耐えられたのは、死霊騎士王に挑むと決意するきっかけとなった、ナナエラさん、モニカさん、そしてルミナさんから貰った三通の手紙のおかげだ。

そのおかげで絶対に生き抜く覚悟を決めて、諦めることを諦めたのだから。

「【聖なる治癒の御手よ、母なる大地の息吹よ、我願うは魔力を糧とし、天使の息吹なりて、彼の者の本来あるべき姿へと復元し、生命の神秘を願わん。エクストラヒール】」

大剣に盾ごと斬り落とされた左腕が戻り、細切れに吹っ飛んだ足が復元する。

物体Xで作った安全エリアの中で、天使の枕によって無理矢理でも睡眠をとって体力の回復に努めた。

魔法では戻せない血を作る為、買い込んだ食事を必死に食べる。

一度誘惑に負け、もしかするとエクストラヒールなら死霊騎士王を倒せるのではないかと発動した結果、死霊騎士王が狂化状態となり、手が付けられない程やばかった。

ゲームで例えるなら、HPを一残したボスが、限界突破して三倍の強さになるようなものだった。

あれ以来、正攻法で戦うことだけを強いられている。

治癒士だから仕方がない。

そんな甘えは死霊騎士王には通じないのだ。

途中で全ての盾が破壊された。それからは死霊騎士王を第二の師匠として、二槍刀流の越える壁として向き合い続けている。

いくら強力なアンデッドであろうと、首と胴が離れれば、魔素に還ることを信じて。

何度もブロド師匠に習ったことを思い返し反復してきた。

この世界に来てから頑張り続けた事を思い出す。

一歩一歩進む凡庸な俺には、それしか出来ないのだから。

アンデッドなのに騎士道精神に溢れる、物語の主人公のような高潔な死霊騎士王師匠は言葉を話さないけど、俺の成長を少しは感じてくれているだろうか？

師匠の大剣を俺は突槍で滑らせるように流し、身体強化で魔力を集中させた左足で蹴り飛ばす。

師匠はやられっ放しは好かないようで、俺を巻き込むようにわざと長く持った槍の石突で地面を突き、槍を軸に回転しながら俺の胴に迫る。

でもそれが来るのが分かっている俺は、さらに回転しながら、師匠のだら空きになった背口へ回転して魔力剣を打ち込む。

これは何度も見た光景だった。イメージトレーニングではなく、何度も何度も身体に刻まれた痛みだった。

魔物の攻撃パターンは変わらないのだ。

それが同じ魔物ならなおさら。

だから何度も、何度も諦めないで繰り返し、ようやく師匠の全ての動きが分かるようになったのだ。

俺は自然と涙が溢れるのを感じた。

師匠が一生この世から消えるからなのか、師匠を倒す達成感からなのか、それとも大きく成長出来たことが実感出来たからなのか、その理由は分からないけど。

俺は師匠の首に向けて、魔力を最大限に込めた青白く光る突槍を突き刺した。

次の瞬間、師匠の頭部が飛んでいき、師匠の身体は後方へと倒れていった。

師匠は弾けるように瘴気へとその姿を変え、大きな魔石と魔法書、大剣と長槍を残した。

しかし師匠が残したのはそれだけではなかった。

俺に合わせて作ったと言わんばかりの片手剣と突槍、師匠が装備していた兜、鎧に篭手、脛当て、ブーツ一式が黒ではなく青白い装備となり、その場に立っていたのだ。

魔物であった死霊騎士王師匠に、俺は頭を下げて心からお礼を言った。

「師匠、本当に長い間ありがとう御座いま……」

言いかけた途端……ゴォオオオッと下に向かう扉と階段が姿をみせた。

「あ～くそ。少しは感傷に浸らせてくれよ」

師匠との長い長い戦いは、ようやく決着を迎えたんだな。

しかし半年も経過しているとしたら、皆心配しているよな。

「さて帰るか……あれ？」

最後まで締まらない感じだったが、俺はついに四十階層のボス部屋をクリアした。

そしていつも通り後方の扉へと手を掛けたけど、全く開かない。

力を入れても開く気配すらないのだ。

「……もしかして師匠が死んだのって、この罠《トラップ》のせいなんじゃないだろうな」

こうして俺は閉じ込められたまま、迷宮を進むことになるのだった。

07　時間がない。だったらやるぜ、裏技攻略

新たに四十一階層から現れた魔物は、アンデッドホース、アンデッドウルフ、アンデッドキャットだった。

まぁ便宜上、そう呼んでいるだけだけど。

本当の名前など、鑑定スキルがないのだから分かるはずがない。

ドロドロと溶けた体躯に、赤紫のオーラを纏《まと》った馬。

オォォォォオオオンとくぐもった雄叫びを上げる、極太な骨で形造られた狼……俺はあれを犬だとは絶対に認めない。

最後にサーベルタイガーを連想させる猫科の魔物は、二本の鋭い牙と鋭い爪を持った魔物だった。

結構魔物図鑑は見ていたけど、載っていない種類の魔物だった気がする。

その他には大きくなったレイスや赤い目を灯す死霊騎士がいたけど、それぐらいの敵だった。

この半年間、死霊騎士王師匠と戦っていたことで、死霊騎士の攻撃はとても遅く感じたし、大きくなっても相変わらずレイスの闇属性魔法は俺に通じなかった。

そして四十階層よりも下層階へ下り、初見の魔物との戦闘面において問題がなかったことから、俺は餓死する前に迷宮を踏破することを考え、罠だけには気をつけて進むことにした。

四十階層のボス部屋から引き返せなかったのは、きっと五十階層のボス部屋が迷宮の最後になると考えたからだ。

そう考えないとおかしくなりそうだったということもあるが……。

いずれにせよ、四十階層からの下層階は食料の残りがあとわずかなため、今までのようにゆっくりと踏破する余裕がないことは明白だった。

だからこそ俺もあらゆる手を考え、冗談のような裏技を使って進む決心をした。

「成功してくれ」

それは本当に成功して欲しいと願わずにはいられない、物体Xを使っての進軍作戦だった。

物体Xが入った樽の蓋を開け、余っていた聖銀のローブでしっかりと腰へと括りつけて固定して探索を開始したのだった。

うまくいけば魔物と戦わず、迷宮を進むことが出来るからだ。

生者に寄って来るアンデッド達は、俺の姿を見ると動きを止め、近づくと逆に逃げていった。

さらに動物系のアンデッドへは、思った以上の効き目があった。

俺はただ歩いて進むだけで良くなった。

それに直感を信じて歩いていくだけで、豪運先生の効果なのか宝箱へと導いてくれるし、下層階へと向かう階段までまるで教えてくれているかのようだった。

「まさかここまでうまくいくなんて、後が怖いな」

博打《ばくち》に近い作戦が最高の結果をもたらし、俺は五十階層のボス部屋の前で最後の晩餐《ばんさん》を楽しんでいる。

ボス部屋の扉を塞ぐように置いた物体Xが入っていた樽の蓋を開けたままの状態にすると、直ぐに凄い臭いを発生し始めた。

魔物が近寄ってくる気配は一向になくなった。

「これで寝て起きたら、攻撃されてアンデッドになっているとかは勘弁してくれよ」

俺は天使の枕で最後になるかもしれない睡眠に就くことにした。

起きてボス部屋を攻略出来なければ死んでアンデッドになる……その可能性は限りなく高いだろう。

レベルが上がらないから疑似迷宮だと思っていたけど、死霊騎士王師匠との死闘を経ても五体満足でいられるのは、最上級回復魔法であるエクストラヒールを覚えることが出来たからだ。

そうでなければ間違いなく死んでいただろう。

教皇様から頂いた魔法書の中にもなかった、最上級回復魔法を唱えられる治癒士が教会本部にいるとは思えないしな。

だからこそ、即にここが疑似迷宮であるとは思えなくなったのだ。

まだ迷宮探索が始まって間もない頃に、この迷宮が疑似迷宮ではないと疑っていたなら、十階層のボス戦を終えたところで、それ以上迷宮探索を進めようとは思わなかっただろうな。

たぶん今、怖くて震えることがないのは、待っていたら餓死するからだろう。

こうして明日の決戦へ向け、俺は目を瞑った。

まどろみの中、いつもなら徐々に覚醒していく意識が、今日に限っては物体Xのニオイで、直ぐに覚醒させせられてしまった。

「……物体Xは本当に強力だな。目覚ましとしても、魔物避けとしても」

俺は更なる覚醒を促す為、これで最後になるかもしれない物体Xをピッチャーへと注ぎ飲み干した。

食料はもうないし、やるべきことは全て終えた。

「俺は頑張った。これで駄目なら潔く諦めよう……なんてことは絶対にしない。惨めだろうが何だろうが、絶対に生きて帰還するぞ。最初は勝てる見込みもなかった死霊騎士王師匠に勝ったし、教皇様からのまだ豪華な褒美をいただいていないしな」

一度深呼吸してから、戦闘準備を確認していく。

そしてボス部屋の扉を手で触れた。

ギィイイイと錆びた音ではなく、荒々しく今までと違う重厚な音が鳴り響かせながら、その扉は開いていく。

「本当にラスボスみたいだな」

ボス部屋の中央まで進むと、いつも通り、入って来た扉の閉まる音がした。

そしてついに五十階層のボスであるワイトが姿を見せた。

それは普通のワイトではなかった。

キング？　それともロードとでも呼べばいいのだろうか？　ファンタジー小説によく出てくるオー

クのような巨漢で、重量感のある体躯をしたワイトが目の前に現れたのだった。

大きさでならあの死霊騎士王師匠と同じぐらい……腹の大きさも含めればこのワイトの方が大きかった。

ただ今まで見て来たどの魔物よりも、醜悪であることは間違いない。

何故なら恰好こそ普通のワイトではあるけど、手や耳など露出した部分だけでなく、ローブにも人の顔が浮かび上がっていたからだ。

たぶん五十階層のボスは、核となるワイトが死んでいった教会の兵やアンデッドを吸収して出来た姿なのだろう。

「気持ち悪い」

急いては事を仕損ずることも頭にはあったけど、それでも俺は先手必勝の精神で、身体の中の魔力を高速循環させた身体強化を使って、一気に攻めていくことにした。

たぶん浄化魔法を放っても、あれだけの大きさであれば効かない可能性はあるし、四十階層のボス部屋で死霊騎士王師匠を、狂化で強化させてしまった経験があるからだ。

それにたぶんだけど、あれだけ顔があるということは、一気に攻撃しない限り勝つのは難しいかもしれないと思う。

前世は色々な想像で生まれたゲームや漫画、小説等の世界が無数に存在していた。

この世界では、そういうイメージが活きる場合がある。

こういう敵はだいたいが魔力や顔の分だけ、なぜか復活することがあるのだ。

それにここは五十階層なのだから、今までのワイトよりもずっと強いはずだ。

だから持てる全ての力を以《もっ》て、俺はキングワイトを消滅させることにした。

「【聖なる治癒の御手よ、母なる大地の息吹よ、我願うは魔力を糧として天使の息吹なりて、万物の宿りし全ての者を癒し給え。エリアハイヒール】」

いつも通りエリアハイヒールを発動した……が、問題が生じた。

ボスの振り被った手が、俺に向かって伸びてきたのだ。

魔法を発動しても動くことは出来るが、まさか腕が伸びてくるなんて想像していなかったため、大きく弾き飛ばされてしまった。

「痛ッ、あ～びっくりした。咄嗟に横にジャンプして、衝撃を和らげられたのが救いだったな」

しかし厄介なことは続くもので、俺を殴ったキングワイトの腕はちぎれていた。

その腕から幾つもの顔が飛び散り、赤い目が灯った死霊騎士やレイスが生まれていく。

「教皇様、これを攻略するのは尋常な難易度ではないですよ」

しかもキングワイトの腕は、既に再生が完了していた。

これはまず死霊騎士を倒さなきゃいけないだろ。

俺は浄化魔法を発動して死霊騎士を硬直させた、その一瞬の隙を見逃さずに斬り込む。

もちろんレイスからは再三闇属性魔法が飛んでくるけど、俺には一切効かないので、本当にありがたかった。

しかし敵は、何も生まれてきたばかりの魔物だけではない。

隙を見せれば、本来倒さなければいけない筆頭のボスであるキングワイトから、大きな魔法が俺へと放たれようとしていた。

そしてその魔法は見たことがある。

十階層のボスが使っていた、掠っただけで激しい痛みを伴ったあの黒く光る魔法だ。


ああ糞《くそ》ッ！　俺は詠唱破棄で死霊騎士王師匠が残した魔法書の魔法を発動した。

「サンクチュアリサークル」

次の瞬間、俺を中心に魔法陣が発生して、そこから光が立ち上る。

ごっそりと減った枯渇寸前の魔力を、持っていた高級マジックポーションを飲んで回復させながら、俺は聖域円環《サンクチュアリサークル》の凄さを感じていた。

「ぶっつけ本番だと、どんな魔法か分からないから辛いな」

キングワイトが放った黒い光が、聖域円環《サンクチュアリサークル》に触れた瞬間に消滅する。

「これは結界魔法？　それとも……」

アンデッド達は聖域円環《サンクチュアリサークル》に触れただけで、その身を青白い炎で焼かれて溶けていく。

俺はこの魔法の代償として魔力を百以上消費した。特に今回は詠唱破棄で発動したために、通常の一・五倍である。魔力枯渇はしないけど気分が悪い。

そして聖域円環《サンクチュアリサークル》は、一分程経過したところで消えた。

三十階層を越えてから少しして、ずっとポイントが余るようになっていた。

そのためカトレアさんに勧められるがまま、俺は最高級品質の各ポーションを購入していた。

正直な話、自分に使う機会が来ることはないと思っていた。これまでは使う必要が無かったし、死霊騎士王師匠との戦闘は休憩を挟みながらだったからだ。

しかしどうやら今回は、備えあれば患《うれ》いなしといったところだろう。

俺はマジックポーションを飲んで、アンデッド達に浄化魔法を発動しながら斬りかかる。

「あ〜やっぱり牽制にしかならないか」

キングワイトは聖域円環を警戒してなのか、先程までの範囲には安易に近寄らずに、魔法による遠距離攻撃を仕掛けてくる。

聖域円環が魔法をシャットアウトしているからいいけど、このままではさすがに魔力がもたなくなる。

「その前に決着をつけるか……何だか俺らしくない気がするけど……」

俺はキングワイトへと駆け寄り、今度は聖域円環の詠唱を紡《つむ》いでいく。

「【聖なる治癒の御手よ、母なる大地の息吹よ、我願うは我が魔力を糧とし、天使の光翼の如き、浄化の盾を用いて、全ての悪しきもの、不浄なるものを、焦がす聖域を創り給う。サンクチュアリサークル】」

詠唱が終わり、聖域円環が発動するために、身体の中から魔力が流れ出ていく。

とても不思議な感覚だった。いつもは身体の中にある魔力を感じるだけだったのに、今は身体の外へと流れ出ていく魔力まで感じることが出来ていた。

だから俺は出ていく魔力に自らの意志でさらに魔力を込めて、聖域円環を発動させた。

すると魔法陣が広がっていき、キングワイトがいる場所まで、魔法陣が伸びていく。

そして魔法陣が輝き出したところで、キングワイトが魔法陣に巻き込まれた自らの足に魔法を放って切り離し、聖域円環の範囲から逃れた。

次の瞬間、キングワイトの足は聖域円環の光に巻き込まれ青白い炎に焼かれていく。

そして足を失ったキングワイトは後方へと倒れていく。

魔力量を考えてもここが勝負時だと、俺は決断した。

魔法袋からマジックポーションを取り出してがぶ飲みして、魔力を込めた剣と突槍でキングワイトの周辺にいる魔物を倒していく。

それがどれぐらい影響があるかは分からなかったけど、あれだけ大きかったキングワイトが、普通サイズになっていく。

ただ油断は出来ない。

俺はある実験を行なうため、再度詠唱を紡ぎながら、魔力を外側に形成していく。

そう。

教会に来た当初は出来なかった、遠隔で魔法陣を形成させる魔法陣詠唱だ。

俺を中心にしてではなく、俺の目が届く範囲で、指定した場所に魔法陣を出現させる魔力文字を使った詠唱方法だ。

聖域円環の魔法書には、闇属性魔法を消滅させて結界の内外の悪魔、不死族を焼く、全ての聖なるものを守る希望の魔法とあった。

しかし結界という名を持つには、弱点も多い。何せ上空から攻撃されたら一溜まりもないからだ。

それにしても聖属性魔法じゃなくて、聖方術とかの方が教会としては良かったのではないだろうか？　そんなことを思ってしまう。

『魔』の字は魔王、魔族、魔物を連想させるからな。まぁ魔人が実は友好的な種族だっていうのなら、問題はないんだろうけど……。

ただ結界の内外を焼く、その文言が気になった俺は、動けなくなっているキングワイトの下に魔法陣を指定して発動させてみた。

すると次の瞬間、キングワイトは一瞬だけ断末魔の叫びを上げ、後はその身を青白い炎に焼かれながら、ゆっくりと消滅していった。

「……嘘……だろ……」

キングワイトが消滅する時、幻覚だったかもしれないけど、一瞬だけワイトの姿が変化して、まるで物語に出てきそうな、とても神聖なオーラを放つ老人の神官がこちらを見て笑いかけた気がした。

そして何かを呟くと、ついにその身体を消滅させた。

俺は全身に鳥肌が立ち、その場で思いっきり吐いた。

酷い仕討ちだった。

俺が殺してきた魔物が全てあの老人のような神官だったら？　そう問われたような気がした。

最後の最後でここまで追い込むなんて、迷宮を創造したやつとは友達にはなれないだろうな。

それから暫《しばら》く気分が回復することはなかったけど、ちょうど魔力も枯渇気味だったので、キングワイトが残した物を拾ってから休憩することにした。

今回のボスであるキングワイトは魔石を落とさなかったようだ。

それとも聖域円環で魔石の魔力を消滅させてしまったのだろうか？　そんな中で残っていたのは魔法書と杖だった。

一応ではあるけど、浄化魔法を杖と魔法書へ発動してから、杖だけを魔法の袋に入れた。

そして俺は魔法書を手に取って読んでみることにした。

そこには聖属性禁忌魔法と書かれていた。

「……これって、もしかして」

中身は予想していたものだった。

詠唱やその効果、そして何故禁忌魔法なのかなど、全て記載されていた。

俺はこれは教皇様に報告するべきか悩みながら、魔法袋にしまう。

「……あれ？　いつもならそろそろ下層階へと続く階段が現れるはずだけど……これってもしかすると」

俺はありがちな設定を豪運先生へと祈り、帰還の魔法陣が現れてくれることを願う。

しかし人生はどこまでも甘くはないらしい。

帰還の魔法陣どころか、帰り道であったボス部屋に入った扉まで消えてしまっていたのだ。

「……詰んだ。これってこれから煩悩を捨てるために断食でもしろというんだろうか？」

二日で二度のボス戦だけでなく、あの精神を揺さぶるようなものを見てしまってから、色々と限界だった。

俺はその場で座り込んで、そのまま後ろに倒れた。

「もう駄目だ。願わくば、起きた時にはフカフカのベッドでありますように」

俺は魔法袋から天使の枕を取り出して、不貞寝することにした。

08 試練の迷宮踏破

不貞寝から覚醒した時には、体力や魔力は完全に回復していた。

本当にこの天使の枕って、スペシャルアイテムなんだな。これだけは教皇様に感謝したい。

俺は大きく伸びをしてから立ち上がり、眠る前と大きく変わっている点へ向かって進む。

そこには入り口だった扉よりも巨大な扉があったのだ。そして何故かその扉を見ているだけなのに心が癒される。まるで聖なるオーラが出ているようだった。

「……何だろう。ただの扉があるってことがなのか、この扉が放つオーラが、何だか訴え掛けているようで、胸にこみ上げるものがある」

俺はそっと扉に触れてみることにした。

すると突然、扉が俺から魔力を吸い取り始めるではないか。

「チィィ、俺の感激を返せ」

手が扉から離せない。扉は俺から魔力を吸収して光り輝いていく。

「離れろ――。何だ？　扉に模様だと？」

扉に光る模様が浮かび上がっていく。

どれぐらい魔力を吸われただろう、もうすぐ枯渇してしまう。

本当に枯渇する前に離してくれ……そう念じた時だった。

魔力が枯渇する寸前で、扉が発光して開き出した。と、同時に魔力の吸引も止まる。

「……これってフラグを立てたくないけど、ラスボスがいるんだろうか……どちらにしても俺には選択権なんてないんだろうけどな」

仕方なくマジックポーションで魔力の回復に努めながら、扉の中に入る。

すると直ぐに段数の少ない階段が現れた。

俺はゆっくりと階段の中間まで下りていくと、急に嫌な予感がした。

それはまるでこれ以上は進むなと、脳が直感的にストップを掛けるような感覚だった。

その証拠に鳥肌が凄い立っているし、何故か身体が竦《すく》む。

仕方なくその場にしゃがみ込み、下の階層の様子を窺うことにした。

本能的に進みたくはないけど、それでも進まなければ、帰りの道は無いのだから。

そして五十一階層を、目を凝らしながらそっと見てみると——。

「……おいおい、笑えないぞ」

俺が視界に捉えたのは、アンデッドドラゴンだったのだ。

ドラゴン……竜種と龍種がいると言われているけど、今回は龍種の方だ。

この世界のドラゴンの分類では、翼はあるが、胴が重く飛ぶことが上手くないタイプを竜、身体が長く飛行するタイプを龍と呼ぶ。

翼竜《ワイバーン》等は飛竜の分類でブレスも吐かない為、また違うのだが今はどうでもいい。

「……本当に実在するのかよ。それも竜種じゃなくて龍種。どっからどう見ても、人が倒せる領域の生物じゃないだろ」

アンデッドドラゴンは半分が炭化したように黒くなり、半分は聖銀に輝き神秘的な雰囲気をしていた。

「あんなの治癒士が勝てるかよ。いくらアンデッド化しているとはいえ……あれ？　そういえばアンデッドなんだよな？　……それに動かない」

ここで俺はいくつか気がついたことを、脳内に瞬時にまとめた。
・これ以上、近づかなければ攻撃されない。
・龍は知性あるものだから、喋れるかもしれない。
・聖域円環《サンクチュアリサークル》ならアンデッド化を元に戻せるかもしれない。
三つ目は困難かもしれないけど、やってみる価値はある……というか、それが出来なければ、本当に死ぬ可能性がある。

本来であれば、穏やかな生活を送るはずだったのに、どうしてこうなったのだろう。

色々な思い出が頭を過ぎる。そしてやり残したこともいくつかある。

「こんなところで死んでいる場合じゃない」

俺はアンデッドドラゴン全体を覆うぐらいの魔法陣を、即効性のある高級マジックポーションを飲みながら紡《つむ》いでいく。

そこに魔力ブーストで、強固な魔法陣を展開する。そしてアンデッドドラゴンが安らかに消滅することを願い、聖域円環《サンクチュアリサークル》を発動する。

【聖なる治癒の御手よ、母なる大地の息吹よ、我願うは我が魔力を糧とし、天使の光翼の如き、浄化の盾を用いて、全ての悪しきもの、不浄なるものを、焦がす聖域を創り給う。サンクチュアリサークル】」

天井まで届く聖なる光が現れると、眠っているように動かなかったアンデッドドラゴンが、起き上がり暴れようともがき始めた。

それでも強固な聖域円環が、アンデッドドラゴンを離すことはなかった。

しかし天井まで伸びていた光の柱が、急にアンデッドドラゴンに吸い込まれていく。

「……まさか吸収されたのか?」

するとアンデッドドラゴンが強烈な光を放った瞬間――。

「グゥォオオオオオオオオ」

凄まじい咆吼《ほうこう》が聞こえた。しかしその直後、ドスンッと地響きがした。

どうやら杞憂だったらしい。

「……倒せたのか?」

俺は動かなくなったアンデッドドラゴンへ向けて歩き出した。

まだ青白い光を放ってはいるけど、先程まで感じていた嫌な感覚が無くなり、鳥肌も収まったからだ。

それにまた、直感がそうしろと言っているようにも思えた。

そして直ぐ側まで近づいた時、突然光が止むと目の前に大きな口を開けた龍が迫ってきた。

絶対に避け切れないし、これは死んだわ。そう思って目を瞑ったけど、待っても痛みが来ない。

恐る恐る瞼《まぶた》を開くと、そこには龍の顔があった。

……喰われないのだろうか？　それにしてもこの龍……恰好いいな。

そんなことを思っていると、アンデッド化していた骨が、黒から白に変わり、龍は俺を見つめながら、唐突に喋り始めた。

「我ヲ一撃トハ中々ヤルナ。オ前ニ褒美ヲヤロウ。コノ迷宮ハ、試練ノ迷宮。故ニ魔法陣ヲ通レバ、祝福ガ与エラレル。オ前ミタイナ臆病者ガ丁度イイ。此処ニ来レルノハ一度ダケダカラ、全テヲ持チ帰ルトイイダロウ」

そう龍から言われて、俺は初めてこの階層をしっかりと見た。

すると金銀財宝、武器、防具、魔道具に嗜好品と思われる様々な物があった。

だけど、さすがにあんな形で倒したのだから、恨みを買っているのではないだろうか？　そう考えると、どれも受け取るのが怖い。

「お、お前が俺を嵌めるかもしれないだろ？　龍種は神獣か魔物か未だに議論されている問題らしいし」

「安心シロ。コノ階層ニハモウ、邪気ガナイデアロウ。置イテアル魔石ヲ取レバ、迷宮ハ無クナル。

ドウスルカハオ前ノ好キニシロ。オ前ダケノ特権ト言ウヤツダ」

確かに目の前にアンデッドドラゴンがいるのに、迷宮で感じていた悪臭が消えている。

悪意がないのであれば、質問したら教えてくれるのだろうか？

「ここは一体全体何のための迷宮なんだ？　龍が封印されているとか、普通じゃないだろ」

「我等龍種ハ千年ニ一度生マレ変ワル。我等ガ生マレ変ワレナイヨウニ、魔族ヲ束ネル邪神ガ我等ヲ襲イ、魔力ノ溜マッタ場所ニ封ジタ。ソレガコノ迷宮」

邪神とか……治癒士の範疇《はんちゅう》を超えているだろ。

「そういうのは勇者が解決するんですよね？」

今更ながらに、この龍に対して高圧的な態度を取り続けるメリットがないことに気付いてしまった。

「残念ナコトニ、勇者ハココニ現レナカッタ。封印サレタ我等ハ、邪神ノ呪イデアンデッド化サレテシマッタノダ」

確か教皇様も、魔族と戦った勇者が力を失ったって言ってたよな……あれ、それを踏破した俺って……何だかとても嫌な予感がする。

「俺は治癒士ですよ？　聖騎士ですらありません」

「勇者ガ誕生スルマデ、後四十年余リノ時ガ掛カル。ソノ前ニ同族ノ龍達ヲ、邪神ノ呪イカラ解キ放ッテクレルコトヲ願イタイ」

ただの治癒士に何を望んでいるんだろう？　無茶ぶりにも程がある。

しかしその使命を果たせなかったら、どうなるんだろう？

「解き放つのが俺じゃなくてもいいとして、解き放たないとどうなるんですか？」

「大気ヲ覆ウ魔素ガ闇ニ近ヅキ、魔族ノ力ガ強クナル。ソシテ勇者ガ、新タニ生マレテクル魔王ニ勝テナクナル可能性ガ高マル」

ぶっ飛んでるな。さすがに俺が何か出来る範囲を超えてしまっている。

同族となると、またこんな迷宮に潜らないといけないんだろう。そんなことは無理だ。絶対に無理だ。

「……悪いけど、今を一生懸命生きるのが精いっぱいの俺が、貴方の同族を助けることは出来ない。自分の力は弁えているし、蛮勇になるなんて、とうてい出来ない」

「クックック、我ヲ倒シテオイテ、弱者ヲ名乗ルトハ、興ガ乗ッタ。我ノ加護モ付ケテヤロウ」

これがゲームの世界なら、この数年が序章というかプロローグ？……そんなノリいらないぞ。

「そういうのいいですから」

「理由《ワケ》ガ分カラナイナ。ソレヨリモ我ヲ倒シタ御主ノ名ヲ何ト言ウ？」

「ルシエル。でも本当に加護とかはいいです。俺は治癒士だし、死にたくない。それに俺が守れる範囲は自分と知っている人、それから手の届く所にいるだけだ」

世界をどうとか、それは俺の冒険じゃなく、勇者や英雄の冒険譚だろ？

「安心シロ。死ニ難クシテヤルダケダ」

何だかとってもいい響きだった。

「それなら宜しくお願いします。夢は老衰することですからね」

「クックック。ヤハリ面白イヤツダ。願ワクバ、我ガ同胞達ヲ救ッテヤッテホシイ」

「約束出来ない。センスもないし、物語のような主人公でもない。ましてや俺はそんな柄じゃないんだ」

「分カッテイル。ドウヤラ時間ノヨウダ。我ノ亡骸ハ直グニ朽チルコトハナイダロウ。我ガ加護ト我ノ亡骸ヲ、ルシエルニ与エル」

「貰えるならありがたく」

「今後魔族ハ徐々ニ勢力ヲ強メルダロウ。オ前ガ出来ル範囲デ救ッテヤッテクレ」

「ああ。俺も死にたくないからな」

「クックック。約束ハ果タシタゾ……フ……イ……ル……ナ……。サラバダ」

こうしてアンデッドドラゴンは封印を解かれて、その輪廻を再開させることが出来た……のだろうか？

アンデッドドラゴンは色々な素材を残して消えていった。

すると急に台座が現れ、そこには巨大な魔石がはめ込まれていた。

「この魔石って……」

以前、教皇様が言っていた魔石を取ると、迷宮が消滅するという話が本当なら、触らない方がいいだろう。

迷宮が消滅するのはいいけど、さすがに俺まで消滅したくない。

俺は台座の魔石は無視して、アンデッドドラゴンの遺産を全て回収していく。

もし魔法袋を持っていなかったら、もうこの場には来られなかったのだから、本当に得をした。

一時は豪運先生に見放されたと思っていたけど、どうやら本領を発揮してくださったらしい。

俺は全ての宝を魔法袋に入れ終えた。それにしてもまさか宝の中に、魔法袋が二つあったことに驚きだ。

その後、今度はアンデッドドラゴンの亡骸を整理していく。

「あの龍って一体何の龍だったんだろうか？」

龍の鱗、龍の逆鱗、龍の牙、龍の骨、そしてアンデッド化した骨も全て魔法袋に収納して、全ての回収が終わった。

そう思った時だった。

一本の槍と首飾りが光とともに出現した。

槍を握ると、まるで身体の一部を手に入れたような感覚になった。

首飾りには青白い球が埋め込まれていて、他にも同じ球が入りそうな穴が八つ空いていた。

そして部屋の中央に光り輝く魔法陣が現れた。

「槍はともかく、この首飾りは……まさかな。ただの治癒士には手に余る。それにしても、ようやく帰還出来るってことか。それだけでとっても嬉しい、でも……」

この龍のことを教皇様以外に伝えてもいいのだろうか？　さすがに伝えることは控えた方がいいよな。

しかし本当に疑似迷宮であってくれたのなら、どれほどいいだろうか。

俺は魔法陣に意を決して飛び込むと、魔法陣が光り出した。

ピロン【称号　聖治神の祝福を獲得しました】
ピロン【称号　聖龍の加護を獲得しました】
ピロン【称号　龍殺し獲得しました】
ピロン【称号　封印を解き放つものを獲得しました】
ピロン【聖龍との誓いにより、龍の封印された場所が分かるようになりました】

そして光が収まると、そこは迷宮の入り口だった。

「狐につままれた気分だ。それよりもあれは聖龍だったのか……まさか俺を嵌めるなんて」

その時、俺のお腹がグゥッと鳴った。

「そういえばもう二食分ぐらいは抜いているもんな。駄目だ、お腹が空いて怒る力も出ない。はぁ～

戻るか」

こうして俺は長きに亘る迷宮探索を終え、久しぶりに迷宮の外へ出るのだった。

閑話2　消えた聖変　教会本部に未曾有の危機が訪れる

聖都シュルールにある冒険者ギルドでは、様々な憶測が流れていた。

話の中心は聖変の治癒士ルシエルのことだ。

怪我人を放っておけない、金よりも情を大切にする唯一の治癒士。

その彼が最後に冒険者ギルドへ来たのは、既に半年も前のことだ。

冒険者ギルドに当分来られそうにないと言って、食料や物体Xを大量に魔法袋へ入れていたのを目撃した冒険者は多い。

しかしそれから半年経った今も、彼の足取りは掴めないでいた。

最初は彼が何処かの街へと遠征したのかとも思われた。しかしそのような事実は一切確認されていない。

あれだけの治癒士が冒険者ギルドのない村で過ごすことは考え難いし、小さくても町であれば、冒険者ギルドが存在している。

彼がもし遠征していたのなら、旅先で物体Xが頼まれた形跡が残されているはずなのだ。

物体Xは非常に不味《まず》く、飲み手がいない。

その為、冒険者ギルド本部では、毎年物体Xを多く飲ませた冒険者ギルドに対して、故人である当時の賢者と冒険者ギルド本部のギルドマスターの遺産から、指定された豪華な贈り物が与えられ続けている。

全冒険者ギルドでは、そのランキングが見えるようになっていた。どこかへ捨てたりするなどの不正は、カウントされないといった無駄に高度な技術で運用されている。

まぁ捨てたりしたら、物体Xが捨てた本人の口に入ってくるという、呪術が掛けられているらしいが……。

近年では、その物体Xを飲み続ける者は一人もいなかった。

メラトニの街で急激に飲む者が現れるまでは……。

当然ルシエルが聖都へと移動した途端、聖都の物体X消費量は上がる。そんな訳で、ルシエルがどこかで物体Xを頼めば、すぐに居場所が分かるようになっているのだ。

だから聖都にいることは間違いないのだが、彼の消息が全く掴めない。

普通はこれぐらいのことで心配されることはない。

しかし聖変が現れなくなってから、聖都の治癒院が増長して、治療の値段を上げ始めたのだった。

それから教会本部へ陳情が上げられたのだが、一切聞き届けられることはなかった。

それらのことが重なり、誰かがこう呟いた。

「もしかすると、聖変は教会に監禁されているのではないか?」と。

それからは様々な憶測が飛び交うことになる。

「拷問に掛けられているのではないか?」「洗脳されたのではないか」「物体Xしか与えられていないのではないか?」「もしかして殺されたのではないか」

すると冒険者だけでなく、聖都の住民までが徐々に教会に対する不信感を募らせていき、聖変を助けようとする動きが活発化していく。

一方教会本部でも、迷宮から帰還しないルシエルについて、一部の者達が焦っていた。

当初は、あのルシエルが一ヶ月ぐらい帰って来なくても問題ないだろうと、ルシエルのことを知っている親しい者達は、そのうち戻ってくるだろうと信じていた。

しかし三ヶ月が経っても彼は戻って来なかった。

ルシエルの上司である教皇を始め、カトレア……元聖シュルール共和国の騎士団長であったカトリーヌ・フレナは、救出隊を選抜しようとした。

しかし当然の話だが、たった一人の治癒士の為に五十年以上未踏破の迷宮へ、教会本部の残り少ない騎士達を送り込むなんてことは……却下された。

それよりも調子に乗って迷宮を攻略しようと進んだルシエルを、糾弾する動きまで出てきたのである。

教皇やカトレア、戦乙女聖騎士隊がルシエルの名誉を守ることに尽力した為、ルシエルに罰則が与えられることはなかった。

しかしルシエルを好ましく思っていなかった者達は、名誉の代わりに探索することを完全に諦めさせたのだった。


ルシエルが迷宮へ潜って半年が過ぎると、急に冒険者ギルドからルシエル生存の確認を要求された。

だが、教会本部はこれに対して正式な回答をすることは拒否していた。

もし仮に迷宮で死んでいても、教会本部に迷宮がある事実を隠ぺいしなくてはいけなかったからだ。

だから下手に死亡したと報告しても、今度は死体の引き渡しを求められる。

そうなれば冒険者達の暴動が起きると、正確に見抜いていたのだ。


そして同じ頃、遂にルシエルの捜索へ動く隊が一つだけあった。戦乙女聖騎士隊だ。

前任者のジョルドを無理矢理に連れ出し、迷宮探索を開始した。

戦乙女聖騎士隊の戦闘力は凄まじく、迷宮探索は一気に進むことになる。

まず十階層のボス部屋でたくさんのゾンビやスケルトンが出てきたのだが、数分で全てのアンデッドが魔石へ変わることになった。

実はこの時ルシエルが死霊騎士王を激闘の末に破ったのだが、迷宮のボス部屋がまさか連動していて、上層階のボス部屋に人がいると、下層階のボス部屋に入る側の扉が開かない罠があることは、ルシエルもルミナ達も知らなかった。

ルシエルが泣くような思いで、四十一階層へと進んだ頃、漸《ようや》く全ての魔石を拾い終えた戦乙女聖騎士隊は、更に先へと進んだ。

しかし階層を進むと徐々に悪臭が強くなったこと、三十一階層以降に精神攻撃を多用するレイスが現れたことにより同士討ちが続出し、戦乙女聖騎士隊は探索の中断を余儀なくされ、戻ることになった。

そしてルミナ達が迷宮探索から帰還し、その報告をカトレアにしていた時だった。

緊急の知らせが教会本部に舞い込む。

聖都シュルールの教会本部を、冒険者ギルドメラトニ支部のギルドマスターであるブロドと、メラトニの冒険者達、聖都シュルールの冒険者ギルドのギルドマスターであるグランツが率いる聖都の冒険者達と、ルシエルに恩義を感じた者達が取り囲んだという報だった。

「聖変の治癒士ルシエルを解放せよ」「金の亡者に鉄槌を」そう掲げられたスローガンに、続々と人が集まっていった。

未だかつてないほどに、教会本部が危機を感じる大規模なデモが起きようとしていた。

対応を間違えれば、暴動が起きるのは目に見えていた。

教会に駐在する日々をだらけきって過ごしていた騎士団総数百八十名が、魔物との戦いに全力を注いでいる冒険者達三百八十名と、二千人を超える住民が参加したデモに恐々とする中、いつ暴動に変わってもおかしくないところまできていた。

そんなことが起こっていることを何も知らないルシエルは、ようやく長かった迷宮探索を最高の結果である踏破で締めくくったところであった。

龍を倒して迷宮を脱出した直後に、まさか死にそうになるなんてことを、この時のルシエルは知る由もなかった。

09 ドMゾンビと鬼畜師匠コンビ再び

俺は迷宮から帰ってきた!! そう叫びたい思いを封印して、俺は迷宮への出入り口である売店の扉を開けた。

その直後、俺の首を目掛けて迫ってくる銀線を咄嗟に反応して回避出来たのは、迷宮にずっと潜っていて気が張っていたからだろう。

ただ一撃で終わりそうにない予感がして、魔法袋から咄嗟に盾を取り出すと、ガキィィインと銀色の線を弾いた。

そこには驚いた顔をしたカトレアさんの姿があった。

「一撃目は仕方ないとして、二撃目はいらなかったんじゃないですか？ 素人ならともかく」

厳重な抗議をしよう。そう思ったところで、次の瞬間、俺は前方からの圧力により、後方へと飛ばされて、階段を転げ落ちることになった。

今ので一体どれくらいのシナプスが消えていってしまったのだろうか。俺は打った頭が痛くて直ぐにヒールを発動した。

「酷いですよ。私に何か恨みでもあるんですか？」

俺が立ち上がった瞬間、カトレアさんがさらに追撃のフライングボディーアタックをしてきた……

と思ったら抱きつかれた。

「……一体何なんですか。聞いてますか、カトレアさん」

攻撃されて死にそうになり、その相手に抱きつかれても、全く嬉しくない。

心臓が激しく鼓動しているけど、これは愛とか恋とかではなく、十階層のボス部屋でゾンビ達に噛まれた時と同じだ。

「生きていたのね」

嬉しそうな顔をしているけど、謝らない人は……ん？　「生きていたのね？」って、死んでいることになっていたんだろうか？

「ええ。生きていますよ。まぁ四十階層の主がとても強くて、何度も死にそうになりましたけど。倒すまでに半年ぐらい掛かったかも知れませんね。その後も帰ろうとしたら、アクシデントが続いて前に進むしかなかったので……」

「無事で良かったわ……って、今はそれどころじゃないの。急いで教皇様のところ……いえ、その前に教会本部の外に行って、冒険者達を止めてほしいの」

何だか焦っているけど、全く要領を得ない。

「……詳しい情報をいただけますか？」

しかしカトレアさんに凄い力で魔導エレベーターまで引っ張られて、押し込まれる。

何を言っても無言のため、俺は諦めた。

そして早く美味《おい》しい料理が食べたいと思っていると、教会本部の受付カウンターまで引っ張られていく。

するとそこには懐かしい顔がいた。

「あれ？　ブロド師匠⁉　それにグルガーさんとガルバさんまで、一体どうしたんですか？　あれ、ギルドマスターのグランツさんまで一緒とは、何かあったんですか？　俺に協力出来ることなら協力しますよ？」

「「「「…………」」」」

「？」

何だろうこの沈黙は？

すると師匠達が俺の肩や背中を叩き始めた。

「……ルシエル、生きていやがったのか？」

「くっ、良かったぞ」

「ははは、半年も一体どこで何をしていたんだい？」

やっぱり俺は死んだことになっていたらしい。

何だか心配を掛けてしまったみたいだな。

迷宮に半年潜っていたのは事故みたいなものだけど、悪いことをしてしまった。

さっきのカトレアさんもこんな感じか？　一応カトレアさんには長期で潜ることは言ってあったけど、常識的に考えて今まで最長一ヶ月だったのに、いきなり半年は長過ぎたか……。心配させちゃったようだし、後でちゃんと謝ることにしよう。

そう思っていると、グランツさんが出入り口へ向かって歩き出して、こちらへ振り返った。

「おい旋風、俺は外にいるやつ等にこのことを教えてくるぞ。おい聖変、後で必ず冒険者ギルドに顔を出せよ」

「えっ？　あ、はい」

曖昧な返答になってしまったけど、グランツさんは教会本部の外へと出て行く。

「それで皆さん心配をお掛けしたのは分かるんですが、どうして聖都に？」

「……お前は、はぁ～」

「まぁルシエルは、人として少し……いや、かなりズレていたな」

「ふっふっふ、それで？　何処で何をしていたんだい？」

俺が喋ろうとすると、どでかい歓声が上がった。今日は祭りでもあるんだろうか？

「今日ってお祭りとかあるんですかね？」

三人とカトレアさん、あれ？　受付まで頭を抱えているけど……うん、ここはスルーしよう。

ただ迷宮のことは話してはいけないんだよな。

「教会本部で治癒士の訓練施設があるんです。そこで訓練をしていたんです。そしたら不具合があって故障してしまって、ずっとそこにいたんですよ」

隣に現れたブロド教官が、いきなり頭にガンッと拳骨を落とした。

「痛ッ。ブロド師匠、相変わらず動きが見えないんですけど？　これでも師匠に一撃入れるため、二年間鍛えて来たんですけど」

涙目になりながら、口を出した。

「ふん。お前は弟子でも才能がない弟子なんだから、俺の攻撃を見切れるようになるなんて百年早いわ。調子に乗って心配させやがって」

どうやら機嫌はいいようだな。

俺は安心したところで、お腹が空いてきた。

「そんなぁ～。まぁそれよりもグルガーさん。お腹が空いて倒れそうです。グルガーさんの美味しい料理をリクエストしたいです」

「くっくっく、がっはっは。いいぞ。作ってやる。じゃあ、冒険者ギルドに行くぞ。おい嬢ちゃん。こいつを借りていくぞ」

「……ええ。報告もしてもらわないと困りますが、今はその方がいいでしょう」

「うんうん。お嬢さんが話の分かる人で良かった」

まぁここで迷宮踏破なんて言えないだろうしな。

「カトレアさん。教皇様に何とか脱出が出来た件と報告したい件がある旨、お伝えください」

「分かったわ」

カトレアさんが頷いたところで、俺の視界が天井を映す。

「よ～し。行くぞ」

「ブロド師匠？　首を引っ張らないって、ガルバさんも何で足を持ってるんですか？　グルガーさんも腰を持たないで、これで街を歩いたらまた変な噂が……」

「安心しろよ、聖変の騎士様よ。ぷっぷっぷ」

「そうだぞ。聖変の治癒士様。くっくっく」

「ほら、暴れない。新しい通り名もきっとまた出来るから、安心して」

「いやああああああ」

こうして俺は冒険者ギルドまで仰向けの状態で担がれて、さながら人間神輿《みこし》にされたまま聖都の街を進むのだった。

＊

ルシエルが教会本部を出て行った後、カトレアは教皇を始め、上層部にルシエルの帰還を伝えた。

今回ばかりはルシエルを良く思わない勢力も、安堵の表情を浮かべることとなった。

基本的に騎士団の騎士達は強い。しかし絶対的な力があるわけではない。さらに司祭、大司祭、司教や大司教といった者達は、戦闘畑出身の者は少ない。

そのため冒険者達に取り囲まれた教会を見て、己の死を考えた者は一人や二人ではない。

今回のことで、ルシエルの影響の大きさに恐ろしさを感じた者達は、自身の派閥に近づけるか、敵対しないか、如何《いか》にして遠ざけるかを画策していくことになる。

＊

冒険者ギルドでグルガーさんとグランツさんの合作料理に舌鼓を打ち、俺は物体Xを飲まされていた。

そして治癒院に掛かれない人達が冒険者ギルドに集まり溢れてしまったので、『聖変の気まぐれの日』を復活させることにした。

お腹いっぱい食べたので、少し苦しかったけど、それでもアンデッドを相手にするよりも、人を助けている方がいいと思うのだった。

そして治療が終わったところで、俺は自分から師匠の胸を借りることにした。

俺のもう一人の師匠である死霊騎士王の技術で、ブロド師匠へ一撃入れるために。

「先程は油断しましたが、俺はブロド師匠を超えるために努力してきたつもりです。全力で行きますよ」

「ケッ、生意気になりやがって、一丁前に剣と槍なんて構えやがって。一体誰が教えたんだ」

「その答えは模擬戦の中でお伝えしましょう」

「さっさと掛かって来い」

「行きます」

俺は全力で身体強化を発動させ、急接近して右手に持った剣を下から上へと切り上げながら、次に左に持った槍を師匠へ突き出した。

次の瞬間、俺は訓練場に転がっていた。あれ？　思っていたのと全然違う。一体何が？

「まぁそこそこ形にはなっているようだが……それで自分が強くなったとでも思っていたのか？　自分の立っている場所を見失ったのなら、今からしっかりと理解させてやろう」

「すみませんでした」

「立て、その勘違いした根性を叩き直してやる」

「イエッサー」

こうして俺がブロド師匠に何度も何度も立ち向かっていく姿を見ていた冒険者達は、誰も口には出さなかった……が、後から聞いた話では思っていたらしい。

メラトニの街に突如現れた都市伝説、治癒士のドMゾンビは実在していたのだと。

冒険者達は知っていた。ブロド師匠が伝説に名を連ねる元Sランクの旋風だということを。

それに何度も折れずに向かっていく、俺の姿がまるで生者に引き寄せられるゾンビに見えるらしく、この時の光景を見た冒険者達は新たな通り名を作った。

『生者のゾンビ』と。これを俺が知るのはもう少し後のお話だ。

「いつまで寝てる。腕を切り落とすぞ」

「ヒィイイイ、覚悟、グエェ」

「ほう。そんな演技が出来るほど余裕があるとは、少しはタフになったみたいだな。遠慮なくいくぞ」

「ぎゃあああああああ」

師匠と戦っていると、騎士団は師匠一人で壊滅出来てしまうのではないだろうか？　そんなことを思ってしまうのだった。

さながらメラトニの冒険者ギルドにいるかのような雰囲気を感じながら、皆が俺の帰還を心の底から喜んでくれたことがとても嬉しかった。

10　ルシエル、幻覚が真実だと知る

昨日、大いに賑わいをみせた冒険者ギルドでは、メラトニに帰る冒険者達がさながら軍隊のようになって聖都を旅立っていった。

その光景を見ながら俺は感謝と申し訳なさの板ばさみになりながらも、去っていく冒険者達からたくさんの温かい言葉をもらった。

「また何かあったら、駆けつけるぜ」

「ルシエルが生きていて良かったぜ」

「今度、M会があるから良かったら参加してね」

「ブロドさんのストレス解消が出来るのはお前だけだ」

「俺も浮気したこと、奥さんに、アンタぐらい諦めないで謝ってみるよ」

「恩を返すのが、本物の冒険者だぜ」

「また怪我したら治してね」

「成長しているのは、お前だけじゃないんだからな。メラトニへ帰って来たら、俺とも模擬戦をしろよ」

途中で、いや、何も言うまい。

俺はブロド師匠、グルガーさん、ガルバさんと別れの挨拶をしていた。どうせなら他の人達とも一言ずつ言葉を交わしたかったけど、人数が人数だったので、必要ないと声を掛けてくれた。

そして彼らはメラトニへ向けて出発していった。

「おい、ルシエル。いや、馬鹿弟子よ。お前はこれだけの人から心配されているんだ。昨日も言ったがお前は弱い。それを自覚しろ。そして精進あるのみだ」

「了解であります」

「おいおいブロド、その辺にしておいてやれよ。じゃないと、ルシエルがメラトニへ帰って来なくなるぞ」

「……ぬぅ」

「いや、帰りますから……帰りますから、睨まないでください」

「ルシエル君、今度メラトニの街に来たら僕も鍛えてあげよう。臆病な君には僕の戦い方のほうが合ってそうだしね」

「おいガルバ、俺の弟子を取ろうとするんじゃない」

「ははは。まぁ決めるのは、ルシエル君だから」

本当に俺は恵まれているな。

「まぁメラトニの街に来る時には、彼女の一人でも連れてきなよ」

「えっ……彼女？　あ、そうだ。この手紙をナナエラさんとモニカさんへ渡してもらっていいですか？」

「……ルシエル。師匠を便利に使うとはな。しかしそれなら納得だ。あの二人も仕事を放っぽり出して聖都に来るつもりだったからな。戦闘面で役に立たないと、何とか説き伏せたんだが……なるほどな」

うっ、師匠の顔がゲスい。それにしても二人にも心配かけてしまったか。休暇が取れたら、メラトニへ行って謝ろう。

「ブロド、二人を説得したのは僕だろ。それにギルドマスターの仕事を放っぽり出してきたのは、一体どこの誰だろうね？」

「……帰ったら、しっかりと仕事はするから許せ。それよりどっちが本命だ？　どちらにしてもお前達に子が出来たら、俺が鍛えてやるからな」

物体Xの件もあるし、最近は忙し過ぎて、そのことを考えている余裕もなかったしな。あ～本当に平和な暮らしがしたい。

「飛躍し過ぎですよ。あの二人の手紙があったから、成長出来たことは間違いないですが、俺はまだまだ精進が足りないので」

「本当にブロドはそういう気持ちに疎いよね。これでルシエル君や、あの二人の想いのバランスが崩れたらどうするの。彼らは年頃なんだから、少しは気をつけなよ」

「……何だか、すまん」

何だか空気が悪くなった。

「いえ」

「女の子が生まれたら、俺が料理を教えてやるからな」

グルガーさんが乗ってくれたことで、少し空気が変わった。

「こら、グルガーまで飛躍したブロドに乗らない。まぁ教会本部にいられなくなったら、メラトニの冒険者ギルドにおいで。そこが君には、一番の安全地帯だからね」

「ありがとう御座います。放浪が出来る立場になったら、一度メラトニには寄りますから、それと……」

この三人には、言って置いたほうがいいだろう。

「そんな含みをもたせるなんて、単純なルシエルらしくもないぞ」

単純って……確かにそうかもしれないな。

この世界に来てから少しは勉強したけど、それでも冒険者ギルドと教会本部で、殆どの時間を費やして、魔法と戦闘技術しか磨いてこなかったからな。

「何だい？　何かあるのかい？」

「どうした弟子？」

まぁ師匠達なら、絶対に味方だと信じられるから、聖龍と話して得た情報を伝えることにした。

「これから魔族が活発化するかもしれないらしいです。それと勇者と呼ばれる存在は、後数十年は生まれて来ません。ただその前に邪神の影響で魔族の力が強まる可能性があるらしいので、御三方とも気をつけてください」

「ほう。教会本部にも情報が入っていたのか？」

「僕並に耳が早いなんて、流石は教会ってことかな」

「俺達の心配をするなんて百年早いぞ。俺達よりも今は自分の心配をしろよ。何かあったら今度はちゃんと連絡を入れろ」

「はい」

この三人は普通ではないと思っていたけど、既に人外の域だな。

少しでも師匠達に追いつけるように頑張らないといけないな。

「こっちも怪我人が多ければ、お前を寄越せと教会に要請してやるから安心しろ」

「それは安心出来ないですね」

そんな風に俺を簡単に信じて、こちらの身を案じてくれる三人には、一生勝てる気がしない。

俺は師匠達を見送ってから、教会本部へと戻った。


教会本部に戻り、魔導エレベーターに乗ろうとすると、受付さんから声を掛けられた。

「ルシエル様、お待ちください」

受付さんが声を掛けてくるのはかなり珍しいことだ。

「はい、何でしょうか」

「教会に戻られたら、カトレア様のところへと来てほしいと伝言を承っています」

カトレアさんがどこにいるのか、俺が知っている訳はない。

「……すみませんが、私はカトレアさんがどこにいるのか存じ上げません。他の伝言はありませんでしたか?」

「あ、でしたら、直ぐに連絡をお取りしますので、少々お待ちください」

すると教会本部へ初めて来た時に見た、水晶玉みたいな魔道具を持って目を瞑って交信し始めた。

しかし徹夜はヤバイ。しかも聖龍戦で精神を疲弊して、ブロド師匠との模擬戦で肉体的にも限界が近い……。

身体は若くても眠いものは眠い。

俺が大あくびをしながら待っていると、その人は颯爽と現れた。

「ルシエル君、生きていたか」

その声を聞いて俺の眠気は一気に吹き飛んだ。

迎えに来たのがルミナさんだったからだ。どうして彼女には変なところばかり見られてしまうのだろうか?

「話をしたいが、直ぐ教皇の間へ向かおう」

「はい」


こうして俺はルミナさんと一緒に魔導エレベーターに乗って教皇の間へと向かう。

その途中、俺はルミナさんにお礼を伝えることにした。

「ルミナさん、ルミナさんから貰った手紙、あれのおかげで俺は生きて帰ることが出来たと思っています。本当にありがとう御座いました」

「そうか。生きていてくれて、私も嬉しいよ」

「はい」

ルミナさんと会うのは久しぶりになる。

長期で迷宮へ潜ることになる前に、俺はルミナさんから手紙を受け取っていた。

最初はラブレターかと思ったけど、そういう手紙ではなかった。

そこには細かく戦闘で気付いた俺の長所と短所が書かれていた。

その他にも好感が持てることや、この常識を学んだ方がいいなどのアドバイスがあったのだ。

そしてナナエラさんとモニカさんからの手紙は、俺を褒めながら、自分達が頑張っていることなどを教えてくれる内容だった。

そんな三人の手紙があったおかげで、死霊騎士王師匠に何度殺されかけても、自分を奮い立たせることが出来たのだ。

それから当たり障りのない話をしていたところで、教皇の間へと辿り着いた。

コンコンコンとルミナさんが扉をノックする。

「戦乙女聖騎士隊隊長ルミナであります。退魔士ルシエルを連れて参りました」

「入ってくれ」

聞こえてきたのはカトレアさんの声だった。

開けられた扉を通り、中央まで進み、いつも通り片膝を突いて頭を垂れた。

「退魔士ルシエル、良く生きて戻ってくれたのじゃ」

「はい。ご心配をお掛けしました」

「いや、良い。本来であれば直ぐに救出に向かうところ、反対する者達が多くて救助を出せなかった。最終的に戦乙女聖騎士隊が救助へ向かってくれたのじゃが、三十一層からレイスが出たことにより、救出を諦めるしかなかったのじゃ」

そうか。戦乙女聖騎士隊でも、救出が無理だったのか……。

それにしても人が多いな。見たことがない人達がいるってことは、冒険者達に囲まれたことを非難するためだろうか？

「いえ、それは当然だと思います」

「そう言ってもらえると妾《わらわ》も助かる。でもどうして半年以上も戻って来なかったのじゃ？」

「はい。実は四十階層の主部屋に出た魔物が、普通の死霊騎士よりも非常に大きく、また浄化魔法や回復魔法で攻撃しても、その度に完全回復してしまい、途方にくれておりました……」

そのことを皮切りに、師匠となった死霊騎士王との長きに亘る戦いを報告した。

いかん、少し熱っぽく語ってしまった。皆に見られていると思ったら、急に恥ずかしくなってきた。

「……凄まじいのう。それでこれだけの期間帰って来れなかったのか？」

「はい。ただ四十階層の主を倒した後、一度帰還しようとして、四十階層の入り口を開こうとしたところ戻る扉が開かず、前に進むしか出来なくなってしまいました」

「でも最終的には開いて戻ってきたんじゃな？」

「いえ、そこから五十階層へ向かい、五十階層の主を倒して、漸《ようや》く帰ってくることが出来ました。これ以上の詳細については申し訳有りませんが、教皇様、あとはカトレア様、ルミナ様以外の方へお聞かせすることは出来ません」

「……よもや五十階層の主まで倒しているとはあっぱれじゃ。何かあるのなら仕方あるまい。皆の者は外に出ておるのじゃ」

今回の件は些《いささ》か揉めると思ったが、教皇の間にいた侍女、大司教様？　司教様？　などの方々も大人しく、退出していった。

そしてこの教皇様の部屋には、俺を含めて四人となった。

「それで？　人払いをさせた理由がきちんとあるんじゃな？」

姿は隠れているけど、どこか警戒した雰囲気が教皇様の声から感じ取れた。

「はい。まず詳細ですが、五十階層の主から申し上げます。五十階層の主はオークのような巨大なワイトでした。魔法攻撃だけでなく、魔物を生み出す強敵でした」

「よもや死霊魔法士でも出たのか？」

「いえ、死霊騎士とレイスぐらいでした。何とか聖域円環《サンクチュアリサークル》を使って魔を払うと、神官のような老人へと変わってから逝きました」

「……老人か。その者の落とした物はあるか？」

「はい。この杖と魔法書です」

俺が杖と魔法書を魔法袋から取り出すと、カトレアさんとルミナさんも、どこか唖然とした表情でこちらを見てくる。

「カトレア」

「はっ」

俺は杖と魔法書をカトレアさんへと渡した。

「まさか……迷宮の主となっていたとはな……」

教皇様の寂しそうな声が、聞こえてきた。

知り合いで間違いないんだろう。そして今までのワイト達も……。

「うっ」

「大丈夫か、ルシエル君」

ルミナさんに支えてもらって、吐き気が収まる。

「ええ……すみません。長い間、迷宮といっても幻覚で創られている疑似迷宮だと思っていたことを思い出したんです」

「あの迷宮のアンデッド達は迷宮の記憶よ。だから人からアンデッドに変化した訳じゃないの」

カトレアさんの言っていることは正しいんだろうけど、それにしてもこの人は一体何者なんだろうか？

「治癒士を迷宮へ送ると聞き、入ってみると動きの遅いゾンビだったので、新人治癒士が魔物を恐れなくする施設だと思っていたんです」

「どうしてそんなことを考えたのじゃ？」

「それはレベルが一切上がらなかったからですよ」

「レベル……確かに一のまま。でも、あの迷宮は本物じゃぞ」

「はい。四十階層のボスと戦っている時に、迷宮が本物だということを正しく認識しました」

「まさかそこまで気付かないなんて……鈍感にも程があるぞ」

教皇様に呆れられてしまったな。ただ迷宮を踏破したことで、気分的には少し楽になった。

「教皇様。実はここからが本題です。五十階層の主を倒した後、魔力を吸収する巨大扉が現れて中へ入ると、アンデッド化した聖龍がいたのです」

「聖龍、よもや……」

「それと聖龍ですが、同胞の転生龍達も邪神の呪いにより、各迷宮へと封印されているらしく、解放を願っていました。それと後四十年程は勇者が現れないそうです」

「……カトレア、ルミナ。今、ルシエルが語ったことを口外することを禁ずる」

「「はっ」」

あれ？　勇者の情報って不味《まず》かったのか？

「……それで、その聖龍は何て言っておったのじゃ？」

「封印された龍を解き放たないと魔素が闇寄りになり、徐々に魔物が強くなっていくため、生まれてきた勇者が魔王に負けるかも知れないと教えてくれました」

「……何ということじゃ。こうしては……待てよ、その他には、何か言ってはいなかったか？」

「治癒士の私に、私が出来る範囲のことをしろと言ってました。さすがに私では迷宮を巡れるほど強くありません。ですから本当に自分が守れる範囲を精いっぱい守るつもりです」

「そうか。強くなったルシエルなら大丈夫のはずじゃ」

「いえ、まだまだです。いつも運に助けられているだけですから。例えば三十九階層でエクストラヒールの魔法書を手に入れていなければ、四十階層でバラバラ死体になっていたでしょうし」

何度斬られたかなんて思い出したくないけど、軽く三桁は斬られた経験がある。

「ルシエル君は腕も足もあるではないか」

ルミナさんは声をあげた。

「それはエクストラヒールのおかげです。手足が切断されても元に戻るんですよ」

前にルミナさんは聖騎士を化け物呼ばわりする人がいるって言っていたけど、エクストラヒールを使える俺もある意味化け物だ。

「そうじゃ。それにしてもまさかエクストラヒールの魔法書が残っていたとは、ルシエルは本当に運が良い」

教皇様が笑った気がしたけど、俺には豪運先生がついてくれているからだろう。

「他にも四十階層の主が聖域円環《サンクチュアリサークル》の魔法書を落としてくれたおかげで、五十階層の主を倒し聖龍を解放することが出来ましたから」

「そうか。ルシエルに褒美を与えるには何を渡せば良いのだろうか？」

何故、今聞いてきたんだろう？

それに欲しい物って言われてもな……無いんだよな。それこそ自由に教会本部を旅立つ権利があれば、直ぐにでも欲しいけど。

「教皇様、魔法書関連でのお話ですが、一応聖属性禁忌魔法のリヴァイブ、これだけはリスクが高すぎて、生涯使わない可能性が高いです。ですから、魔法袋に半永久的にしまっておくことにします。これが世に出ることは無いでしょう」

「……カトレア、ルミナ、今日聞いてしまった一切のことを口外することを禁ずる」

「「はっ」」

「それで、ルシエルよ。主部屋で手に入れたものを、全てここに出してもらおう。もちろん龍のもだ。検分する必要がある。無論全ては御主の物だが、譲ってもらいたい物が出てくるかも知れないのでな」

「承知しました」

俺は正直にボス部屋と聖龍がいた場所で拾った物を全て出していく。そして教皇様が欲したのは四十階層の大剣、長槍、五十階層の杖だけだった。

魔法書の全ては俺の財産となることになったのだが、写しを作成する許可を求められたので、リヴァイブ以外は全て応じることに決めた。

ただ四十階層で手に入れた装備と聖龍が残した物は、俺の専用装備になっていて、誰でも扱える物ではないらしい。

さらに魔法袋は、使う機会がないとの理由でいらないらしいが、迷宮品の魔法袋は白金貨でも買えるかどうかの物らしい。

本当に鑑定スキルを持っていると羨ましくなる。あ、疑問に思ったことを聞いておくか。

「教皇様、何で私のレベルは上がらなかったのでしょう?」

「……一度ステータスを見てみるといい」

「分かりました。『ステータスオープン』」

するとホログラムウインドウが出現した。

STATUS ―― OPEN

名　前：ルシエル
ジョブ：治癒士Ⅷ　聖龍騎士Ⅰ
年　齢：19
レベル：1
H　P：840　MP：580
STR：152　VIT：163　DEX：137　AGI：139
INT：168　MGI：182　RMG：174　S　P：0
魔力適性：聖

【スキル】

『熟練度鑑定』Ⅰ　『豪運』Ⅰ　『体術』Ⅵ　『魔力操作』Ⅸ　『魔力制御』Ⅸ　『聖属性魔法』Ⅸ

『瞑想』Ⅶ　『集中』Ⅷ　『生命力回復』Ⅶ　『魔力回復』Ⅷ　『体力回復』Ⅶ
『投擲』Ⅴ　『解体』Ⅱ　『危険察知』Ⅵ　『歩行術』Ⅵ　『身体強化』Ⅳ
『並列思考』Ⅳ　『詠唱省略』Ⅴ　『詠唱破棄』Ⅲ　『無詠唱』Ⅰ　『魔法陣詠唱』Ⅲ
『剣術』Ⅳ　『盾術』Ⅲ　『槍術』Ⅳ　『弓術』Ⅰ　『気配察知』Ⅴ　『二槍刀流術』Ⅲ
『罠感知』Ⅱ　『罠探知』Ⅰ　『地図作成』Ⅲ　『魔力増幅』Ⅲ　『思考加速』Ⅱ

『ＨＰ上昇率増加』Ⅷ　『ＭＰ上昇率増加』Ⅷ　『ＳＴ上昇率増加』Ⅷ　『ＳＴＲ上昇率増加』Ⅷ
『ＶＩＴ上昇率増加』Ⅷ　『ＤＥＸ上昇率増加』Ⅷ　『ＡＧＩ上昇率増加』Ⅷ
『ＩＮＴ上昇率増加』Ⅷ　『ＭＧＩ上昇率増加』Ⅷ　『ＲＭＧ上昇率増加』Ⅷ
『身体能力上昇率増加』Ⅰ

『毒耐性』Ⅷ　『麻痺耐性』Ⅷ　『石化耐性』Ⅷ　『睡眠耐性』Ⅷ　『魅了耐性』Ⅴ
『呪耐性』Ⅷ　『虚弱耐性』Ⅷ　『魔封耐性』Ⅷ　『病気耐性』Ⅷ　『打撃耐性』Ⅵ
『幻惑耐性』Ⅵ　『精神耐性』Ⅸ　『斬撃耐性』Ⅵ　『刺突耐性』Ⅵ

【称号】
運命を変えたもの（全ステータス＋10）
運命神の加護（ＳＰ取得量増加）

聖治神の祝福（聖属性回復魔法の効力が1．5倍になる）
聖龍の加護（聖龍騎士となり、戦闘技能及びステータス上昇。龍族と会話が可能となる）
龍殺し（対龍での攻防に強くなる）
封印を解き放つもの（邪神の呪いを受けない。封印されし龍の力を得るもの）

STATUS ―――― OPEN

「ほら、レベル一のままですよ」

ただ精神耐性がおかしなレベルになっているけど。

「ジョブが増えているじゃろ。それに、それがレベル一のステータスか？　どう考えてもその成長はおかしい」

「確かに軒並み増えていますけど、そこまで言い張るのなら、なんでレベルが上がらないんですかね？」

確かにステータスは上がってるけど、ブロド師匠に瞬殺されるんだから、俺がそんなに強いわけないからな。

それにしてもマルチジョブになってしまったら、ジョブレベルが伸び悩むんだったな。

それにこれから俺はどうなるんだろう？

「……カトレア、これをルシエルに見せよ」

カトレアさんが、教皇様からある古い書物を渡されて、それを俺に渡してくれた。

「これは？」

「神の嘆き及び物体Xとされている文献の原本じゃ。読んでみよ」

前の続きだろうか？　文字を目で追っていくと、その文献の中に様々な考察が含まれていた。

その中にいくつかの可能性が書かれていたことに俺はショックを受ける。

身体レベルの考察で、飲んでいる期間はレベルがとても上がりづらくなることが、デメリット、効果として確認されていた。

しかも継続して飲んだ人がいない為に、詳しいことを研究してくれるものが、いつか現れてくれることを願いたい。

文献の最後には、そう書かれて締め括られていた。


「……えっと、あれ？　言葉が上手くでない」

しかし、迷宮が本物だったことより、レベルが上がらなかった理由にショックを受けている。

このレポートが本物だとして、師匠達が知っている可能性は低い。

だから俺のレベルが上がらなかったのを、師匠達のせいにするのは間違っている。

それよりも今後、物体Xを飲むかどうかが問題になってくるんだよな。

でもあれは俺にとってのチートアイテムだし、でもこのままレベル一なんてキツ過ぎるだろ。

「ルシエル君、落ち着きなさい」

「ルシエル君、大丈夫だ、君は生きてここにいる」

あれ？　いつの間にかまた心配されてるな。

「すみません。これからレベルを上げるかどうかで悩んでいたので」

「レベルは上げた方がいい。それだけで今よりも直ぐに強くなれる」

ルミナさんが言うことは分かるけど、師匠に相談した方がいいな。

そう思っていると、教皇様が聖龍のアンデッド化した骨に興味を持ったみたいだ。

「アンデッドとなった浄化した聖龍の骨なのだが、少し譲ってはもらえないだろうか？」

「ええ。聖龍の聖骨は私しか使えないと思いますが、アンデッドとなった部分は使えるんですよね？ただし教皇様と戦乙女聖騎士隊のみとしてください」

「分かった。一週間後に改めて迷宮踏破の祝賀会を行なうので、主賓として出席するようにな」

「承知しました」

「「はっ」」

「カトレアとルミナはこのまま残って、今後の対策を練る」

「ルシエル、大儀であった。それと無事に帰ってきて本当に嬉しく思うのじゃ」

「はい。ありがとうございます」

こうして寝不足と混乱と、迷宮に住むということが、いかに危ないことだったのかを考えながら、自室に戻った。

普通はこんな時、気持ちが昂《たかぶ》って眠れないだろうけど、俺にはスペシャルアイテムである天使の枕があるおかげで、深く優しい眠りに就くのだった。

11　S級治癒士兼退魔士ルシエルの宣言

あなたは知っていますか？　表彰される側の気持ちを？

あなたは知っていますか？　それが自分をほとんど知らない、自分を快く思っていない人の中でされる気持ちを？

あなたは知っていますか？　若くして出世すると、自分以上の歳の人から受けるプレッシャーが殺気に感じることを？

前世で出世をした時も、スピーチってものがありました。

まず上司にお礼を述べて、周りの人に支えられてと定型文を読むように始まるのです。そして出世までのエピソードを少し面白く、そうでなければ努力したことを述べて、次の目標を宣言し、最後にまたお礼を言って終わる。

さて、俺の元上司であるグランハルト氏は、俺を尋問して魔導エレベーターのカードと本部の職員全員に配られるローブを渡してくれた人である。

また、ジョルド氏は浄化魔法による魔物の倒し方を実戦でみせてくれた人であるが、十階層のボス部屋に入ったことがなかったことが分かっているので、助言の恩はない。

ルミナさん率いる戦乙女聖騎士隊は訓練をつけてくれたが、言ってしまえばそれだけなのだ。厳しい見方になるが、カトレアさんのアドバイスやおばちゃんのお弁当にお礼を言いたい。

後は教皇様から頂いたスペシャルアイテムの数々。特に魔法袋と天使の枕。これがなければ今の俺はここにいないだろう。

更に言ってしまえば、物体X様や豪運先生が俺をここまで導いてしまったのだ。

出世をしたいからこの世界に来ることになった。それはいい。

だが、死なないために努力して来たのに、何故、どんどん戦いを強いられることになっていくのかがわからない。

打算で強い人の側にいれば死なないと思っていた。

打算で親しい人が多ければ死とは直結しない人生を歩めると思っていた。

打算だったはずが、尊敬するブロド師匠やグルガーさん達と接するうちに、その生活が当たり前になり、こういう人生も悪くないと思えるようになった。

打算で安全な生活を手に入れたことが運命神を怒らせてしまったのか、今度は味方がいないところに放りこまれた。

もうこの時打算では動いていなかった……そのつもりだ。

迷宮を進み冒険者ギルドで治癒を行ない慕ってくる人も現れた。

善行の全てが人の為になることはない。それは前世でも一緒だった。

だから慈善活動と称してお金の無い人を救った。優しさがいつか返ってくることを信じて。

一生懸命仕事に取り組んだ。最初は違ったけど……そのはずだ。

それなのに主神クライヤ様、俺は何故、目の前にこれだけの敵がいるこの場所が、職場なのでしょうか？

迷宮踏破の式典は、聖シュルール騎士団が全体演習を行なう訓練場で行なわれるのだ。

今回は騎士だけでなく、治癒士や重鎮まで勢揃いで本当に胃が痛い。

そんなことを考えていると、魔通玉と音を増幅させるスピーカーのような魔道具を介して、教皇様の声が聞こえてきた。

教皇様が人前に出ることは珍しいらしいが、こういう慶事では、厚手のヴェールを下ろして、顔が見えないようにして出席するらしい。

「長きに亘り存在してきた迷宮が、その活動を休止した。ここにいる治癒士ルシエル退魔士が、迷宮の最奥まで踏破したことによる為だ。当面の間、魔素が溜まった迷宮には魔物が出現するが、いずれ魔物も出なくなるであろう。定期的な討伐は、今後騎士隊を統括するものが割り振るので、各自、日々の研鑽に努めるように妾《わらわ》は願う。さて、今回の功績による褒賞だが、ルシエルをＳ級治癒士に任命し、教会の内外に亘って指導出来る立場とし、階級を司教と同格とすることとする。また、妾以外の一切の命令を拒否する権利を与えることにより、此度《こたび》の褒賞とすることを妾、教皇フルーナ・アリユデリー・ド・シュルールの名を用いて宣言するものである。それではＳ級治癒士ルシエルよ、一言頼むぞ」

教皇様……何ですか、その何かを期待するような眼差しは？　はぁ～本当に胃が痛い。

出来ることならスピーチを回避して、暗殺されないように飛空艇でずっと空の世界にいたい。まぁこの世界に飛空艇はなかったんだけど。

今から俺が言わないといけないことは、教会本部への糾弾だ。

このことは教皇様とカトレアさん、戦乙女聖騎士隊しか知らない。

……豪運先生、俺、安全な生活がしたいです。

「ご紹介に与《あずか》りました、この度S級治癒士という大任を仰せつかった、S級治癒士兼退魔士のルシエルと申します。まだ若輩者ですから、皆様にとっては面白くない存在でしょう。功績は迷宮を踏破しただけですので、当然だと思います。

ですが、そんな面白くない若輩者がさらに面白くないことを今から申し上げます。私が治癒士になって四年、教会の権威はもはや崩壊寸前です」

ざわざわし始めるし、殺気も凄い。そして教皇様も、カトレアさんも、戦乙女聖騎士隊も笑いを堪えてますけど、これってあなた達が仕組んだんじゃありませんか。まぁ此処からは開き直りますがね。

「崩壊寸前になった理由は、まず治癒士の傲慢な治療方針によるものです。治癒士ギルドが出来た当初は、お金だけでなく食料などでも治療を行なったと聞いています。なるほど、聖人君子たる方達が創設した素晴らしいギルドだったと思います。

ですが、それでは治癒士という職業はずっと豊かになれないではないか。治療したのに文句を言われたりして、納得出来るわけがない。仰る通りです。ですから私は治癒に関してお金を取ることが問題だとは言いません。皆様方の中にも、世界中で活動している治癒士の中にも、志が高く懸命に治癒している人は多くいます。だったら何故、治癒士は金にがめついと言われるのか？

それは法の整備が進んでいないからです。ですから、お金儲けしか考えていなかった治癒院には大打撃になるかもしれませんが、治療費のガイドラインを作成することを宣言します。これは教皇様を始め、全十名の大司教様にも了解を得ています。

続いて聖騎士と神官騎士についてですが、汚職事件などを起こした場合、きちんと調べた上でですが、その職を解任するとともに、主神クライヤ様に背任した行為で、賜った職を騎士に降格させます。以降、教会の権威を笠に着る行為が出来なくなるので、日々研鑽を積んで教会の権威を復活させていきましょう。

私も教会の為になることを行なって参ります。それを生涯の目標として尽力していくことをここに誓います。ご清聴ありがとう御座いました」

「そういうことだ。本来はこのS級治癒士ルシエルの祝賀で終わるが、本日もう一件の人事を発表する。カトレアの現在の任を解き、もう一度カトリーヌ・フレナ騎士団長として、復帰させることをここに宣言する」

俺の宣言よりも、カトレアさん……カトリーヌさんの騎士団復帰はかなりのインパクトがあり、ざわめきが消えない。

だけど教皇様の声が聞こえた瞬間、一気に静かになる。

「今回カトリーヌが復帰する理由は、妾が頼んでいた仕事を終えたからじゃ。この教会本部内に蔓延していた不正、汚職を徹底的に精査してもらい、その者達は既に罰が下っている。もし見知っている者がいない場合はそういうことだ。今後は徐々に監査対象を拡げていくので、力を合わせて教会本部を盛り立てていってほしい。頼む」

本来教皇様が頭を下げたり、何かを頼んだりすることはない。命令する立場なのだから。ただ魔通玉を通して聞こえたその声に対して、式典に参加した者達は一斉に敬礼をした。

こうして俺のS級ランクの昇進？　昇格？　が決まり、敵だらけの場所を少しずつ改善していけるように、主神クライヤ様と運命神様と聖治神様とご先祖様に心の底から祈りを捧げるのだった。

GC NOVELS

聖者《せいじゃ》無双《むそう》 サラリーマン、異世界で生き残るために歩む道 2

2017年2月2日　初版発行

■本書は小説投稿サイト「小説家になろう」(http://syosetu.com/)に掲載されていたものを、加筆の上書籍化したものです。

著者
ブロッコリーライオン

イラスト
sime

発行人
武内静夫

編集
伊藤正和

装丁
伸童舎

印刷所
株式会社平河工業社

発行
株式会社マイクロマガジン社
URL:http://micromagazine.net/

〒104-0041
東京都中央区新富1-3-7　ヨドコウビル
TEL 03-3206-1641 FAX 03-3551-1208（販売部）
TEL 03-3551-9563 FAX 03-3297-0180（編集部）

ISBN978-4-89637-613-5 C0093

ファンレター、作品のご感想をお待ちしています！

宛先
〒104-0041
東京都中央区新富1-3-7　ヨドコウビル
株式会社マイクロマガジン社　GCノベルズ編集部
「ブロッコリーライオン先生」係　「sime先生」係

左の二次元コードまたはURL（http://micromagazine.net/me/）をご利用の上、本書に関するアンケートにご協力ください。

■ご協力いただいた方全員に、書き下ろし特典をプレゼント！
■スマートフォンにも対応しています（一部対応していない機種もあります）
■サイトへのアクセス、登録・メール送信時の際にかかる通信費はご負担ください。